増補新版

海の蠍

明石海人と島比呂志　ハンセン病文学の系譜

山下多恵子

未知谷
Publisher Michitani

はじめに

明石海人と島比呂志——彼らの残した言葉を前にするとき、厳粛な思いにとらわれる。彼らの生きた場所を知るからである。想像を絶する現実と果敢にわたり合っていく中で、「人間」として生き抜くために、決死の思いで選び取ったのが、彼らの言葉であった。それはあるときは漂流する小舟のようにあてどなく人を呼び、またあるときは銃弾となって敵を撃ちもし、ときには干天の慈雨のように自身に降り注いだであろう。それは慰めであり、武器であり、祈りのようであったかもしれない。つまるところ、彼らが生きることそのものであったのだ。

本書において私は、彼らの生きた姿と残された言葉をたどりながら、生きることと書くこと（歌うこと）の関係を考えたい。「極限のひと」（神谷美恵子の著作名——筆者注）と呼ばれた彼らが、その極限にあってなお、書く（歌う）ことをやめなかった、それどころか書くことに全生命を注ぎこみ、そのことによって生き抜いたという事実は、私がずっと問い続けてきたことへの大きなヒントになるように思われる。すなわち、ひとはなぜうたうのか。私が知りたいのは、それである。

明石海人と島比呂志——時代も生い立ちも性格も異なるふたりは、「ハンセン病」であったという一点で、結びつけられる。

かつて「癩病」と呼ばれて恐れられたこの病気は、現在は「ハンセン病」と通称される。これは、一九五二年以来、患者団体である「全患協」（全国ハンセン病患者協議会）が、差別の歴史がしみついた「らい」という呼称を廃し、「ハンセン病」という呼び方を使ってもらいたいと、マスコミや公的機関等に訴え続けてきた結果である。

一八七三年に癩菌を発見したノルウェーのアルマウエル・ハンセン博士にちなんだこの名称が、長い歴史の中で患者さんたちが決死の思いで勝ち取ったものであることを思えば、これを使うべきなのだろうとは思う。だが、次のような理由から、本書では旧来の「癩」という呼称をあえて使わせていただくことを、あらかじめお断わりしておく。

一つには、これから語ろうとする歌人明石海人および作家島比呂志——彼らの認識の中で、それはいつも「癩」であった、ということである。一九三九年に亡くなった海人は、当然のことながら、全患協が提唱した「ハンセン病」という呼称は知るべくもなかった。現代を生きた島は、「作品にハンセン病という呼称を使ったことは一度もない」「癩の現実を変革することによって、呼称のもつ意味・内容もかわってゆくだろう」（「片居からの解放」『片居からの解放』）という考えを終始崩さなかった。彼らと同じ言葉を使って考えたいと思う。

次に、この病気にかかった者が生きなければならなかった悲惨は、常に「癩」という呼び名とともにあった、ということである。癩はその症状だけを語って足る病気ではない。社会から疎外され、不条理とも言える扱いを黙って堪えながら死んでいかなければならなかった何千何万の癩者たちがいた。

この病気ゆえに阿鼻叫喚を生きた多くの人々と、その思いの一片なりと共有したい気持ちが、彼らと同じ言葉を使おうとする。

本来「癩」の語は「癘」と同じで、この病気の皮膚症状が牡蠣の殻の様子と似ているところから、作られたのである（『中国病史新義』）。毛嫌いされるほどの名称ではない。だが、この言葉に無残な意味を持たせてしまった不幸な歴史があった。偏見にまみれた「癩」の語を抹消することによって、世の偏見に抗しようとする動きを理解し、「ハンセン病」という新しい呼び方を用いるべきなのかもしれない。私のこの病気に対する理解の浅さが、当事者の方々を傷つけたり、心ある人々の不快を誘うようであってはならないと思う。そのおそれを抱きながらも、先の理由により、本書ではあえて「癩」という言葉を使用しながら、論を進めていくことにする。

明石海人と島比呂志――彼らの作品は「ハンセン病文学」と呼称され、その文学性を高く評価されている。しかし彼らの作品世界は異質なものである、と私は考えている。

年齢差わずか十七年のふたりの人生と文学を決定的に分けたものは、治療薬である。インドシナ原産の大きな木、大風子《だいふうし》の種子をしぼって採った大風子油《だいふうしゆ》を患部に塗りながら凌《しの》いでいた海人の時代、治癒は奇跡に近いものであり、陰惨な症状と迫りくる死が、その時代の患者の現実であった。だが、戦後治療が開始された化学療法剤プロミンによって、ハンセン病は治癒する病気となった。

一九三九年に亡くなった海人は不治の病としての癩を生き、戦後五十年を療養所につながれた島比呂志は、プロミンによって治癒してもなおその病から解放されないという、いわば社会的な病としての癩を生きたと言えるだろう。向き合うものが違ってくるのは当然である。それぞれの病を生きながら、彼らが拠りどころとし、ほとんど生の中心に据えたのが、「書く」ことであった。それしかなかったのだ、とも言える。しかしそれがあったから、生きていくことができたのだ。

彼らが全身全霊で伝えた言葉を、私たちもまた全身全霊で受け取らなければならない。それは言葉に託した彼らの思いであり、残った者に対する信頼のかたちであるからだ。なぜうたうのか。根源的ともいえるこの問いに、彼らの作品は応えようとするだろう。

かつて福士幸次郎は棟方志功への手紙に、「棟方志功君、感激とは万朶《ばんだ》の火華《ひばな》」と書いた。極限を生き切った彼らの、生きることと書くことが一致した瞬間、そこに万朶の火華が散るだろう。その火華に打たれたい。そのような言葉たちと出会う旅に、これから出かけよう。

増補新版　海の蠍

目次

増補新版

海の蠍

明石海人と島比呂志
ハンセン病文学の系譜

海の蠍　明石海人への旅

シルレア紀の地層は杳《とほ》きそのかみを海の蠍《さそり》の我も棲みけむ

I 「癩」であること

1 宣告――「癩に堕ちし身」

ここに、三枚の写真がある。

一枚目（上）は少年の肖像である。絣の着物に羽織、学生帽のいでたちで、真正面を向いている。端正な顔立ちの中に、どこか幼さが残る。

二枚目（中）は記念写真であろうか。前列右端に背広姿の青年がいる。背筋を伸ばし、やはり正面を向いている。少年時代の面影を色濃く宿しているので、すぐに一枚目と同じ人物とわかる。背景にある建物は学校のようだ。少年は十年後に、尋常高等小学校訓導となったようである。

三枚目（下）、これも集合写真である。しかし、彼はどこにいるのだろう。二枚目の写真から十数年経っているのだが、それにしても、それらしい人物は見当らない。十人いる男たちの、どれが彼なのだろうか。

画面の中に一箇所、妙に深閑とした空間がある。写真右端、春陽を浴びた縁側に、うつむき加減に坐っているひとりの老人。髪は抜け落ち、背中も丸い。彼の目は、レンズを見ていない。彼はどこを

上——沼津商業時代。1914年頃。
中——沼津尋常高等小学校訓導時代。1923、4年頃。前列右端が海人。
下——日本詩壇の面々。目白舎前にて。1936年3月27日。右端が海人（36歳）。

見ているのだろう。何を考えているのだろう。まるでそこにたったひとりでいるかのような空気を漂わせて、すわっている。先に見た二枚の写真の面影はまったくない。

だが、これが三十六歳（数え年。以下同じ）になった明石海人の姿なのである。膝の上に置かれた両手は、すでにペンを執ることができなくなっている。その目はおそらく何も映し得なくなっている。しかし四肢の自由が失われ、視力をなくしてから、彼の心の眼は冴えに冴えわたっていく。肉体のまた精神の極限にあってなお歌うことをやめなかった海人の、外見の無残さからは想像もできない豊かな感情世界を、私たちは後に彼の作品に見ることになるだろう。

明石海人は、一九〇一年七月五日静岡県駿東郡（現・沼津市）に生れた。地元の商業学校から師範学校を経て、一九二〇年から一九二六年まで、県内のいくつかの尋常高等小学校に奉職し、この間に同僚と結婚、二子をもうけている。彼が退職を余儀なくされたのは「癩病」のためであり、この「業病」により、それ以後の彼の人生の道は断たれたのである。彼は教職時代に同僚から短歌の手ほどきを受けているが、本格的に作り出したのは、収容された国立癩療養所長島愛生園においてである。生きてあることの証とするかのように歌い、そして愛生園の機関誌『愛生』のみではなく各種雑誌に投稿した。一九三八年一月『新万葉集』に十一首が掲載され、また翌一九三九年二月には歌集『白描』が上梓され、それがベストセラーとなったが、同年六月九日夜、無念の生涯を閉じた。

四十年に満たない生涯の三分の一を、明石海人は癩者として生きた。彼は知的な人であり、その作品は醇乎として美しいが、癩にかからなければ歌うことのなかった人であったかもしれない。

癩に捕われ、それまでに獲得してきた物や人や肩書きをむしりとられるように失って、絶望の荒野にひとり佇《た》ったとき、彼は生きていく方向を必死に掻《か》い探ったであろう。凍えるような孤独の彷徨——その先に、歌はあったのだ。命ぎりぎり——その状態の時、ひとは今まで見えなかったものが鮮明に見えてくるのではないだろうか。そしてその感動が、彼に光る言葉をもたらすのではないだろうか。

「自然はかういふ僕にはいつもより一層美しい。君は自然の美しいのを愛ししかも自殺しようとする僕の矛盾を笑ふであらう。けれども自然の美しいのは、僕の末期の眼に映るからである」

芥川龍之介『或旧友へ送る手記』中のこの文章を引いて、川端康成は言っている。「あらゆる芸術の極意は、この『末期の眼』であろう」(「末期の眼」)と。明石海人の「末期の眼」は何を映し、それはどのような言葉として結晶したであろうか。

歌集『白描』は、「癩」の宣告を受けたところから始まる。

小見出しの最初は「診断の日」となっている。「病名を癩と聞きつつ暫しは己が上とも覚えず」という詞書に続けて

医師の眼の穏《おだ》しきを趁《お》ふ窓の空消え光りつつ花の散り交ふ

以下、この日のことは、家に帰って家族に病名を告げるまでの計二十三首に歌われる。

そむけたる医師の眼をにくみつつうべなひ難きこころ昂ぶる
雲母《きらら》ひかる大学病院の門を出でて癩《かたゐ》の我の何処《いづく》に行けとか
診断を今はうたがはず春まひる癩《かたゐ》に堕《お》ちし身の影をぞ踏む

医師は、静かにその病名を告げた。予期しなかったわけではない。数ヶ月前から徴候があったから、「やはり」の思いにとらわれたであろう。しかしにわかには「うべなひ難」いのである、「癩」という運命が自分の上に落ちてきたことが。

一九二六年、桜の頃のことであった。病院を出て、これから何処へ行けばいいのか、どうすればいいのか……行楽の人々で賑わう上野の山を蹌踉と行く海人であった。「癩の我」「癩に堕ちし身」――自分という存在がもはや「癩」抜きにはあり得ないのだと、悲しく認識した一日であった。すぐには家に帰りがたく上野の博物館で時間を潰しながら、自分の置かれた状況を受け入れようと足掻《あが》いていた時間があった。

人間の類を逐はれて今日を見る狙仙《そせん》が猿のむげなる清さ

「人間の類を逐はれて」というのは、その時の海人の心境そのままであったろう。狙仙が描いた猿を見つめる海人の眼差は、昨日までのものではない。画の中の猿は、さながら人間界を追われた自分の姿とも見えたであろう。彼は自分のことを風に散って土となる落ち葉にも、暗い海底に蠢《うごめ》く生き物にも喩えている。人類の外に押しやられてしまったような疎外感の中にも、画の中の猿に「むげなる清さ」を感じたのは、彼の末期の眼がそうさせたのであろうか。

療養所で発行している『愛生』（一九三五年二月号）に発表した「東大付属病院にて癩の診断を受く」十九首は、歌作を初めて間もなくの作品群である。表現は稚拙であるが、当時の心理状態を素直に表出している。

わが病癩とは知りぬさながらに揺らぎ崩るるひとの世の希み
うつし世の希みみながら絶えはてて心ひたすら死をこそおもへ
ひた心死を思ひつつさまよへば春の大路のあまりに明るき
つぎつぎにうかむうからの面影に花見の人に群れて哭《な》きゐし
この見ゆる花見のさやが見つつおもふなどてや我の生れては来し

彼は自分の未来が「揺らぎ崩るる」のを感じ、その絶望に「ひたすら死を思ひ」、家族の嘆きと悲しみを思い、なぜ自分は生れてきたのか、と生存そのものへの切ない問いかけをしている。

このとき海人は二十六歳、静岡県富士郡（現・富士宮市）富士根尋常高等小学校に勤務しており、幼い一女の父であった。数ヵ月前から身体に変調を感じ東京の治療院に通っていたが、この日、東大病院で「癩」の診断を受けたものである。

この時代に「癩」の宣告を受けることが、どのようなことを意味したか。

海人の短歌が示すように、「癩」は死に至る病であった。しかも症状の悲惨さと、遺伝病である、あるいは重い伝染病であるとの誤った認識が、この病気をスティグマティックなものにした。

『現代のスティグマ　ハンセン病・精神病・エイズ・難病の艱難』において、大谷藤郎は、ハンセン病にかかった人たちは「らい」という「烙印《スティグマ》」を押されたまま生きていかなければならなかった、と言う。そして「疾病そのものの痛みのうえに」「他者や社会から（略）人権侵害的痛みが重くのしかかっている」「二重の不幸」を背負った病であると指摘し、スティグマ化された結果ひきおこされる偏見・差別・迫害……によって「社会的アイデンティティの破壊」や「人間性の否定」が起こるというスピッカーの言葉を紹介している。

大谷が言うところの「二重の不幸」について、具体的に見ていこう。

まず、病気そのものの持つ、酸鼻とも言える症状についてである。身体が負った症状の一端を、海人の歌を通して見てみよう。

拭へども拭へども去らぬ眼のくもり物言ひさして声を呑みたり
眼も鼻も潰《つひ》え失《う》せたる身の果にしみつきて鳴くはなにの虫ぞも
泥濘《ぬかるみ》に吸はれし沓《くつ》をかきさぐる盲《めしひ》にこそはなり果てにけれ
朝明をもよほす悪寒《をかん》にたづぬれば人差指に爪ぞ失せたる

耳の孔さぐらるるときともしくもここに残りて痛覚はあり
幾たりのかたゐを悶え死なしめし喉の塞《つま》りの今ぞ我を襲ふ
総身の毛穴血しぶき諸《もろ》の眼のはじけ果つべししかも咳きに咳く
刻々にけしきを変ふる死魔の眼と咳き喘ぎつつひた向ひをり
また更に生きつがむとす盲我くづれし喉を今日は穿ちて
まともなる息はかよはぬ明暮を命は悲し死にたくもなし

癩は全身の器官が侵される病気であり、戦後米国から治療薬プロミンが導入されるまでは、病み崩れていくのを止める有効な方法はなかった。文字通り「崩れて」いくのである。髪は抜け爪は剝がれ、皮膚は膿み、鼻も耳も孔だけとなる。手足は指が溶け落ちて棒——海人はそれをしばしば「すりこぎ」にたとえている——のようになり、目は猛烈な痛みとともにその光を失ってゆく。やがて息のできない苦しさに気管支を切開され、それと同時に声さえも奪われる。気管切開とは咽喉の下を切開し金属性の管をはめて、それを通して呼吸できるようにしたものである。

癩者の大受難は失明と気管切開であるというが、右の歌からも察せられるように、海人はこのどちらも経験している。そして驚くべきことに『白描』の歌の殆どは失明後のものなのである。

海人は歌を書き留めてほしくなると、空中に腕を回して文字を書き、あるいは呼吸管の穴をすりこぎのような手でふさぎ、その息を声帯に回して、辛うじて声を発したという。そのようにして発せられた言葉を私たちは読んでいる。

次に、彼らがどのような状況に置かれていたか、ということである。癩は「天刑」であり「業病」である、と言われた。それは刑罰なのであり、報いなのだという考え方である。

これは病み崩れていくという見た目の酷たらしさに加えて、この病気が長い間遺伝的疾患であると考えられてきたことにもよる。いったん癩の者が家族に出たならば、その家は地域の中で白眼視され、孤立して暮らさなければならない。

やがて遺伝ではなく伝染性疾患であると明らかにされるのだが、これによって偏見が正されるどころか、いよいよ差別され疎外されることとなった。癩は伝染病であるとはいっても、その伝染性が極めて低いことは、過去において癩の治療に関わった医師や看護婦等に罹患した者が皆無であるということをみても明らかである。にもかかわらず、その伝染性が過大に宣伝され、患者を隔離する方向に、国を挙げて動いていくのである。

一九〇七年「法律第十一号　癩予防に関する件」を皮切りに、一九一六年「患者懲戒・検束に関する施行規則」、一九三一年「らい予防法　法律第五十八号」「国立癩療養所患者懲戒検束規定」、一九五三年「らい予防法　法律二十一号」等々と、癩を「予防する」という名目のもとに、いずれも患者を強制隔離する法律が制定される。「ハンセン病患者に対するいわれなき差別と偏見を醸成した」「悪法」（「所長連盟声明」）であるとして、長きにわたって廃止を求められてきた「らい予防法」が、ようやく廃止されたのは一九九六年四月のことである。

右の法律について、島比呂志は、

「癩予防法」は患者の強制収容を規定したものであり、「国立癩療養所患者懲戒検束規定」は、収容した患者を取締るための罰則規定であった。規定とはいえ、裁判なしに患者を監禁することもできるもので、それを運用するのは園長であり、園長には警察権と裁判権が委ねられているのだった。（「私の勲章」『片居からの解放』）

と、解説している。病人というより罪人の扱いである。海人が「癩に堕ちし身」「人間の類を逐はれて」と感じる背景には、このような事情がある。先の初期歌群で、死を思うと同時に家族の顔が浮かぶのは、自分の死を悲しむ存在としての家族というだけではない。「烙印《スティグマ》」を押されるのが、自分だけではなく家族にも及ぶであろうことを、恐れているのである。

癩の宣告――人生の途上で突然降りかかった不条理と、どんなにして向き合うか。ゆっくり考える間もなく、海人は社会から疎外され始めた自分を感じたはずである。

診断を下されて一ヶ月も経たない「大正十五年四月三十日」付の書類が残っている。「富士郡富士根尋常高等小學校訓導　野田勝太郎」にあてて「静岡縣」が発行した辞令であり、文面は次のようなものである。

小学校令施行規則第百二十六條第二號后段ニ依リ退職ヲ命ス

この一枚の紙が、彼から社会的役割の大きな一つを奪った。自分がじわじわと「人間の類を逐はれ」

つつあるということを、彼は感じたであろう。

職を罷め籠る日ごとを幼等はおのもおのもに我に親しむ

何も知らずに、ただ父が家にいる嬉しさにまつわりついてくる幼子たちを、どんな思いで見ていたことか。子らと接しているとき、父である自分を意識したはずである。この先、父として何もしてやれない、それどころか自分の存在が彼女たちの未来を閉ざすことになりはしないか、と。また、この子らと生きていく妻のことも考えたであろう。女がひとりで生きていくことの諸々の困難を。残された彼らの淋しさ辛さを自分の感情として、茫然とする日々であったろう。

やがて、家族を離れ入院しなければならない日がやってくる。

鉄橋へかかる車室のとどろきに憚からず呼ぶ妻子がその名は
窓の外はなじみなき山の相《すがた》となり眼をふせて切符に見入りぬ
検札のやがて過ぎゆく夜の汽車にあるが儘なる身を横たへぬ

宣告を受けた日、家に帰りかねてさまよっていた彼は「陸橋を揺り過ぐる夜《よる》の汽車幾つ死したくもなく我の佇む」と歌った。「死したくもなく」とあるのは、やはり死を意識しているのである。陸橋に立ち、死を傍らに、闇を過ぎるいくつもの汽車をやり過ごしたその日から一年二ヶ月が経っている。

今、車窓の人となって療養所のある明石に向かう海人の胸は、妻子への思いではりさけそうである。しかし人目をはばかる気持ちが彼に声を出させない。黙したままの彼の顔は、苦悶に歪んでいたに違いない。汽車が鉄橋にかかるとき、ゴーッという音に重ねて「憚からず」その名を呼んだとき、大切な者を置いていかなければならない現実が今更ながらに思われ、その苦しさに身をよじったであろう。

汽車は自分をどのような場所に連れて行くのか。手元の「切符に見入」っても、明日は見えないのだった。やがて「窓の外」を流れる「なじみなき」風景も薄暮に紛れ、夜を行く汽車の窓がやせた男の顔を映し出す。「宣告」を受けた人間の、不安と絶望と悲しみがない交ぜになった顔である。

別れが、まずあった。それからあとを、ひとり、どう生きていくのか。はっきりしていることは、「あるが儘なる身」を、「癩に堕ちし身」を、受け入れて生きていくしかないのだ、ということ。だがそのことの何と辛く困難なことであったろう。

癩であることを肯《うべな》うまでの、遠い道程を、海人も行かねばならなかった。

2　懊悩——「人の世の涯《はたて》とおもふ」

海人が長女瑞穂をスケッチしたものがある。一九二五年八月三十一日の日付になっている。まだ癩の兆候は無く、静岡県内の尋常高等小学校教師として、愛妻と初めての子どもと平穏に暮していた頃である。

生後六ヶ月――可愛い盛りの娘がむずかるさまを、時間を追ってスケッチしている。眠たくなってきたのだろうか、次第に機嫌が悪くなって、ぐずぐずし出し、ついに大泣きした後、疲れて泣き寝入る様子を、のびのびした線で描いている。

同じ日付の、妻がモデルのスケッチもある。こざっぱりとした服装。すずやかで知的な風貌。右腕をテーブルに載せポーズをとっている。彼女は以前勤めていた小学校の同僚であった。わが子瑞穂が泣き寝入ったあとにでも、向き合ったものであろう。父と母になったばかりの若い二人の間に、ゆるりと流れる時間、通う空気が感じられるようなスケッチである。

海人がひとり明石にやってきたのは、この二年後のことである。

明石楽生病院に、海人は都合三回入院している。一九二七年六月初めから三二年十一月末までの間であるが、途中退院が二回あり、実質的な入院期間はその半分に満たないほどである。

この間、間隔を置きながらも、日記や感想を書き残している。そこには「待つ」海人がいる。

「今日も浅（妻の名――筆者注）より来信なし。淋しい心を抱きしめて寝る」

「今日も便りなし。淋しい」

「そろそろ浅から手紙が来さうなものだ」

「明日は手紙が来るだらう」

妻からの手紙を待つ海人は、子どものようである。待てども待てどもたよりのない日々に、

「病気ででもあるのかしら」

「忙しいのだらう」

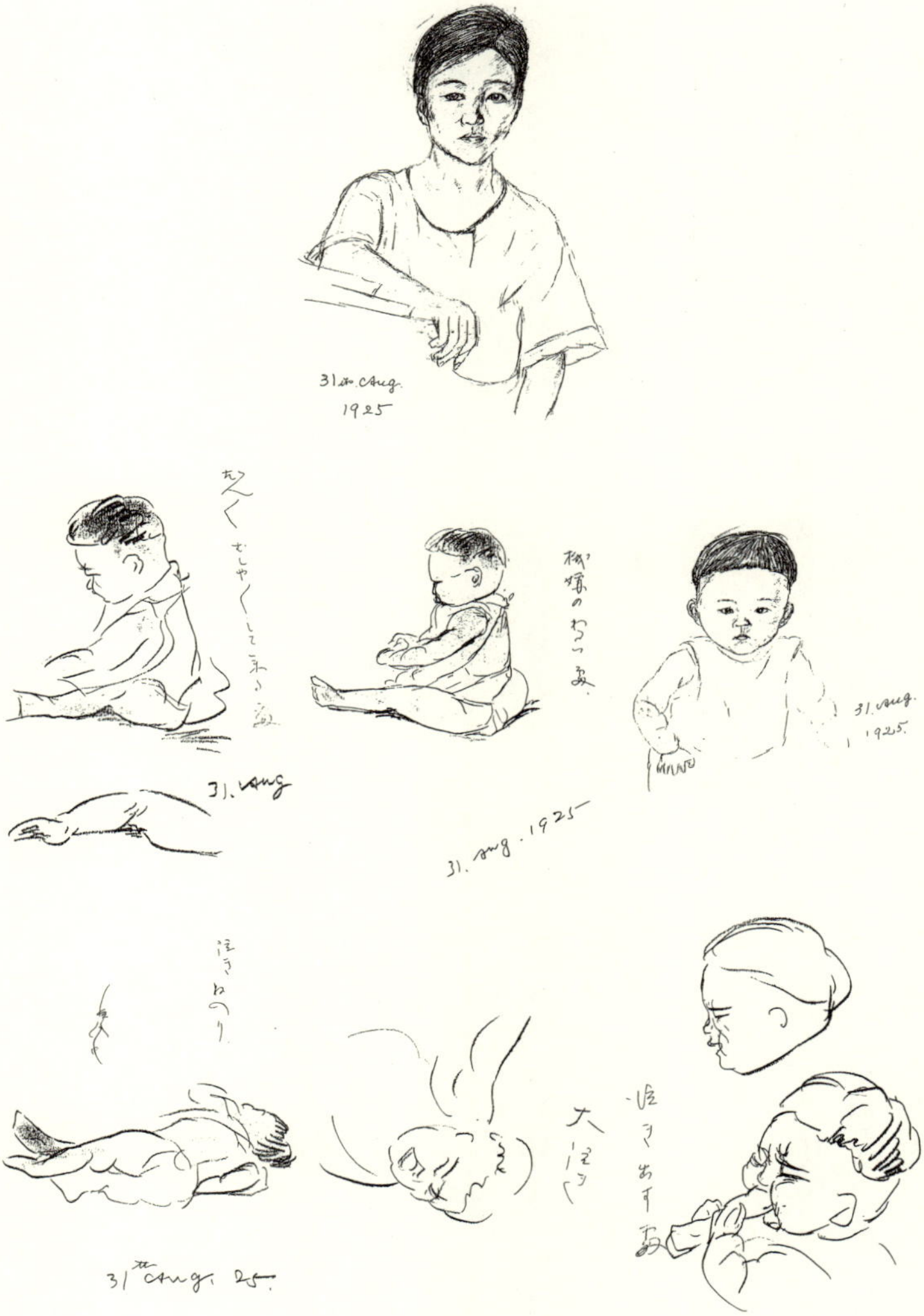
31th Aug.
1925
むしゃくしゃして来る顔
31. Aug
機嫌のわるい顔。
31. Aug. 1925
31. Aug.
1925.
泣きねいり
大泣き
泣きだす顔
31th Aug. 25.

「返事がちつとも来ないのが気になる」

「沈み行く心をどうしやうもない」

「その冷淡さが恨めしい」

とつづり、

「明日の日よ、浅からの手紙をもたらせ」

と祈る。待ちに待ってようやく来たときは「自分でも現金な位一ぺんに元気づ」き、その日のうちに返事を書き上げ、投函したその瞬間からまた妻の返事を待つ。そして再び「妻よりの来信今日もなし」が何日も続くのだ。この繰り返し。彼は女々しいほどに妻を恋い、その愛情の証としての手紙を求める。狂おしく切なく一途な感情――待つ。


確認したいのだ、自分たちの絆を。知らせたいのだ、夫であり子どもたちの父である自分がここにいて、お前たちを思っている、ということを。自分の思いの分だけ、妻にも思いを返してほしいのだ。

このごろを便り遠のく妻のこと梨の芽立ちに想ひてゐたり
あるときは妻が便りのもの言ひの世の常なるを寂しみにけり

初々しく芽吹いた梨の木陰で、「便り遠のく」妻を思う。便りがくる間隔が空いたぶんだけ、妻と自分の距離も遠のいたように感じられる。ようやく便りが届いても、その物言いに思いがこめられていないのを感じ取り、寂しさに捕われるのだ。

しかし妻には日々の現実がある。子を育て己れを守るために、生活の手立てを講じなければならない。夫のことだけを考えているわけにはいかない。手紙の言い回しに気を遣うような余裕はない。ノートに散見する「夢」という文字の多さが、彼の現実を物語る。

命はも淋しかりけり現《うつ》しくは見がてぬ妻と夢にあらそふ

夢で逢うしかない。しかし手紙をくれない妻は、夢の中でも、つれないのだ。長く辛い夢から覚めてみれば、やはりひとりの現実である。いのち一つ抱えて、ひとりここに生きている。淋しい。しかしこの淋しさこそ――どのような姿になろうとも――今彼に命ある証なのだ。

海人は妻の手紙を待ちながら、彼女の肖像を描く。「はじめはどうしても似ない、首をつけたら、急によくにてくる。(略) 相対していると、すゞろに在りし日が偲ばれる」。

かつてすぐ手の届くところにいて、自分の言うままにポーズをとっていた妻であった。いとしいものをのんびりと描いた時間と空間を、やるせなく偲んだことであろう。

ところで、海人が妻につづった、切なくも美しい手紙が二通残る。一九二九年、明石病院に再入院した頃のものと思われる。したためているときの海人の心、受け取り文字をたどっているときの妻の心、いずれもが思われて、読んでいて胸苦しくなる。長い手紙の一部を引きながら、海人の妻に寄せる思いの一端なりと、たどってみよう。

第一信は、親戚の助言をいれて、別れを切り出した妻への返信である。海人は妻に「お前自身（略）最善と信ずる道を選ぶべき」と言い、だがその道が「果して（略）お前に幸福を齎すものかどうかよく見定め」なければならない、と説く。その上で真に幸福が保証されるとなったならば、お前はお前の道を行くがよい、と。しかし潔いその言い方は自分の「理性」が言わせたもので、自分の「感情」は「嵐の様に混乱」しているということも、告白する。

長い間自分に純情を示してくれた妻の幸福を、しんから願っているのだ。しかし彼女への愛着が、彼を諦めさせない。お前の「信ずる道」が真にお前に「幸福を齎す」のかという問いかけは、今一度立ち止まって、妻に確認してもらいたいのである。お前の幸福は何か、と。それは自分と別れて、違う道を行くことなのか、と。

そもそも、なぜ自分と妻が別れなければならないのか、彼は考えこまずにはいられない。「限りない愛着に咽ぶ二つの魂」を「永遠に裂き離さうとしてゐる」ものは何か、と。

二人に別離を強いるものは、癩という病気である。あるいはその病気のもつ意味である。その名前を医者が宣告した時、彼の「現世の幸福の一切は溶け去つてしまつた」のだ。癩は彼から「自信（略）と野心との一切を奪ひ去つた」。そして今、彼にとつて「最後の光明たる」妻の愛を「剝ぎ取つて行かうとしてゐる」のだ。

妻と別れるということは、愛する女性を失うことを意味するだけではない。それは妻とつながるあらゆるものと別れることであった。妻と築き上げてきた生活、慈しみ育んできた子どもたち、彼らと拓くべき未来——自分につながる一切のものが、いっきょに奪われようとしている。

それればかりではない。妻は、社会と自分をつなぐ糸であった。遠い地で病を養う身は、世間との接点を失い、社会から見捨てられたような気分で日を暮らしている。妻をとおして彼は社会を感じ、社会の一員である自分を確認できただろう。

数年後「社会と自分」という論文を著し、「この世に生れ出ても（略）社会に対して何の意義ある仕事もしないうちに社会的生命を否定せられてしまつたのはこの上もない恨事だ」としたためる海人にとって、病者の自分が社会と如何に関わっていくか、という問題は、当時とりわけ大きな課題であったはずだ。しかし社会と自分をつなぎとめておく糸が一つ一つ断たれて、「最後の光明」たる妻とつながる糸さえもが、断たれようとしているのだ。

別れを願う妻の手紙に、海人は、いよいよ身ぐるみはがれる思いがしただろう。いつかは治って帰るのだという希望の上に、彼の闘病生活は成り立っていたはずである。現実にはかなうべくもない、はかない期待であるとはいえ、帰る場所があり、迎えてくれる人がいるから、暗闇に光を探そうとするのである。

家に帰り、社会に戻っていくその日を、夫は待っていた。だが、妻は待ちあぐねて、あるいは親族からの助言もあったのだろうが、夫につながる糸を自分の側から断ち切ろうとしている。待てないという妻の意思表示は、海人に、自分は待つ甲斐のない人間であると教えたであろう。

妻の幸せを願う「理性」と、自分の寂しさを持て余す「感情」とを秤にかけて、断腸の思いで彼は妻に自由を与えようとする。

思えば孤独と寂寥とが人生の本然の姿なのだらう。そして私は再びそこへ帰つて行く外はないのだらう。

人生の実相を「孤独と寂寥」と捉え、本来の姿に帰っていくのだと自らに言い聞かせることによって、状況を受け入れようとするのである。しかしそれでもなお、次のように綴らずにはいられない。

万々一将来お前が再び私の胸に帰つて来たくなつたら、望ましい事ではないが、不幸にして冷い人の心がお前に私如きもの丶胸をさへ恋しく思はせる様な事があつたら、或はお前が絶望の極、死を求める様な事があつたら、どうか私の処へ帰つて来てくれ。私はいつでも双手を開いてお前を迎へよう。どうか私の生きている限り絶望しないでくれ。（略）たゞ凡ての人に見捨てられた時だけ、私を思ひ出して私の処へ帰つて来てくれ。

「凡ての人に見捨てられ」「絶望の極、死を求める様な」ときにのみ、妻は自分を必要とするかもしれない、とは何という悲しい思いであろうか。もっとも不幸な状態になったとき、妻は再び夫であった自分の存在を思い出してくれるだろう。そして自分の隣にそっと寄り添ってくれるだろう、と彼は思う。その日の妻に会うために、生きていようとでもいうかのようである。

長い手紙を、彼は書いても書いても書き終えることができない。擱筆したとたん、妻と自分をつなぐ糸が、本当に切れてしまうような気がするのである。ついに感情が理性に勝り、妻に呼びかける。

「今一度自分の妻と呼び得るお前に会いたい」「一日でもたつた一目でもよい、もう一度会いたい」と。

第二信は、彼の最後の切実な願いがかなえられ、妻子に会って帰って来てからのつづりである。久しぶりに会えたのも束の間、「一人になつて見ると、たゞ夢の様だ」と思い、これからは永遠に「夢にのみしか見ることを許されぬ俤」と思うと「狂ほしいまでの愛着」に捉えられる。「かくまで愛するものを奪ひ去る」運命を呪い、「かくてなほ私に生きよと云ふのか」と叫ぶ姿を、妻はどんな思いで読んだことであろうか。

しかし、妻に呪詛と悲嘆をかぶせたまま最後の手紙を終えるような海人ではない。彼は妻に誓う、「生きてこの魂の底をえぐる苦悩に堪へて行」くことを。そして彼女には「純な愛」を捧げてくれたことを感謝し、「どこまでも幸ひに恵まれてくれ」と願いつつ、ここでもまた「若し不幸にして（略）凡ての人に顧みられなくなつた時」は自分を思い出してくれ、そして自分の胸に戻ってきてくれと訴えている。

手紙の最後。

之が妻と呼び得る最後の時と思へば、いつまでも名残りはつきない。然しいつまで書いても限りはない。見返り勝の感傷を励まして筆を擱かう。
長い事苦労をさせたね。そしてその間ほんとによく尽してくれたね。ありがたう。お前の心尽しは生涯忘れはしない。では元気で暮しなさい。（略）
之が晴れて妻と呼び得る最後だね、ではこれで擱筆する。妻よ、さようなら。

生命の限りの愛恋と骨を嚙む悲哀とをこの七つの文字にこめて、私はもう一度くりかへさう。妻よ、さようなら。

「妻よ、さようなら」の七文字から、悲しみが滴っているようである。

これから数年後の日記にも、妻からのたよりを待つ様子が描かれていて、この手紙を最後に二人の関係が完全に途絶えたのではないと思われることは、海人のためには喜ばしい。だが、先の手紙を書いて程ない頃に同じ療養所の同病の女性と自暴自棄な関係を結び、それが生涯の悔恨事となるなど、妻との別れによる全き孤立の中で、のたうつような日々を送ったであろうことが想像される。

苦悶する海人の脳裏に、いつも「癩」という一文字が貼り付いていただろう。癩にかかった者は、病気そのものが与える苦痛のみならず、社会から異質なものとして追放されるという悲惨をも負わねばならなかった。しかし彼に「癩」という烙印《スティグマ》を押すものは、病気ではない。人間なのだ。

自分に押された烙印を、つくづくと実感したのは、家族からまで拒絶されていると感じるようなできごとに出会ったときであろう。

先の手紙をしたためる前年の一九二八年四月九日、次女和子が亡くなっている。そのことを、海人は葬儀の済んだ後に、妻からの手紙で知った。

『白描』に載る、その折の歌。

紀州粉河の近在に独居して病を養ふうち、たまたま子の訃に接す。事過ぎて既に旬日の後なり

已《すで》にして葬《はふ》りのことも済めりとか父なる我にかかはりもなく
昼こそは雲雀もあがれ日も霞め野なかの家の暮れて幽《かそ》けさ
ながらへて癩《かたゐ》の我や己が子の死しゆくをだに肯《うべな》はむとす
幸《さち》うすく生れて死にてちちのみの父にすらだに諦らめられつ
あが児はもむなしかりけり明けさるや紫雲英《げんげ》花野に声は充つるを

一九二七年の夏から二年間、海人は紀州粉河の近くの打田（現・和歌山県那賀郡打田町）に、住んでいた。明石楽生病院から此地の佐野皮膚性病科病院に転院し、その後田圃の真ん中にある一軒家を借りて、そこから通院した。妻が子どもを連れて逗留するということなどもあり、まだ家族の絆を感じることのできた頃である。その地のことを美しく追想した「粉河寺」という散文詩（『日本歌人』）には、そこで過ごした日々が感傷的な筆致で綴られる。

（略）一夏、妻が子供を伴れて訪づれて来た。（略）私は子供を連れて（略）とある池の畔へきた。岸につづく一面の萍は仄かな花を撒らし池心は折からの風にか黝い水皺を立ててゐた。野蒜の花を摘んでゐる子供の傍に立つて池の面を見てゐると、不意に吸ひ込まれる様な戦きが閃く。（略）

すでに秋の気配を見せて荒涼たる風物の中に、ただ一つ動いてゐる吾が子の何と云ふかそけさ。（略）未知の土地の池の畔で病める父と共に草の花を摘んでゐたこの夕べを、物心ついて後この子はどんな心で思ひかへす事であらふ。幾日かの後別れ去れば、また会ふ日もはかられぬ父と子の宿縁のせめてものかたみに、この夕べの記憶なりとも残してをきたいひたぶるな思ひに、慌しく子の名を呼び、訝しく見上げる子を抱き上げ、ともすれば萍の下から誘ひかける水魔の眼を遁れるやうに、私は一散に堤の道を走つた。

歌の中の「幸うすく生れて死」んだ子供は、右の文章につづられた子の妹に当たる。彼が癩を宣告された年の暮れに生まれており、粉河にも母と共に数日滞在したことがある。

わずか二歳で腸炎で亡くなったのである。その悲しみ。しかも、父である自分にそれが知らされたのは、葬式が終ってからのことであった。

「已にして葬りのことも済めりとか」——悲しみと同時に憤懣やるかたない思いが胸に渦巻く。なぜ知らせてくれなかったのか。しかし妻の手紙には「あなたには帰へつて貰はない方がよいと云ふ父や母の考へで、わざと今迄報せなかつたといふ意味」のことが書かれていたのである。

「歌日記」には当時の心理が詳しい。次女の死を手紙で報告された彼は、「急に死んだと云はれても、どうしても本当のやうな気がしなかつた」と、事実を受け入れがたくただ茫然としているが、やがて「腹立たし」い感情に駆られる。「父たる自分の知らない中に死んでしまひ、葬式までが済んでゐる。こんな事があつてよいのだらうか。（略）父も、母も、妻も、自分自身さへもが、憎らしかつた」。

だが、やがて彼は再び手紙を手に取り、読み返しているうちに、それを書いた妻の「悲しみに打ちひしがれた」姿が「まざまざと感じられ」、初めて涙を流すのである。そして、妻に連れられてやって来た日の子供を思い出し、

あれが最後だつたのだ。二三日しかゐなかつた子供の匂ひが、今も壁や畳に沁みついてゐるやうな気がしてじつとしてゐられなくなり、紫雲英の花ざかりの野道を、私は一日中さまよひ歩いた。

「紫雲英花野に声は充つるを」——紫雲英野に残るあどけない声を、「父なる」海人はどんな思いで聞いたことか。

ところで、逝いた子を思う歌、およそ二百十首を収めるノートが残っている。妻が次女の死を知らせてきた、その日からのものである。海人の歌は一九三四年からの歌が、活字となっているが、その頃からさかのぼっても、六年も前の歌群になる。

歌の前に付された「和子の訃」という題の文章は、子を失った悲しみと、なぜ知らせてくれなかったかという嘆きに満ちている。

生きてゐるうち、せめて一目でも会いたかつたのに、なぜ知らせてくれなかつたのだらう。臨終に間に合はないなら、死顔なりと見たかつたのに。もし埋めてしまつたなら、墓を掘り起して

も、もう一度我胸に堅く抱いて思ひの限り泣こうのに。火葬にしてしまつたとは、何たる事だらう。（略）父と子があんなあつけない別れをしてしまつて、よいものだらうか。

文章の最後は「あゝ夢であればよい、夢であつてくれゝばよい」と結ばれる。が、二日後には「やはり夢ではないのだ。（略）夢ではない。夢ではない」と、吾子の死を悲しく受け入れようとしている。この後に二百十首の歌が続くのだが、その中の十首。

悲しめど嘆けど泣けど足ずれどわが子はすでに骨となりしか
あゝかの日汽車の窓辺に別れしがこの世のはての別れなりしか
吾子逝きしこの春の夜を思ひやる故里遠く吾は哭くなり
吾子逝くと妻のたよりのありし日も雲雀は高く空に囀る
汝想ふ歌の数々積れども心はつひに慰さめられず
天つ日も嘆きわたるか霞立つげんげ畑にたぎりて落つる
悲しさにれんげ畑に来て見れば故郷の空は霞こめたり
いとし子よその面影よ眼なざしよ笑ふ声音よあゝいとし子よ
夜となれば紀の川べりにともる灯の遠くまたゝく見るもかなしき
旅に病む父のありとも知らずして吾子は逝きけむ母のみ恋ひつ

表現は稚拙ではある。しかし練られず生のままに歌い上げられているために、かえって切々と訴えるものがある。

それにしても、二百首を超える歌々をいっきに作らせたものは何か。歌の出来から見ても、それまで日常的に作歌していたとは思われない。子の死という尋常ならざる事態に遇い、精神の均衡を保つすべとして、歌い続けたのであろうと推測するのである。

そのほとばしりは、子を失った悲しみをその源流とすることは疑い得ない。しかしそれに拍車をかけたのは、父親である自分が、子どもの死という人生最大の悲劇を、知らせてもらえなかったという衝撃であろう。「子供の死を知らされない親が何処にいるだらうか」「こんな事があつて、よいのだらうか」との強い問いかけは、やがて自分が親の数に入れられていなかった、という事実を気づかせることとなり、こんどはそのことを自問するようになる。自分は父でもなければ夫でもないのか、と。人の数に入れられない存在になってしまったのか、という思いは、海人を滅入らせ、自分の生存の意味を疑わせるのに十分だったであろう。家族の支えになっていると思っていたのが、いつの間にか彼らの枷になっていたのである。

妻からの離縁の申し出は、そんなことがあった翌年のことであった。

落胆と失望の日々に、ともかくも海人を生かし続けたものは、彼が「理性」あるいは「理智」と呼んだものだろう。先の妻への手紙に、彼は幾たびかそれらの言葉を書きつけている。

私の理性はいつかは私をこの恐しい感情の破綻から救つてくれるであらうと思ふ。

時にはいつそ、気でも狂ふのではないか？　正気を失ひでもしたら、この苦悩をも忘れられるだらうとまで思ふ事もあるが、しかし私の理性は私をして魂の破滅から救つてくれるだらうと固く信じてゐる。

神を信ずる者ならば神に祈らう、仏を拝む者ならば仏に縋らう。然し私には信ずべき縋るべき何物もない。私の信ずるは唯自我、私の頼るはただ我が理性あるのみ。私の理智があの感情の嵐に堪え得られなかつたら潔く砕けて散らう。それまでは生きよう。生きてこの魂の底をえぐる苦悩に堪へて行かう。

自分を「感情の破綻」「魂の破滅」から救つてくれるものは、神や仏ではない。自分の魂を救うもの、信ずるに価するものは、ただ「我が理性」のみという海人の姿勢は、これ以後も一貫している。徐々に病み崩れ、やがては命を奪われることを、彼は知っている。それは容赦なく自分の身体を蝕み、半生をかけて大切に培ってきたものを根こそぎ奪っていこうとしている。

まさに、癩こそ彼の運命であった。未来は閉ざされ、狂気と死の誘惑にさえさらされて、しかし彼は「生きて」この運命と向き合うことを選択する。癩菌といえども、精神だけは侵すことができないであろう。癩が入り込めないただ一つの領分である精神を、海人は武装しようとする。

当時東京大学医学部皮膚学科教授でハンセン病の研究に熱心であった太田正雄（歌人木下杢太郎）は、「詩と宗教と、是れが病者に残された慰安であり或者に取つてはまた生命であらう」（「新万葉集のうちの癩者の歌」『短歌研究』）と書いているが、宗教への道を、海人は最初から排除していたわけではない。次章に見るように、彼は宗教の可能性を模索しながら、結局はそれに拠ることはなかった。「神を信ずる者ならば」「仏を拝む者ならば」――「祈る」「縋る」ことの中に埋没できる自分であるならば、どんなにか救われたであろうか。しかし、彼の「理性」がそれを阻むのである。武器になるのは経典の類ではなかった。

明石時代の海人を、病友松村好之は「机の上にはマルクスの資本論を始め、唯物論的な本ばかりが三十冊近く積み上げられ、治療や、食事の時以外は殆ど一日中、読書にばかり耽っていた」（「回心の記」『愛生』）と回想する。

マルクス主義に傾倒し、そこに可能性を見出そうとしたところに、海人という人間の社会への関心の寄せ方を見る。あくまでも社会とのつながりの上に自分の生存を置こうと、模索するのである。それはひとり自分の生き方のみではなく、癩患者のひいては人間の生きる姿として理想とされていたのだろうと思われる。

人の世の涯《はたて》とおもふ昼ふかき癩者の島にもの音絶えぬ

晩年の六年半を過ごした国立癩療養所愛生園のある長島の印象を歌ったものである。癩者はまさにこの世の果ての人であった。「人の世の涯」に至ってなお、何かに縋って自閉するのではなく、自らを外に開いていこうとする、そのこころざしの高さに打たれる。しかしあまりの苦悩と絶望に、やがて彼は彼でなくなってしまう。

いったんは閉じられた彼の時間が、ふたたび未来に向って開かれるまでには、不可思議な狂気の体験とそれからの帰還、そして歌との出会いがあった。

3　新生——「命のはての歌ぶみの」

海人がそれまでいた明石楽生病院の閉鎖にともない、愛生園に入所したのは一九三二年十一月二十八日のことであったが、そのときの様子を園長の光田健輔は「人事を弁ぜざる程」と言い、入所後の状態について、次のように書き記している。

鬱躁狂状態の彼は幻視幻聴追跡妄想があって、自分が大罪犯人であるが如き妄想の為め、夜間室外に遁逃して友人の手を煩はし捜索せねばならぬ事が屢々であった。（「天啓に生きし者」『明石海人全集』）

しばしば「友人の手を煩はし」た、その友人松村好之が書いた『慟哭の歌人　明石海人とその周辺』

によれば、一足早く長島にきていた楽生病院時代の仲間三人が、船着場で待っていると、海人は四人の看護手に担架で担がれて降りてきたのである。

「自分の眼を疑」ったほどの変貌ぶりに、松村は「このままにしては置けない」と、友人と二人で海人の看護に付かせてくれるよう、園に申し出る。愛生園では「謹慎室」といって「水道も電気もなく、高い天井の横に鉄格子をはった小窓」しかない「臭気ふんぷんとし」た部屋があったが、狂人はそこに入れられることになっており、そこに閉じこめられることの「悲惨さを（略）知っていた」からである。

熱意が通じて海人の面倒を見ることになるが、以前の「博学で、謙遜で、然も温厚な」海人ではなくなっていた。驚異的な食欲を示し人のものまで奪って食べ、百余キロになった海人は、「毎晩のように素っ裸になり、部屋を飛び出」し、「雑木や茨が縦横にからみ合っ」た、山の中の道なき道を「まるで傷負いの熊か、猪のように物凄い勢で分け入っ」て行くのだった。友人たちは「疲労」「困憊」しながらも、そのたびに粘り強く海人の後を追っては、連れて帰った。

彼はいったい、何から逃げていたのであったか。後に「あの頃は毎晩のように何百何千とも数え切れぬほどの蛇が全身に這い上って来たり、警官が追いかけて来る錯覚を覚えていた」と松村に語っている。

療養所内の機関紙『愛生』（一九三七年十二月号）に発表した「一つの終焉（三行詩）」と題された詩は、各連三行で、五十一連から成り、「某日、高熱を発して死生の一線を彷徨した数日の間の幻影」との題詞が付く。五年前の「幻視幻聴追跡妄想」に捕われた頃のことを回想したものではないが、そのときの彼の不安とおののきを窺わせるような心象風景である。

空白の数日間を言語化しようとの試みであり、のちに五七五七七の形に乗せて作り直され、『白描』に掲載されている。三行ごとに場面が変化するのは、そのときの彼の意識が、連続に堪え得ない、切れ切れの断片であったことによるのだろう。

数連を引いてみる。「逃げる」と同時に、自分以外の者に「逃げ失せ」られ取り残される感覚の中で、膨張する不安がリアルな妄想を産み出し続ける。

煉瓦の塀を高くめぐらす
街角に母がゐて
逃げよ逃げよと言ふ

羅馬《ローマ》が燃えてゐた
莫斯科《モスクワ》が燃えてゐた
わたしの背柱が燃えてゐた

べたいちめん空にひろがる
無数の首
歯並もあらはに声もなく嗤ふ

壁の向ふの音もない声が
繰りかへし
わたしの齢をかぞへてゐる

すでに灰の降りはじめた街の夕ぐれ
わたし一人を遺して
人々はみな逃げ失せてゐた

仰げば星も見えると思ひながら
ぬかるみに
足をとられてゐる私

路々にむらがる月夜茸
蹴散らせば、どつと
血しぶきたてて崩れる

回復は言葉とともにやってきた。翌年の秋早朝、海人の姿が見えなくなり気を揉む松村たちは机の上に紙片を見付ける。遺書か、と胸ふたがる思いをするが、そこには「二首の歌」が書かれていた。しっかりとした筆跡であり、明らかに回復を感じさせるものだった。しかし海人を見付けないうちは安心できない。必死に歩き回って、ようやく、光ヶ丘の頂上に「ドッカリと石の上に腰を降して」いる海人を探し当てる。その時の海人を、松村は、

あまりにも長く、重苦しい悪夢から覚めた海人は、時を忘れ、俗界を離れて悠揚迫らざる大自然の運行とその美しさに見惚れていたのであろう。

と、書いている。

ところで「二首の歌」について、松村は「残念ながらその歌は紛失したが、一首の上の句は『果敢なさは田溝に赤き落椿』であった」という。前述光田や医官であり長島短歌会の指導者でもあった内田守は「歌」ではなく、俳句であったと記憶している。なるほど、先の五七五のつづりは、それのみで独立した俳句ともとれる。

「長く、重苦しい悪夢から覚めた」後、最初に発した言葉が、歌もしくは句であったということは興味深く思われる。海人のそれ以後の文学への傾きが示唆された出来事と思えるからである。

それにしても、海人の一年間にわたるこの狂気はいったい何だったのだろう。なぜ、こちらの世界に彼は戻って来ることができたのだろう。

神谷美恵子は、次のように書いている。

ひとたび生きがいをうしなったひとが、新しい生きがいを精神の世界にみいだす場合、心の世界のくみかえが多少とも必然的におこる。（略）人間のあらゆる精神機能は、つきつめた形にまで昂じれば、異常な様相を呈するはずである。異常なものはひとをおどろかすから、当然そこに神秘という印象もおこる。（『生きがいについて』）

ここに言う「心の世界のくみかえ」を彼女は「変革体験」と呼び、変革体験を経てようやく前向きに生きていく人を指した、ジェイムズの「二回うまれ」という言葉を紹介している。海人の狂気と回復を、ここに書かれているような「変革体験」ととり、「二回うまれ」の人と呼ぶことはできないだろうか。

死後彼を解剖した光田健輔は、脳に「髄膜炎の痕跡」があった旨記しており、海人の狂気は、あるいはそれが原因だったのかもしれない。髄膜炎は一般には発熱・頭痛・嘔吐等の症状があらわれるが、進行すると意識障害を呈することがあり、光田や仲間たちの伝える海人の当時の症状と重なるのである。自然治癒することも多いという。

光田自身は「髄膜炎」のことに触れながらも「此れが昭和八年の脳症状の為めなりと断定する事は差し控へねばならぬ」と書いているが、真相はこの病名が語ったとおりだろうと思う。

だが、この出来事をジェイムズの「二回生まれ」という概念を借りて、説明づけたい誘惑を覚える。それほど、回復は突然に、ドラマティックにやってきた。

私には、癩の宣告とそれ以降の苦悩によって、いちど死んでしまった魂が、言葉によって生き返ったのだ、と思われてならない。海人自身にも、いちど死に、再び生れたという意識があったであろう。長い夢から覚めて海を見つめ続ける後ろ姿に「新生」の文字が重なるのである。

だとしたら、彼から正気を奪ったものは何か、また彼に新生をもたらしたものは何だろう。「社会と自分」と題した四百字詰原稿用紙十二枚分ほどの未発表の文章は、海人の思想を知る上で極めて興味深いものである。文中の「三十年の我生」「この社会に現はれてより三十有余年」の文字からも内容の点からも明石楽生病院、三度目の入院時代か、あるいはその前後一年の期間に書かれたと考えられる。

題名に表れたように、彼は「自分」という存在をたえず「社会」と関連づけて捉える。「三十年の我生を省みて何一つ意義のある事のないのが悲しい。（略）社会の為に真に意義あるどんな仕事をなし得たか」と彼は書き出す。病状も進み、生涯をこの病を背負っていかなければならないことを、否が応にも思い知らされてきつつある頃である。

「我生」において「意義あるどんな仕事」をしたのか、と彼は自らに問う。かつて生業としていた教師としての職業がそれにあたるだろうか。「人の子を教えた」。しかしそれは「魂の接触のない単なる職業」でしかなかった。

では自分にとって人生における真の意義は何か、と彼は考える。「抑圧された階級の為に、凡ての虐げられたるもの、解放に生きる」ことではないか。ようやくにしてそう思い至り、そのように生きたいと願ったとき、「自分の肉体は既に悪魔の餌となつてゐた」という事実に気づくのである。

この社会を「解放せられた」「搾取なき」「よりよき」社会にしたい、その理想に向かって生きていきたかった。それが自分の「社会的存在理由」だった。しかし、社会から排除された者が、社会的に生きることを考えることの、なんと空しいことであったろうか。癩の肉体を持つ自分に、もはや「社会的存在理由はない」と彼は結論する。「私はたゞ個人的な理由のみで生きて居る」と。

彼は「社会的存在理由を失なつた個人」が頼るべきものとして宗教を挙げながら、自身は「私は宗教によつてこの世が救はれるとは思はない」「信じ得るものなら私も神を信ずる」「だが幻想を信じ得ないものはどうなるか」と書く。

同じ頃に書かれたと思われる日記には、「宗教」というものに対する拭いがたい懐疑の念が随所にしたためられている。

宗教についての考へを書いて居たらいつの間にやら反宗教論になる。（七月二十二日）

「逆境の恩寵」（永規矩著。当時結核闘病者の聖書といわれたという——筆者注）（略）余り大した内容でもなく面白くでもなくて余り気のりせず（略）仏教雑誌を一つ読む、これもくだらない。（八月十四日）

夜（略）説教あれど感心せず。（八月十七日）

昼寝後賀川豊彦の「神による新生」を読み終る。神の観念については疑義あれど、その愛他的精神については同意できる。（略）夜（略）説教中、ねむくて弱る。（九月一日）

この日記で海人がしばしば宗教について触れているのは、明石楽生病院自体の性質にもよる。この病院を管理していたのは大野悦子というクリスチャンの女性であった。彼女の患者への献身ぶりについて、松村好之は「ある時は母として、ある時は師として、また友となって」助け導いたと言い、内田守は「神の使徒のごとき大野夫人」と言っている。また、賀川豊彦は彼女を主人公として小説『東雲は瞬く』を書いた。

全身全霊で自分たちに尽くしてくれる大野の説くキリストの教えは、楽生病院にいた患者たちに徐々に浸透していき、その献身ぶりに感動して入信する患者も多かった。狂った海人の面倒をみた松村好之も彼女に導かれて入信している。

病院内にかもし出されるキリスト教的な空気の中で、海人もそのことについて考えざるを得ない状況にあったということであろう。しかも「社会的存在理由」がなくなったと感じ、これから何を拠り所として生きるのか、考えずにはおれなかったであろう海人にとって、宗教の問題は批判しながらも大きな関心事であったともいえるだろう。

しかし、聖書を読んでも、それを実践しているかのような大野の姿に接しても、彼には響かないのである。彼にはそれが運命と向き合う最善の方法とは、考えられなかった。「幻想」としか感じられないのである。

その感じ方は、日記後半で頻繁に書かれるマルクシズム関係の書物によってさらに堅固なものとなっていく。

マルクス簡易講座を読む。（九月十五日）
マルクス簡易講座読み終る。（九月十七日）
山川均の弁証的唯物論を読む。一度読みかけたの、読み直し、（略）（九月十八日）
唯物弁証法を読む、有限相対の世界観がやはり肯定できる。（九月二十二日）
唯物弁証法読了（九月二十四日）
唯物弁証法の第二回目を読みはじめる。今度はよく分る。（九月二十五日）

同じ本を三度も読み返していることからも、この思想への情熱が測られる。「社会と自分」がこれからそう遠くない時期に書かれたことは間違いないであろう。

狂気から覚めた数か月後、海人は形のうえでは入信している。そのことを松村好之は『慟哭の歌人明石海人とその周辺』に、次のように書く。

彼に大きな影響を与えたのは大野悦子の存在であった。（略）楽生病院が閉鎖されて、私たち全員がこの愛生園に転療してからも、悦子は終始一貫、聖書の中にあるサマリヤ人の如く尽くしてくれた。海人は、不言実行のこの悦子の感化によって決心をし、霊的にも背水の陣をひいたものと思われた。

この解釈はうがちすぎであると思う。自身キリスト者である松村の信仰心の強さが海人の回心を疑わなかったのだろうが、海人はそれほど単純な人間ではない。

確かに、狂気からの帰還は劇的なものであり、あるいは海人自身「奇蹟」という言葉を思い浮べたかもしれない。しかしそこに「神」の存在を感じ入信したというのは、海人らしくないことと思う。友人の松村たちが、キリスト者の愛で狂気の自分を見守り立直らせてくれたということも、キリスト教を見なおすきっかけにはなったであろう。松村への恩返しとは言わないまでも、これが彼の思い致しに対する海人の応え方であったか、と思われなくもない。

だが、愛生園での友人長野節雄が、その追悼文でしたためた、

明石さんは霊の不滅を信じない人であった。（略）心の奥の悲痛な叫びは、歌や詩の上にのみ表言《ママ》された。（「故明石海人兄を思ふ」『愛生』）

これが明石海人である。

死後『文芸』（一九三九年八月号）に発表された「高圧線」という小説は、明石時代のある女性との過ちを軸にした私小説的色彩を帯びた作品である。妻を裏切った罪悪感に慄く主人公が、明け方裏の雑木林を上っていく。次第に明けていく空の色を見ながら、持っていた聖書を手に取り、「山上の垂訓を読み始めたが、それは、目の前に露《あらは》な梢を見せて居る木立よりも寒い活字の幾行かに過ぎなかった」彼は「聖書を投げ捨て」る。そこに救いはなかったのである。

海人と宗教との関わりは、「寒い」と形容されるような、しらけたものだったのではないかと想像

する。そしてその感じは生涯変わらなかったと思われる。

「社会的」生存が彼の理想とする姿であり、自分の「存在理由」もそこにあった。しかし、理想の上に築くべき世界が、彼にはもうない。社会から切り離されてしまった海人にとって、よりよい社会を作る、という目標は無意味なものとなり、目的喪失の状態に陥ったと思われる。しかも頼りとすべき宗教を、彼は受け入れることができない。

目的喪失に陥った海人が、正気を失うほどに、煩悶し模索した果てに見えてきたのが、文学という灯だった。

先の太田正雄の表現を借りるならば、「社会的生存理由」を見失った海人は、宗教の門へではなく、文学の門へ入り、そこに「個人的生存理由」を見出そうとしたのである。正気に戻るのと同時に、五と七のリズムが湧き出てきたというのは、恩寵ともいうべきか。かつての日に逝った娘を歌った二百首の調べが、脳の片隅に眠っていたのでもあったろうか。

ここで、海人の生存目標は、「社会と自分」で示されているような、虐げられた人々の解放のために生きるということから、自分の内面を歌う、ということへ移行していく。

それを証するかのように、狂気から覚めた翌年の夏（六月一日から八月十三日まで）の日記は、「文学日記」と名付けてもいいほどに、文学に関する事柄で埋まっている。読書の記録・投稿の記録・小説執筆への意欲……特に短歌や俳句に関しての感想の多いのが目立つ。

朝詩一篇。後作句、青嵐で百余句ものす。（六月一日）

ホトトギスの投稿を発送する。（略）ホトトギスに一つでも入つたら愉快だらう。（同二日）
自分の気持としては、新俳句と短歌を第一に置き、俳句、詩を第二にやらう、文は第三にやらうと思ってゐるが、皮肉なもので、新俳句、短歌はちつとも出来ず、今のところ俳句がしきりに出来る。（六月三日）
午まへ歌稿の清書。始めより通じて六百首余りになる。午后「入梅」の題で作る。約五十句。（六月十二日）
ホトトギスへ投稿する。どうも自信なし。歌稿ノート今日より三冊目を使ふ。（七月二日）
終日句作。（七月十日）
生きてゐるうちに歌集位出す様になりたいと思ふ。この頃になつて命が惜しくなつて来た。（七月十七日）
大衆小説の腹案を考へる。（略）青年画家と女歌人と純情の乙女にまつはる愛の葛藤（略）。（七月十八日）
過去を思い出風にして長編を書いてみやうかしらと思ふ。小説が一番直接的で面白い。だが大分精力がいるらしい。第一字を書く労働が問題だ。眼が第一に心配になる。（八月一日）
俳句ではどうも十分に表はせない気がする。（八月二日）
このように、様々なジャンルを試み、どの形式が自分の表現手段として合っているか、模索しているようである。小説形式にも魅力を感じているが、次第に病状が進み体力も衰えてきたために断念。

短詩型の俳句と短歌は同時併行でかなりの数を作るが、次第に短歌に絞る。身長一メートル八〇に近く、明石時代の初期は病友たちに「明石さんはほんとうに病気なのだろうか。医者の誤診ではないのかなぁ」と噂されたほどに恵まれた体躯の持ち主であった彼が、「弱い身体になつたもの」と嘆きながら、必死に表現手段を模索している姿が浮かぶ。正岡子規を思い出し、自身を鼓舞してもいる。この頃から眼にも不安を感じ始め、「眼が痛む」という記述が数ヶ所に見える。完全失明はこの二年後の秋のことである。

六月十八日の日記に、

餘生が少くなつていよいよこの世の美しさを思ふ。亡びゆくものこそ美しい。（略）この世の美しさを精一杯に歌へたら……それが今の自分の希みである。

とある。この感懐は、失明への危惧とも相俟って、彼に末期の眼を意識させる。

私は眼の見える間は死ねない。肉眼が冥くなるに従つて自然の姿がどんなに美しく見えてくるかと、健康な人は恐らくつひに知ることはできまい。（略）私は眼の見える間は死にたくない。（「断層」）

「俺も愈々盲になるのか。」さう思ひながら、自分をとり囲む色相の世界――庭先の花や、草や、空や、雲に、儚い愛着の思ひを籠めて、訣別の眼差を送つたのもこの頃であつた。縁側にさしてゐる柱の影や、畳を這つてゐる蟻の姿など、何んでもないものがはてしない深さと美しさをもつて、脳の髄に沁み入つた。アルバムに小さく並んでゐる母や妻や子供の顔に、喰入るやうに見入つたことも幾度であつたか。私の周囲の光は、影は、像は、色は、私の眼の昏むのに反比例して、次第に鮮かさと美しさを増してゆくやうであつた。(「歌日記」)

末期の眼に映るものを、海人は短歌という形式で表現しようとした。あらゆるジャンルの作品を試みながら最終的に彼が短詩型を選択しなければならなかったのは、癩の進行が身体各所の機能麻痺をもたらし、自分で書くことはおろか、筆記してもらうために言葉を伝えることさえも困難をきわめるという事情によるが、それが俳句ではなく短歌であったところにも注目すべきだろう。

先の「病中日記」は、本格的に短詩型に移る準備期間の記録とも読める。福士幸次郎『日本音数律論』を読んだり、短歌講座の修辞文法篇を手に入れたいと願ったり、数ヶ所に「短歌浄書」「短歌書写」等とあるのは、視力が失われていくのに備えて、万葉集や白秋・茂吉・千樫等先人の歌を大きく書き記していたものである。十数冊が現存する。

「ホトトギス」や「層雲」への投稿も盛んに行なっているが、「句を花鳥風月に限つてしまふのは、少し狭い様に思ふ。この点井泉水の新俳句の方が深い様に思はれる」(六月三日)という記述も見られ、心情的には虚子より井泉水に傾いていたようである。やがて「俳句ではどうも十分に表はせない気がする」(八月二日)という心境になっていく。田尻ひろしは、殊に盲人にとつては句作、推敲に短歌よりも便宜であるばかりでなく、更に人に依頼して書き止めてをかねばならない者には短歌よりも記憶し易いと云ふ事も決して看過し難いものがある。

（「明石海人と俳句」『俳句研究』）

と言っているのは全くそのとおりであると思う。海人が自分の歌をどのようにして紙に残そうとしたか、その凄まじさを思い起こすとき、一文字でも少ない方が、作者にとっても、頼まれてそれを記録するものにとっても助かるのである。

しかし、海人は俳句から短歌に移っていく。それは彼自身が「俳句では……表はせない」ものを感じ始めてくるからだろう。田尻は「海人の心の裡の複雑な感情は俳句の如き短詩では表現しきれない様になり」と指摘している。深い内省には、俳句より短歌が向いているということか。短く、しかも自分の意を籠められるもの――定型三十一文字は救いの器であった。

死刑執行前の一時間、完全な自由を許された囚人がもし私であつたなら、おそらくは遺書を書くでもなく、神に祈るでもなく、恋人を抱くでもなく、たゞ蒼天に去来する白雲をながめて最後のひとときを過すことであらう。そして、それが、私が地上で見得たもつとも美しいものとなるのだ。（略）半ば盲ひたいまのこの眼にうつる自然の美しさ（略）眼が見えて無感動に過すよりも、百年の齢三十年で盲ひてもより深く生き得ることを幸福であるといふのは、私のまけ惜しみであらうか。（「断層」）

失明寸前の網膜が映し出す風景を、どんなに彼は愛惜し、郷愁し、それを失う恐怖に身悶えたことであろうか。しかし盲いていくからこそ、いま目に映るものすべてを素晴らしいと感知できるのだ。そしてそれが言葉となって結晶しもするのだ。

末期の眼は詩人（歌人）の目であった。それがものを美しく映し出すのは、それを末期の眼と認識する精神の働きがあるからだ。肉体は病むとも彼の精神は健康であった。海人を自暴自棄から救い運命に立ち向かわせたもの、彼に人間であることを忘れさせなかったものの源泉は、これなのかもしれない。

「死刑執行」にも等しい、失明を経た後に、海人の歌はいよいよ冴えた。心眼に映ずるものを捉え始めたのである。癩の宣告によって、人生の足場をほとんど喪失しながら、生きる道を模索し、末期の（心）眼を獲得し、それを命の器に盛った。彼が歌を生み出し、歌が彼に新しい命を与えたと言っていい。

海人の短歌に対する思いがしたためられた「短歌に於ける美の拡大」という論文を見てみよう。これは『日本歌人』一九三五年十月号から翌三月号まで五回にわたって（十二月号には発表せず）掲載されたものである。短歌を作り始めて一年半が経ち、園内の機関誌『愛生』を初め『水甕』『日本歌人』等にも発表するようになって、五七五七七が次第に身に馴染んできた頃である。また年譜によれば、これを書いていた三六年一月には「激しい眼神経痛」に襲われ、秋には失明に至っているから、視力を失った後の表現手段として、今まで試みた小説・随筆・詩・短歌・俳句……あらゆるジャンルの表現方法のうち、何を残すかという現実的な問題に直面して、これから短歌に拠っていこうとする覚悟が書かせた文章とも読める。

熱のこもった歌論である。短歌とは何か、どのようなものを自分は歌と認めるのか、現代に生きる人間の真情をわずか三十一音の伝統的短小詩型に盛ることの意味、作歌に際しての姿勢、等々。

この中で海人は、「短歌の任務」は「どんなに叩きつけても散文には還元しない詩の本体」である「ポエジー」を「如何に短歌形式に盛るか」にある、と述べ、

　如何なる運命にもひるまぬ生活力、逆境に反撥する弾力、苛酷な現実を切り拓いて苦闘する意志の厳粛な相《すがた》は、人生芸術の真骨頂であり、芸術に於けるモラルも之の上にこそ結実する。ザインよりゾルレンへの飛躍、その間に生れる歓呼が、鯨波が、嗟嘆が、呻吟がポエジー本然の姿である。

と書く。短歌の生命はポエジーであり、それは得体の知れない漠としたものではなく、自分の置かれた現実生活を真摯に生き抜いていく中で、ゆくりなくも齎される感動であり、自ずとにじみ出てくる情調なのだ、と言うのである。

先ず自ら燃えなかつたら誰が燃えやう。吾等の短歌は美しいお菓子や悲しい玩具ではない。絶

え間のない現実生活との死闘の中に成長してゆく生命の鯨波であり霊魂の記録である。

歌の生命を燃やすには、真剣に生きること、とする海人の考え方は、彼が人生と短歌を分かちがたいものとして、言い方を変えるならば、短歌というものを人生そのものとして捉えていたということを示している。生きることと歌うことの、否応なしの一致。「歌は悲しき玩具ではない」と言い放つ、その物言いは悲壮ですらある。彼は短歌によって自らの「霊魂の記録」を残そうとしているのである。だから、

一首々々について見ればただ沁々と胸を打つ作品の重量感であるが、一巻の歌集となり、さらにある作家生涯の作品を通観するとき、漸くその形貌を推知し得る竜骨ともなるべき一個の有機的な成育過程であらねばならない。

一つの歌が「霊魂の記録」であるならば、一冊の歌集は何と表現すべきなのだろう。それぞれは独立した世界を持つ一首一首に、「有機的な」つながりを持たせつつ、歌集の世界を作り上げていくという、右の方法は「絶え間のない現実生活との死闘」に晒され、残された時間を気にしなければならなかった海人にとっては、もっとも馴染むものであったろう。歌集『白描』はまさに、この実践であったともいえる。

特に第一部の編年体式自叙伝風短歌の列なりの中に、それを強く感じるが、

おほかたは命のはての歌ぶみの稿を了へたり霜月の朔
かたゐ我三十七年をながらへぬ三十七年の久しくもありし

人生の総括ともいえるこれらの歌を、歌集の最後に掲げず、第一部に収め、別に第二部を立てたところに、明石海人の、歌人としての並々ならぬ自負と、歌集に寄せる思いの深さを感じるのである。稀有の歌集『白描』の世界を覗いてみよう。

Ⅱ　歌集『白描』の世界

歌人明石海人が世間に登場するのは、一九三八年のことである。『海人全集』年譜には「一月、改造社版『新万葉集』に一一首が掲載され日本歌壇の脚光を浴びる」とある。翌三九年「二月二三日、歌集『白描』が改造社より出版、二万五千部のベストセラーになる」。年譜には記載されていないが、『昭和万葉集』巻四にも二十首載る。病者の歌が四十一首ある中の二十首が海人の作であり、残りが十八人の作品であるというから、いかに海人が高い評価を受けていたか知れる。

海人が自身の社会的生存理由を見失い、歌うことを生存目標としてそこに生きがいを見出そうとしたであろうことは想像に難くない。しかし歌うことの中には、彼の言う「社会的生存理由」が果たして見出せないものであろうか。

「社会的」という言葉の中には当然社会とのつながりという意味合いが含まれるであろう。とすれば、先の歌集等によって海人が世に知られるようになったという事実は、いったんは断たれた社会との関係が復活したことを示すのではないだろうか。いやその前に、自分の思いを伝えたいと願い、表現方法を模索し始めた時点から、彼と社会のつながりは再開したと捉えていいのではないだろうか。

神谷美恵子が『生きがいについて』で語る「ひとたびこの世からはじき出されたひとは（略）この

世に対しては一種の亡霊である」という言葉をふまえて言うならば、癩の宣告と同時にこの世からはじき出され、亡霊のごとくさまよっていた彼は、歌人明石海人として、この世に帰ってきたのである。このとき歌が海人と社会との橋渡しをし、彼に社会的生存理由を与えたのだといえる。

ここで忘れてならないのは、歌うという行為に籠められた歌人の思いである。海人が自分の歌を、右で述べたような「社会的生存理由」を持つものとして意識していたかどうか、定かではないが、歌集『白描』には明らかに「伝え」ようとする姿勢が感じられる。

彼は何を伝えようとしたか。『白描』は、第一部「白描」と第二部「翳」より成る。それぞれに序文を添え、各部の性格を自ら語っている。内容的にも表現上も異質の作品群であり、その評価も分かれるところであるが、彼の中の「社会的生存理由」が第一部を、「個人的生存理由」が第二部を構成させた、と考えられる。それを「使命感」と「想像力」という言葉で言い換えてもいい。彼が自らに鋭く問うた生存の理由を証したのが、歌集『白描』であった。

1　第一部「白描」

次に掲げるのは、第一部「白描」の序文（全文）である。

癩は天刑である。

加はる笞《しもと》の一つ一つに、嗚咽し慟哭しあるひは呻吟しながら、私は苦患の闇をかき捜つて一縷の光を渇き求めた。

――深海に生きる魚族のやうに、自らが燃えなければ何処にも光はない――さう感じ得たのは病がすでに膏肓に入つてからであつた。

齢三十を超えて短歌を学び、あらためて己れを見、人を見、山川草木を見るに及んで、己が棲む大地の如何に美しく、また厳しいかを身をもつて感じ、積年の苦渋をその一首一首に放射して時には流涕し時には抃舞しながら、肉身に生きる己れを祝福した。

人の世を脱れて人の世を知り、骨肉と離れて愛を信じ、明を失つては内にひらく青山白雲をも見た。

癩はまた天啓でもあつた。

名文である。

冒頭の一文――自分の病を「刑」であると感じなければならないその背景については、すでに述べた。病気そのものの苦痛に加えて、社会から拒絶され隔離されるという状況が、激しい疎外感や恥辱感を癩患者に与えた。

これらの感情的危機は、海人にとっても無縁のものではなかったであろう。だが彼が宗教への懐疑を捨てず、それに拠り所を求めなかったことは、何者かに「生かされる」のではなく自ら「生きる」姿勢を持ち続けたことを示している。「癩になつたからつて決つして恥でもなければ、悲観する必要もない。唯それを克服する精神力を持ち得ない者こそ恥づべきである」（「全集出版を祝し海人を追想す」『明石海人全集』）と病友を激励していたというが、それは自分自身へ言い聞かせていたことでもあっただろう。

海人が「天刑」という言葉をそのままに受け取っていたとは思われない。しかしそれを運命として自らの中に取り込もうとしたことは確かであるように思われる。深い深い不条理の闇の中で、光を求め続けたところに海人の人間性の一端を見るような気がする。

海底に眼のなき魚の棲むといふ眼の無き魚の恋しかりけり　　若山牧水

浮世から遠く引き離され、生きて再び出ることのないその地にあって、身は病み崩れ盲てゆく海人は、牧水の言う、「海底に」「棲む」「眼の無き魚」同様であった。まさしく「深海に生きる魚族」であった。彼は、逃れ得ない運命として癩と向き合ったときに初めて自身をそのように認識し、「自らが燃えなければ何処にも光はない」と感じた。自らが発光することによって闇を照らそうと決意するのである。

短歌は海人の命に火を点す榾火《ほたび》であり、それを燃え立たせる薪《たきぎ》のようなものであった。それを継ぎ続けることが生を繫ぐことであった。五七五七七の形をした命の器を手にしたとき、「あらためて」自分のまわりにある事象を見つめ始めていることに気づく。その「末期の眼」が――正確には「末期の心眼」と言った方がいいのだろうが――映したものが、歌集に連なる歌の数々である。生きながらにして死を凝視し得た者のみに見える風景が、そこには展開される。

「人の世を脱れて」「骨肉と離れて」「明を失つて」にそれぞれ続く「人の世を知り」「愛を信じ」「内にひらく青山白雲をも見た」の間には、「それにもかかわらず」ではなく「それゆえに」という語を塡め込むべきなのだろう。その意味で癩は彼にとって「天啓」でもあったのだ。

さて、先に「使命感」という言葉を持ち出した。『新万葉集』等によって一躍名を挙げた海人が、改造社より歌集出版の話があったときに考えたことは、癩者の生を伝える、ということであったと思う。癩者として生きなければならなかった自分の生を歌いながら、その向こうにたえず普遍としての癩者の生を置いていたように思われる。

第一部「白描」はいわば歌物語である。癩であるとの診断を受けたときから気管切開という、闘病の末期の段階までの記録である。その間に、別れた家族への思い・愛生園での生活・進行する症状等、療養所に暮らす者が体験する心身の痛みや、ささやかな憩いのひとときも歌われる。所々に効果的な詞書が付けられる。

第一部からいくつかの歌を引きながら、海人のおよび癩者の心象に触れてみたい。


父母のえらび給ひし名をすててこの島の院に棲むべくは来ぬ

「野田勝太郎」――それが海人が「社会」にあった頃の名前（本名）である。この名で、彼はおおらかな幼少年時代を過ごす。絵が上手で成績もよく、スポーツ万能の健康な少年であった。長じて小学校の教員となり、同僚の女教師と恋をし結婚したときも、可愛い子どもを授かったときも、彼は野田勝太郎であった。

　しかし癩にかかった者たちの殆どが、家族や親類縁者に迷惑が及ばないように名前を変えたように、彼も「明石海人」となって、残る歳月を過ごすことになる。名前は一つのアイデンティティーである。自己確認の最たるものを自ら抹消し、新しい名前で生きていくのである。

　癒えがてぬ病を守《も》りて今日もかも黄なる油をししむらに射《う》つ
　注射針の秀尖《ほさき》のあたりふくれゆく己が膚《はだへ》をまじまじと見る

「大楓子油は唯一の治癩剤として、週に三回の注射を行ふ」の詞書がつく。どろどろとした、臭いのきつい黄色い液体が、はたして癩を退治してくれるのだろうか。いつまでも癒える様子がない、それどころかみるみるそこなわれていく肉体を、空しく見つめながら、しかしそれしか治療の方法はないのだった。特効薬プロミンが愛生園で初めて使用されたのは一九四七年、海人が亡くなって八年後のことである。

　病棟の夕さざめきをともる灯に死しゆくさへや逐はるるごとし
　眷族《うから》など来り看護《みと》らふ者もなく臨終《いまは》の際《きは》に遺すこともなし

多くの患者が、もしかして病を治すことよりも、死ぬ日が早く来ることの方を願っていた。苦しみを終らせたいのである。体が苦しいだけの病気ではなかったから。家族からさえも疎んじられ、看取られることなく「逐はるる」ように死んでいく者に、「遺す」ものなどあろうはずがない。静かに消滅する日を待ちながら、日を継いでいたのだ。死が苦しみであるよりも、安息であったかもしれない現実。

散文詩「凍河」に「乙女達が婚礼の日を思ふやうに、私は死ぬ日の事を考へる」とつづりながら、しかしそこに「妻が来てゐたら、若し妻が来てゐたら」と書かずにはおれない海人である。彼女は自分との儚い日々を思い出し「涙を流してくれよう」と。彼女の涙とともに「粗末な命の器がそれを蝕んだ微生物と共に、この島を降り沈める雨のなかで灰になつて行く」だろうと。

かたゐ等は家さへ名さへむなしけれ白米《しらよね》の飯《いひ》を珍《とも》しらに食《は》む

島の院の祝言の宴に招かれてをとこをみなの性《さが》をさびしむ

療養所で結婚する者もあった。しかしその条件として男性の方にワゼクトミーと言われる輸精管切断の不妊断種手術が課せられていた。伝染病であるからと「隔離」され、遺伝病のように「断種」されて、非人間的この上ない扱いを受けながらも、引き合って結婚する男女の「性」を海人は「さびしむ」のである。

発病前に結婚した海人は、療養所で家庭をもつことはなかったから、断種の手術を受けることもなかった。しかしそれを施された多くの療友たちを知っていた。種を断つというところにはじめて成立する彼らの結婚とは、何だろうか。祝い事というので、その頃には珍しい白飯やお萩・海苔巻などを振舞われることもあった。三三九度も行った。しかし「祝言」を挙げる二人の、またお祝いに集まった仲間たちの姿が、なぜこんなにも寂しそうに見えるのだろうか。

糊口《くちすぎ》のその日その日にわが知らぬ小皺もさして孀《やもめ》さぶらむ
子をもりて終らむといふ妻が言身にはしみつつ慰まなくに

かつて別れを言い出した妻は、ずっと一人であった。彼女は幼い娘が健やかに育つことを自分の幸せとして、残りの人生を生きようとしている。女の一生として、何と気の毒なことであろうか。彼は彼女を現在進行形で思っている、なめらかだった肌にさす小皺を想像してみるほどに。

今日の訃の父に涙はながれつつこの悲しみのひたむきならぬ
父ゆゑに臨終《いまは》のきはのもの言ひに癩《かたゐ》の我を呼び給ひけむ

前章に、子どもの死をも知らせてもらえなかった無念を書いたが、父の死も、彼は手紙で知らされる。

いったん家を出たからには帰って貰っては困る、というのが癩患者の家族の心理であった。それは彼らの本意ではなく、世間を意識したための已むを得ないこととわかっていても、家族にさえも拒絶されていると感じることは、淋しさの極みだったのではあるまいか。「癩者」として故郷を出た大方の者は、生きて再びその土を踏むことはなかったのである。

かの浦の木槿花《もくげ》咲く母が門《と》を夢ならなくに訪はむ日もがな

「『夢ならなくに』は、当時私たち共通の悲哀であった」（『慟哭の歌人　明石海人とその周辺』）と、松村好之は書いているが、夢の中でしか、彼らが故郷を訪い年老いた母を抱くことはできなかった。「もがな」は、いつまでも「もがな」であった。希望が叶えられることはなかったのである。

次は「帰雁」という小見出しが付けられた歌群の一部である。

わが骨の帰るべき日を嘆くらむ妻子等をおもふ夕風ひととき
春ならば襖ひらきて通夜の座に白木蓮《はくれん》しづく闇を添ふべし
秋ならば庭の葡萄の一房のむらさきたかき香を供養せよ
冬ならば氷雨《ひさめ》もそそげ風も鳴れ冷たく暗き土に還らむ
春至《さ》らば墓の上なる名なし草むらさき淡き花を抽《ぬ》くべし

これらの歌を、私は冷静に読むことができない。骨になって郷里へ帰る我が身を思い、それを迎える家族の心情にまで思いを致す海人である。幾たび生きて帰りたいと願ったであろう。身は雁となって父母を、妻や子を故郷に訪ねたいという思いの切実さを、測ることができない。

「いよいよ最後の日が近づいたことを感じて、自虐的な歌を作ってみたのである」（『日の本の癩者に生れて』）という内田守人の見方を私は採らない。ここにあるのは自虐とはほど遠い心境である。孤独とか悲傷とか絶望とか諦念とか――あり合せの言葉では説明できない。それらの上に「絶対の」と付けたとしても、それは癩に捕われた者だけが実感する思いだろう。ただこの歌群に表れた死後の眼差の静けさを痛むばかりだ。

「文鳥舎」「目白舎」「鳩舎」「鶫舎」「杜鵑舎」――長島愛生園の施設の多くには鳥の名前が付けられていた。彼らはまさしく「籠の鳥」であった。

「出るに出られぬ籠の鳥」であるという意識が共感を呼んだのであろうか、海人に刑務所に服役中の人に当てた書簡が六通ある。いずれも最晩年（亡くなる前年の夏から秋にかけて）のもので、すでに失明しており、友人に口述筆記してもらったものである。短歌を作っているという共通点もあったであろうが、何よりも囚われの身であったということが、二人を近づけた大きな要因であったと思う。

　同じく隔離せられて居りましても、吾々には大地があり草花があり日光があり、眼は見えなくとも囀りの声も風の囁きも波の音もあります。小さい高窓一つしかない貴兄方の陰鬱さは、貴兄方が四肢五官の完全な丈にそれだけ一層御不自由であらうと思はれます。吾々には特に大きな罪がないから良心の呵責がありませんが、さう言ふ環境の中で精神的の苦悩を重ねておいでになる明暮は、どんなにか暗渋なものでありましたらうかと思つただけでも胸が痛くなるのを覚えます。

同じ隔離でも自分たちの方が自然に接しられるだけ恵まれている、健康な体で狭い処に閉じこめられて、犯した罪を悔いながら暮らすのは精神的にもさぞ苦しいことだろうと同情を寄せ、「強く生きて下さる事を祈らずには居られません」と励ますのである。だが、受刑者彼は、罪の報いとして隔離されたのである。しかも、いずれは日の光の下に解放される身であった。癩患者は違う。この時代、癩に罹った者の多くは病み崩れながら死を待つしかなかった。しかも「癩」と烙印された身体は、それを横たえる場所をさえ選べなかったのである。彼らは否応なしに隔離された、罪人のように。癩が「天刑」と呼ばれたことは再三述べたが、彼らがどんな罪を犯したというのだろう。怨みの一言もない海人の手紙を、塀の中の人はどんな思いで読んだことだろう。

「小鳥」という詩に、「方一尺の空間に啄み糞」する小鳥に自分と「呼び合」うものを感じ、餌をやる自分の心を「自分よりもつと無力な存在を見る／ことに／私は感傷してゐたのだ」と書く海人である。小鳥も受刑者も、そして癩者自分も、捕われの空間に、食事し排泄し、そして空虚に日を過ごしていくもの同士である。悲しみの連帯。

次は、失明後の歌。

捜り行く路は空地にひらけたりこのひろがりの杖にあまるも
泥濘《ぬかるみ》に吸はれし沓《くつ》をかきさぐる盲《めしひ》にこそはなり果てにけれ

杖さきにかかぐりあゆむ我姿見すまじきかも母にも妻にも

　海人は愛生園に転院した一年半後の日記には「目の具合がよくない」ことをたびたび書いているが、やがて眼神経痛の激しい痛みに襲われながら、昭和十一年秋、遂に失明する。盲目であるということについて彼は、

どんなに手足が不自由でも、眼さへ見えたら身のまはりの始末だけは出来るが、盲は箸の揚げおろしにまで附添夫の手を煩はさなければならない。病者の多くは感覚が麻痺してゐるので、普通の盲人のやうに手捜りで用を弁ずることが出来ない。例えば下駄を履くのにも唇などの感覚の残つてゐるところに当てて見ないと、どちらが鼻緒の方やらまるで見当がつかない。見てゐると、下駄を嘗めてゐるやうで、悲惨なのを通り越して可笑しくさへ感じられる。（「ある日ある夜」）

と、書く。またある時は、夜中に大量の盗汗をかき、着替えをしたくても目も見えず手は「摺粉木程の役にも立たない」。「唇に触れ舌で捜りして」いる自分が「我ながら惨めである」。

五感のうち、すでに視覚は失われ、触覚もごく一部の箇所にしか残っていない。その分、残された感覚は研ぎ澄まされて、さいごには気配だけとなる。

ヒヤシンス香にたつ宵は幽かなり眼のいたみさへ夢に入りつつ

大掃除を避《よ》けて籠らふ火葬場の昼をしづかにうぐひすの鳴く
つばくらめ一羽のこりて昼深し畳におつる糞《まり》のけはひも

やがて「人間が堪えうる最大受難」（『日の本の癩者に生れて』）ともいわれる気管切開を体験することになる。

海人の気管切開の手術を担当した内田守（守人）によれば、「全国のハンゼン氏病の歌人は約三〇〇名くらいいたが、気管切開の歌をよく作った人は二〜三人しかいなかった。（略）こんなに不自由になると、作歌生活を続けることが困難になることも一因であろう」（『日の本の癩者に生れて』）と述べている。

だが、海人の場合、失明や気管切開によって創作意欲を削がれることは微塵もなかった。病友の目と手を借りて、なおも歌い続けようとする。

幾たりのかたゐを悶え死なしめし喉の塞《つま》りの今ぞ我を襲ふ
切割くや気管に肺に吹入りて大気の冷えは香料のごとし
このままにただねむりたし呼吸管いで入る息に足らふ命は

ところで、次の歌はどうだろう。

みめぐみは言はまくかしこ日の本の癩者に生《あ》れて我悔ゆるなし

「皇太后陛下の御仁徳を偲び奉りて」の詞書がある。一九三五年十一月、癩に理解のあった彼女が贈った鐘に刻まれた「つれづれの友となりてもなぐさめよゆくこと難き我にかはりて」の歌に唱和するような歌である。

癩者に生れたことを悔いることはないという心境を、日本国や「皇太后陛下」への畏敬の念の反映として読み取ることは、あまりにも皮相な捉え方というものだろう。海人自身は後に「儀礼の歌」「患者一般の平均的感情を代弁しただけ」（「幻の明石海人」『多磨』）と言い切っている。二〇〇一年、母校の沼津商業高等学校同窓会（明石海人顕彰会）によって、故郷沼津に歌碑が建てられるまでは、これが、長い間海人ただ一つの歌碑として、長島光ヶ丘（かつて狂気の淵をさ迷い、奇跡的に覚醒した直後、みずから訪ねていつまでも坐っていた丘である）に建っていたことを思うと、この誤解とも皮肉ともつかない現象が海人にとって傷ましく思われてならない。

園長光田健輔の還暦祝賀会に読んだ次の歌も、海人の「代弁」者という側面が詠ませたものだろう。

ひたすらに癩者療救《ぐ》の四十年わが園長《そのをさ》の今日をたふとむ

愛生園の初代園長である光田健輔という人物は、何十年にも渡って、特効薬プロミンが開発された後も、患者を縛りつけ苦しめ続けた「らい予防法」の成立と存続に大きく加担した、いわば立役者であった。「ひたすらに癩者療救《ぐ》の四十年」の半生が、この人物に戦後初の文化勲章をもたらしたのだと言える。だが「救癩の父」と呼ばれる彼は、国立初の癩療養所所長として国の終生強制隔離政策をたんたんと、ときに強行に実践した人物でもあった。

一九三〇年三月設立の「愛生園」を皮切りに、三二年から三三年にかけて七つの国立療養所が作られ、五つの療養所が国立に移管されたが、療養所の設立以来各所で紛争が続いた。山本俊一は『日本らい史』に、その原因を「収容患者の処遇に関する平素の不満が、なんらかのきっかけがあって爆発したもの」と書き、各療養所の紛争の中でも一九三六年夏の「長島愛生園事件は、ほかに比較してはるかに大きな影響力をもっていた」として、その背景と経過を述べた後に、ここでの闘争が「特別病室」と呼ばれる「監獄」にも等しいものが作られるきっかけとなったと解説している。

このとき、海人は失明寸前にあり、自身はその動きとは離れたところに身を置いていたが、かつて「社会と自分」を書いた彼には、事件の実相は見えていたことであろうと思う。その光田を「たふとむ」心情は、海人という一個の人間を超えたところにあったように思われる。

ともあれ、癩者の生を伝えるという『白描』刊行の大きな目的を、海人は第一部で果たしたといえる。だが、歌集刊行後、『改造』（一九三九年六月号）に発表した二十首中の最後の歌とその詞書きを読むと、歌人明石海人ではなく野田勝太郎という一人の人間の暗い呟きとも思えて、胸苦しい思いに捉われる。

癩は君に幸せりと人の云ふに

病む歌のいくつはありとも世の常の父親にこそ終るべかりしか

癩を病んだことはかえって幸いだった、こんなにたくさんの素晴らしい歌を残すことができたのだから、と言った人もいたというのである。たしかに、癩が歌人明石海人を産んだのかも知れない。だが彼自身が歌に言うように、どんなに多くの歌を残すよりも、我が子の中に父としての記憶を残してやりたかったであろう。その切なさの上に『白描』の世界は築かれている。心弱るときには、ただ一人の父となって、切なさ辛さに堪えていたであろう、そのような長歌と短歌を掲げて、第二部の考察に移る。

父なる我は

子も妻も家に置きすて　天刑の疫《えやみ》に暮るる
幾とせを　くづれゆく身体髪膚に　声あげて
笑ふ日もなく　いつはなき熱のみだれに　疼
きては眼をもぬき棄て　穿てども喉のただれ
の　募りては呼吸《いき》も絶えつつ　死しはあへぬ
業苦《ごふく》の明暮　幾人はありて狂へり　誰れ彼は
縊れもはてぬ　ながらへて人ともあらず　死

に失せて惜まるるなき　うつそみの果にしあれど　あが父の今か帰ると　そが母も共に待つらむ　吾家なる子等をおもへば　壊《く》えし眼の闇もものかは　世にありて人の測らぬ　歎きをもなげかむ　惧れをも散ておそれむ　天国はげに高くとも　地獄こそまのあたりなれ　次ぐ夜の涯は知らねど　副ふ魂《たま》のかぎりは往かむ父なる我は

相会ひて妻子二人のむつむ日を夕くらがりの臥床《ふしど》に思ふ
思ひ出の苦しきときは声にいでて子等が名を呼ぶわがつけし名を

2　第二部「翳」

神谷美恵子が『生きがいについて』で引用しているプルーストの言葉は、『白描』の一部と二部を言い表したかと思えるほどに示唆に富んだものである。

私たちの現在をいわゆる「現実」以上にゆたかに充実させるものは記憶と想像力なのである。

すでに見てきたように、『白描』は晩年の病床で編集された。伝えようとする海人にとっても受け取ろうとする者たちにとっても壮絶な時間空間であったであろうことは、想像に難くない。

紙とるもフォーク執るにも盲友は知覚残れる舌たよるなり
塵紙を口にまづとり手に移し頬にたしかめ尻を拭くなり

海人の執筆を助けた中の一人涌井昌作が残した歌である。このような状況にあって、第一部は殆どが「記憶」によって書かれたと言っていい。かつて『愛生』等に掲載された作品に手を加えたものもあれば、新しく産み出された歌もある。どれも以前の記憶を呼び起こしながらの作業であった。二度と戻ることのできないかつての自分が生きた場所を訪ね、再び会うことのない人たちと、記憶の中でどのように相渉っていたのであったか。ともかくそのようにして第一部の歌は作られた。彼が意図したとおりに、癩者の生の一端が見事に伝えられているといっていいであろう。

さて、第二部は「想像力」の産物であると言えよう。癩者の生の姿を描くという使命感を果し終えた海人が、今度は自分だけの歌を残そうとして、自己の内面と向き合う。海人の心の中の森羅万象が歌われるのだが、海人は『白描』の後書きの「作者の言葉」で一部と二部の関係を、次のように説明している。

第一部白描は癩者としての生活感情を有りの儘に歌つたものである。けれど私の歌心はまだ何か物足りないものを感じてゐた。あらゆる仮装をかなぐり捨て赤裸々な自我を思ひの儘に跳躍させたい、かういふ気持から生れたものが第二部翳で、概ね日本歌人誌に発表したものである。

海人は前川佐美雄主宰の『日本歌人』に所属していた。海人自ら後書に書くように、第二部「翳」は「芸術的香りの高い浪漫主義的な歌風を展開」(『日本近代文学大事典』)するこの雑誌に発表した作品をベースとしている。

『日本歌人』が提唱するポエジー短歌の歌風に乗せた「赤裸々な自我を思ひの儘に跳躍させた」歌とは、どのようなものであったか。

かたはらに白きけものの睡る夜のゆめに入り来てしら萩みだる
蟬の声のまつただなかを目醒むれば壁も畳もなまなまと赤し
白き手の被害妄想をのがれくる空にまつ黄なる花々尖《とが》る
狙ひよる蛇の眼もなく斬りかかる狂人《きちがひ》もなくダアリヤ赤し
海鳥のこゑあらあらしおもひでの杳《とほ》きに触るる朝のひととき
星の座を指にかざせばそこここに散らばれる譜のみな鳴り交す

路々にむらがる銀の月夜茸蹴ちらせばどつと血しぶきぞたつ
ふうてんくるだつそびやくらいの染色体わが眼の闇をむげに彩る
かたつむりあとを絶ちたり篁の午前十時のひかりは縞に
傷つける指をまもりてねむる夜を遙かなる湖《うみ》に魚群死にゆく
囀りの声々すでに刺すごとく森には森のゐたたまれなさ
たそがるる青葉若葉にいざなはれ何に堕ちゆくこの身なるべき
新緑の夜をしらじらとしびれつつひとりこよなき血を滴らす

海人の心象風景は、漆黒の闇を背景にどぎつい原色に彩られ、まがまがしくさえ感じられる。また同じ背景に、幻想の白がなまめかしく散らばることもある。そしてそここに蛇や鳥や魚やの、生物たちが蠢く姿。これら盲いた彼が捕えて放さないイメージ、脈絡なく列なる理解不能とも思われる言葉たちは、しかしリアルな夢と見なせば納得がいく。

盲いた彼の眼は、夢の中では視力をもち、どんな色も形も見ることができる。閉塞した夢の世界こそが、彼が自由に想念を遊ばせることのできる場所であった。夜毎の夢を見るように、彼は闇の中にイメージを結び続けたことだろう。夢の常として、恐れも悲しみも痛みも、あらゆる知覚や感情が幾層倍にも強調され、心身に突き刺さるようであったかもしれないが。

感覚を失った指先の触れた星々が、音譜となってそれぞれの音を奏で始めるのも、小鳥の囀りに刺されるような刺激を覚えるのも、ダアリヤがあまりに赤いのも、新緑の滴りが自身の血の滴りと交じり合うようであるのも、彼が闇に棲む人であり、覚醒しながらにして夢の世界にいたからであろう。私たちは、彼が漆黒の闇に必死に呼び起こそうとした感覚を、共に味わえばいいのだ。

ところで、右の歌群の幾つかについて、もととなった『日本歌人』に載るものと「翳」の歌とを比べてみると、斬新という点でも一首の魅力においても、明らかに前者の方が勝っていると私には思われる。数首について、『日本歌人』に載ったものと添削の末の「翳」の歌と並べてみる。

海鳥のこゑあらあらしおもひでの酸ゆきに触るる朝の官能
海鳥のこゑあらあらしおもひでの杳きに触るる朝のひととき

しろがねの虚無を展《の》べゆくかたつむり午前十時のひかりの縞に
かたつむりあとを絶ちたり篁の午前十時のひかりは縞に

たそがれは青葉若葉にいざなはれ何に化《な》るべき我とも知らず
たそがるる青葉若葉にいざなはれ何に堕ちゆくこの身なるべき

前者が歌集に載せる前の形である。「海鳥のこゑあらあらし」は「朝の官能」と呼応していよいよ生きてくる。「朝のひととき」というのどかな表現は、どこか弛緩した印象を与える。かたつむりの歩行を、「しろがねの虚無を展べゆく」と表現した巧みさ――この部分を海人はなぜ削ってしまったのか。日毎に病み崩れ人間の姿から遠のいていく癩者の悲しみを思わせる「何に化るべき」の前では、「何に堕ちゆく」という表現が月並みに感じられる。

歌集『白描』に採られなかった『日本歌人』掲載歌の中には、次のような作品もある。

大穹《ぞら》のひかりにすさむ愛欲《かなしみ》か鶚《みさご》のたはれ羽毛《け》を散らしつつ

手にのこるけだものの香のけうとさは真紅にかはる海を想へり

夕まけて黄金《きん》の入江にしづみゆく海月の肌にのこる俗情

姿はどのようになろうとも、命ある証のように湧いてくる欲情がある「愛欲」を「かなしみ」と読ませることは、「人間」を「かなしみ」と読むのにも似て、いかにも切ない。

ともあれ、海人が後書きに書いた「赤裸々な自我」は、これら「翳」に採られなかった歌、あるいは変形される前の歌に、より表れているように思われる。歌集『白描』としての完成度を高めるために、第一部との整合を意図したのであろうか。

たましひの寒がる夜《よる》だ眠つたらそのまま地獄に堕ちてしまふ夜《よる》だ

かぎりなく生きるといふは烏滸《おこ》がまし魂などに己《おれ》はならない

残された私ばかりがここにゐてほんとの私はどこにも見えぬ

昨日の薔薇を喰つてゐたこいつがこいつがと夜の黄金虫《こがね》を灯に投げつける
おほきな蜘蛛が小さい蜘蛛に嚙みついたおれはどろんと赤い日を見た

これらは短歌というよりも呟きあるいは叫びだ。不条理への怒りが文語体を崩し、口語となって放り出される。『日本詩壇』等に発表したきらびやかとも奇抜ともいえる詩に通じるリズムが、ここにはある。

「翳」の歌群を、『未来』の歌人で、「昭和八年（略）東大安田講堂の地階にあった学生診療所で癩の宣告へまっすぐに続くことになる医師の最初の診察を受けた」（「幻の明石海人」『多磨』）という光岡良二は次のように批評する。

「白描」から「翳」に読み進んで来て、私は氏の歌に於ける此の分裂の姿を何か傷ましいものに感じた。（「歌集『白描』を読む」『武蔵野短歌』）

癩に対して深い理解を寄せ、失明し指先も麻痺した患者のために点字本を舌で読ませる「点字舌読用の歌集を作って寄贈したという鹿児島寿蔵も、「才能をもつ者の敢て冒す誤謬」（「『白描』第二部翳に就て」『愛生』）と捉えている。

しかし前川佐美雄は、「世間の大体は（略）これら（第一部の歌——筆者注）の癩文学を称賛してやまず、明石君の文学の価値を決定するものは、それ以外にないといふが如き口吻が感ぜられる」（「明石海人と『日本歌人』(『日本歌人』)と、当時の世評を書き、「或る有名な歌人は『白描』一巻から『翳』の部分を抹殺すべしと言つてゐたさうであるが、僕からすればさういふ歌人をこそ抹殺すべく、(略)」と反発している。

たしかに、世間の評価と「日本歌人」のそれとは随分違う。こころみに『日本歌人』に拠る人たちの感想を幾つか掲げてみる。

氏の本当の魂はむしろ第二部に於いて発揮されたのではなかつたか、(富田敦夫「傷痕に触れる」)

「白描」に於ける第一部白描から第二部翳への進展、その差は明石氏が肉眼で物象を見て居た態度から遂に心眼によつて宇宙を見通した晩年に連なる深化に外ならない。(岡田青「明石海人氏の目」)

彼の烈しい自己燃焼は、それ(第一部──筆者注)に満足出来なかつた。あまりにも厳しい彼のやまひが、その作品に徹底的な飛躍を要求したのである。(略)「白描」第二部には主としてこの飛躍後の作品が収められてゐる。(中田忠夫「明石海人」)

「発展」「深化」「飛躍」──『日本歌人』の人たちは、第二部をそのように捉える。主宰者前川佐美雄は、先の激した調子にやや冷静に続けて、次のように言う。

「白描」第一篇の歌と第二篇の歌とどちらが立派かと訊かれるなら、無論僕は第一篇だと答へる。然し第二篇にこそ真実なる明石海人が出てをり、作者のより精神的な部分があらはれてゐる（略）。無病息災の人々が尚依然として旧風に止まる時、癩者たる身を以てよくここまで突き進みえたもの哉と感慨は更に深いのである。

「然し」以下にしたためられた二つの事柄のうち、後者こそが見逃してならないことと思う。海人のような極限状況にあってなお新しい境地を模索し得たことは、なるほど驚異である。旧来の器・情緒では飽きたらぬものを感じ、新しい表現方法を求めたという行為の中に、海人の歌に寄せる若い思いを感じる。

ところで、評価が分かれる第二部の歌々を眺めてみたときに、写実というよりは抽象、現実よりは夢の世界を描いて、奇異な印象を与える歌が多いが、中には第一部との比較において殆ど違和感のない作品もある。

たとえば次の歌々。

われの眼のつひに見るなき世はありて昼のもなかを白萩の散る
身がはりの石くれ一つ投げおとし真昼のうつつきりぎしを離る
いつしんに耳をすましてあきたらぬ頭蓋の奥をぬすみみんとす

シルレア紀の地層は杳《とほ》きそのかみを海の蠍《さそり》の我も棲みけむ
こんなとき気がふれるのか蒼き空の鳴をひそめし真昼間の底
わが指の頂にきて金花虫《たまむし》のけはひはやがて羽根ひらきたり
うつらうつら花野のあかり隈もなきうつろひのなかに我をうづめぬ
さくら花かつ散る今日の夕ぐれを幾世の底より鐘の鳴りくる
うつくしき夢は見かねてあかつきの星の流れにまなこうるほす
あかつきの窗をひらけば六月の白い花びらが手のひらに降る

「われの眼のつひに見るなき世」を見るのは、心の眼――やはりそれなのであろう。彼の心の眼は、白萩やさくら花の散る姿を見、太古の海底に棲んでいた蠍の姿をしていた自分を見る。鐘の音の反響を聴き、窓から差し出した手に降る花びらの感触や、指先に止まった金緑色に光る金花虫《たまむし》の気配さえも捉える。そこには「赤裸々な自我」をそのまま放りだしたような乱暴さも、奇抜さもどぎつさもない。むしろ心やすらぐような不思議な空間を作り出している。

そこから、存在や時間や歴史について、何らかのメッセージを読み取ることもできよう。とすれば、閉塞して行き所のない空虚な世界に見える「翳」の中にあって、これらの歌群は、読み手と難なく共有しうる作品世界を呈しており、海人短歌の一つの可能性を示しているのではないだろうか。

歌集あとがき「作者の言葉」に第一部と第二部を総括して、「この二つの行き方は所詮一に帰すべきものなのであらうが、私の未熟さはまだ其処に至つてゐない」とあるところの「一に帰すべき」歌にきわめて近いところにあるように思われる。

さて、海人本来の芸術への志向は『日本歌人』の影響を受けて第二部に表れると述べた。しかし作品数を比較してみると、第一部が短歌五〇二首、長歌七首に対して二部は短歌一五四首であり、後者には詞書きも無い。あくまでも第一部「白描」を主に考えて編集したということだろう。それはこれがそのまま歌集名になったというところにも示されている。第二部はあくまでも第一部の「翳」であった。

乱暴な仮定だが、歌集『白描』に第二部がなかったならばどうか。あるいは二部しかなかったならどうであったか。そのように考えてみると、『白描』という歌集における一部・二部の位置づけができるだろう。

しかし「翳」と名づけても収めたかった第二部の歌々に籠めた思いを知らなければならないだろう。強力な使命感のもと、第一部を書き上げた「癩者」海人は、今度は「歌人」として新しい世界を模索するのである。目も見えず口もきけず指先も麻痺して外界の刺激の殆どを遮断されてしまった人間が、閉塞しそうになる自我を奮い立たせるかのように、五七五七七の器にイメージを盛る。『白描』第二部は、歌そのものの価値よりも、歌人として高きを求めて已まなかった姿勢の現れである、というところにその真価を求められるべきであろう。

3 海人の歌

わが歌（その一）

地の上に
呪はれた酒宴の
あるかぎり
わがうたふ
歌は遺らむ

富士山を仰ぎ駿河湾を抱く沼津の明媚な風光の中に、海人は人と成った。

庶民的な家庭にのびのびと生い立ち、教師となって愛するひとと出会い、新しい家庭を築き始めたとき、彼には人生が華やかな宴のように思われたことだろう。賢く従順な妻と、愛くるしい幼子との生活に、宴は永遠に続くかに思われたに違いない。

しかし癩を宣告されて、彼は自分の人生が一転して「呪われた酒宴」となったことを知る。華やかな酒宴ばかりが人生ではない。しかし一生逃れることのできない呪われた酒宴に招かれてしまったことを知ったとき、あまりの不運を嘆いたであろう。だが同時に不運を生きる他の多くの人々の存在も知ったことであろう。
呪われた人生を呪いつつ、しかし彼の歌った作品世界は、決して呪詛や絶望に満ちたものではない。『白描』第一部の序文に宣言したように、「天刑」といわれた癩を「天啓」としたのは、彼の歌であった。

わが歌（その二）

ときに
石を濡らす
夜霧のやうに

ときに
野馬を
馭するやうに

歌は彼をそっと抱き、なだめ、慰める。物言うことに倦んだ「石」のように頑なな心を。運命に抗い荒れる「野馬」のような心を。いずこからともなくやって来て、風景をそっと包み、いつの間にか石を濡らして過ぎる夜霧のように。あるいはまた、激しく疾駆する野馬を巧みに乗りこなす御者さながらに。

歌がやってきたとき、彼はもっとも生きていることを実感できただろう。しかしそれを紙に写す作業は、並大抵なものではなかった。

Ⅰ章1宣告で、次第に病状が進んでいくさまを描いた海人の歌を幾つか並べた。どのような状態で歌を残したか、ということも書いた。

加えて、「病は喉頭に及び声の嗄れてより年余、この頃に至りてやうやく呼吸困難を加へ、深夜の乾気に咽せては屢々気息を絶つ」（『白描』中詞書）という状態になった頃に、歌集出版のための歌稿の整理に取りかかるのである。それを筆記して助けた何人かの病友がいた。


その頃既に癩疾は彼の喉をまで侵し、かすれかすれに出る声を唯一の武器として、（略）君の芸術的良心は、一字一句をすら投げやりにしなかつた。発表済みの作品も、意に満たぬものはどしどし修正して行つた。一字の推敲に二夜三夜を過し、一首の歌に旬日を越えることすらあつた。（略）かすれた声は次第に出なくなつて行つた。君は砂糖水を飲んで喉をうるほしては続けた。煩雑な言葉は指で書き示したが、曲つた指では、それすらはつきりしない。その時の君は胸をうち、畳をたたいて、口惜しがつた。語るものも書く者も血みどろな戦ひであつた。（山口義朗）

海人から一首の歌を受け取る作業は並大抵ではなかった。（略）懸命になって表現しようとするが、咽喉のカニューレからは、ヒューヒューという笛の音に似た空気が漏れるだけで、半日かか

っても、一首の歌さえ聞き取れない時もあった。（松村好之　春日秀郎の筆記の様子の回想――筆者注）

或る日の真夜中に海人がM君を呼んで起しているので、その頃微熱がつづいて不眠を訴えることが多かったので、たぶん体の具合が悪く、医局の先生でも迎えに行かねばならないだろうと思った。それで、はね起きて見ると、昼間浄書した歌稿の、てにをはの一字を直してくれというのであった。Mくんはいささかがっかりもしたが、海人の芸道の真剣さに敬服もしたと漏らしていた。（内田守人）

（気管切開の）手術の準備が出来ても、何時までも本人が来ないので、看護婦を迎へにやつたら、担架を待たせたまま、友人に歌を書かせてゐたと云ふ報告を受けて私は胸を打たれた。（内田守人）

海人の言葉に託す思いの凄まじさ。まさに「語るものも書く者も血みどろな戦ひ」が展開されていた。山口義朗が「そんなに体を酷使しないで、少し気長にやつたらどうですか。それでは命が保ちませんよ」との忠告に「『君達のやうに年も若く、軽症の者ならそれでもよいが、僕の様に体の弱い、病気の重い者は、何時死ぬかわからない。そんな暢気なことが言つて居られるものか』と憤然と叫んでゐた」という。

今、書かねばならない――急かされる思いの源は限りない表現欲と癩者の生を伝えたいという使命感であったと思う。歌集『白描』は、何としても世に出されねばならなかった。特に第一部は、海人の使命感が完成させたといってもいい。ここにあるのは、「彼」の人生であると同時に、癩を患った「彼ら」の人生でもある。

このことは、海人自身の言葉によっても裏づけられる。次は前川佐美雄宛書簡の一節。前川主宰の『日本歌人』の歌に「芸術的な喜び」を感じてはいるが……という流れの中に、

（略）私自身は人間であるより以上に癩者です。私が作る芸術品は世に幾らでも作る人があります。けれども癩者の生活は我々が歌はなければ歌ふ者がありません。我々の生活をできるだけ広く世人に理解して貰ひたい。癩に対する世の関心を高めたい。自分の書くものが何等かの光となつて数万の癩者の上に還つて来るやうに。（略）是が私の念願なのです。

「人間であるより以上に癩者です」と海人は言う。「以上」というより「以前」というべきなのかもしれない。癩者であったがゆえに人間としての幸福の大方を世間に捨ててこなければならなかった。何よりも先に癩であるという現実があった。それを彼は自分の地平に据える。そして全癩者の代弁者であろうとする。

前川宛の同じ手紙には、「歌集とは云つても一種のプロパガンダに過ぎないのです」と卑下したような言い方をしているが、これは本音であったろうか。芸術至上主義を打ち出した『日本歌人』主宰者への手紙であることを加味しなければならないだろう。

彼が使ったところの「プロパガンダ」という語には、かつての日に、生きる道として模索したマル

キシズムへの郷愁が籠められていなかったであろうか。

「癩に対する世の関心を高め」るという目的のもと、彼は「プロパガンダ」としての歌集を自ら意図し『白描』を編んだ。「自分の書くものが何等かの光となつて数万の癩者の上に還つて来るやうに」という願いを込めて。

海人が、病友で筆記を手助けしてくれた山川信吉の霊前に捧げた詩がある。その一節。

　私の作つた器にいくらかの値があるなら
　土を捏ね火を焚いた君に
　その半は酬ひられよう

何人もの「土を捏ね火を焚いた」仲間がいた。器の評価は、だから彼らにも与えられるべきであるというのは、『白描』が個人的な歌集としてではなく、癩者の生を伝えるという意図のもとに作られたということを思うとき、ことに胸を打つ。

詩を捧げられた山川信吉は、「白描」でも歌われている。

「山田《ママ》信吉君は琉球の人、我為に眼とも手ともなりて衣食の事はもとより煩瑣なる草稿の整理まで一手に弁じたりしを、かりそめの病に急逝す」という詞書に続けた八首のうち、二首。

　くらがりの褥《しとね》に膝をただしつつ君が命をひたすらに祈《の》む

遺されし机の板の冷たみに頰をあてつつ涙のごはず

海人の晩年は、肉体的には悲惨としか言いようのない状態であった。だが、見えない目も声の出ない喉ももともせず、自分に残された時間の全てを、歌集編纂のために費やした。恐るべき情熱といえる。そして、それを助けた仲間たちの思い。

歌集『白描』成立のかげには、伝えようとする者とそれを受け取ろうとする者の壮絶な姿があったことを忘れることはできない。

亡くなる一ヶ月前に届いた印税について、海人は「先ず故郷の母に送つて永年の不孝の万分の一を償ひ、又同病者の短歌運動の為に有効に使用したい」と言い残した。その意を汲んで「明石海人賞」が制定され、島で歌を作る人たちを励まし続けた。病友山口義朗には「僕を踏台にして、短歌会員の誰もが伸びて呉れれば、それに越した喜びはない」と語っている。短歌を心の糧としながら同じ病を戦っている同志への思いが感じられる。

それにしても、『白描』一巻及びそれ以外の雑誌掲載歌も含めて、海人の歌の多彩さに驚かされる。先のプルーストの言葉のように、「記憶」と「想像力」によって、ある意味では「現実以上」を生きたといえるのかもしれない。それは一人の人生としてみた場合、あまりに無惨なものではあったけれど。しかも湧出するイメージを自在に表現する術は、あまりに限られていたのだ。『日本詩壇』主宰者吉川則比古が言うように、「昼夜を分たず烈しく沸騰する彼の脳髄には唯混沌として形成に至らぬ詩想が星雲のやうに渦巻いてゐたのであらう」(「明石海人とその詩」『明石海人全集』)。それを伝えることのできないもどかしさは、想像を絶するものであったろう。

『日本歌人』の仲間であった吉村長夫は、『白描』序文について「新らしきヨブ記を読むやうな感にうたれた」(「常寂光」『日本歌人』)と書き、愛生園を訪れたこともあるジャーナリスト下村海南は、「白描一冊は歌集であるが又同時に一つの経典である」(「癩患者と歌悦」『短歌研究』)と書いた。なぜそのような感懐を抱かせるのか。田島とう子は海人の生き方を語る中で、「運命に従ふことは運命を征服する唯一の道である」(「明石海人氏を悼む」『日本歌人』)と書く。歌うことによって海人は運命を「征服した」とは言わないまでも、それとしっかりと対峙し得た。そこに海人の人間的な強さを感じ、歌の力をも感じるのではないだろうか。

「ヨブ記」や「経典」を読むような印象を与えるのは、そこに救いがあるからである。癩に捕えられた生を無惨なままに終らせなかったのは、海人が短歌というものに自らの生の存在理由を賭けたから、とも言える。短歌は暗い深海に生きる人——海人にとって一条の光であった。たった一つの生きがいであり、使命感をさえも与えてくれるものであった。

明石海人に時間があったならば、内に向かう短歌や追憶的な散文ではなく、外に働きかけるメッセージ性を持った骨太の文章を書いたのではないか、と一つの可能性として想像する。

「社会と自分」に見られるような批判精神は、当時巻き起こっていた全国の療養所の紛争に無関心ではいられなかっただろうと思われる。特に待遇改善や園長たちの辞職を求めて八百人近い患者がストに入り、刑務所にも等しい「特別病室」が作られるきっかけともなった一九三六年八月の愛生園事件は、『日本らい史』にも「別格」として扱われているほどに大きな事件であった。また九月には海

人の歌――「二・二六事件」と題した、

叛乱罪死刑宣告十五名日出づる国の今朝のニュースだ
死をもつて行ふものを易々と功利の輩があげつらひする

が原因で『日本歌人』が発禁になるという出来事もあった。
これらのことについて、海人がどのように考えていたか。晩年『白描』編集の手助けをした春日秀郎（伊郷芳紀）が海人の言葉として記憶したものの一部を推測の手だてとするしかない。

社会のことも、愛生園のことも、これでよいなんてものではない。改革しなければ……。（略）意見はある。が、この体では実践活動ができない。しゃべったとしても、しょせん、口舌の徒、引かれ者の小唄のような気がして……。沈黙するしかないわが身が歯がゆい。（「明石海人の回想」『慟哭の歌人』）

愛生園事件のあった秋に失明という事実を考えれば、身動きがとれなかった、というのが正直なところだろう。すべてに人の手を借りなければ生活ができなくなった彼にとって、いかなる思いがあったとしても、限りある時間の中では、体力も情熱も、注ぐべきは歌に対してであった。
Ⅱ―1第一部「白描」の最後に『白描』刊行後の歌をひとつ掲げたが、もう数首書き抜いておく。

海人没後、「絶詠四首」として『短歌研究』一九三九年八月号に載ったもの。海人さいごの歌である。

夏はよし暑からぬほどの夏はよし呼吸管など忘れて眠らむ
起き出でて寝汗を拭ふとひとしきり水鶏の声は近まさりつつ
梅さくら躑躅いちはつ矢車草枕頭の花に年闌《た》けむとす
起き出でて探る溲瓶《しびん》の前後《まへうしろ》かかるしぐさに年を重ねし

明らかに第一部の流れを引く調べである。一九三四年六月三日の日記に、

六尺の病床を天地として、あれだけの仕事をなしとげた子規のことを思ふと、うかくしては居られない気がする。

と書いた、正岡子規の歌にも似て、衒いも装飾もない、心に沁みるいい歌であると思う。かくも深い静かな境地を歌う海人が、第二部のような歌こそ「己が本然の相」（第二部序文）であるとしていたところに、まさに彼の心の翳を見る思いがするのである。

光岡良二が『多磨』（一九七六年三月号〜十一月号）に連載した「幻の明石海人」は示唆に富んだいい論文で、特に『白描』の分析は鋭く、刺激を受けた。だが、ひとつ、次の部分——

ここに来て、歌というものは、海人にとって何であったのか。そして、私たちにとって何であるのか。

あそび。せつない、たった孤りの、無力な、はかないわざ——だが、この〈あそび〉のあるゆえに、海人は堪えがたくつらい世を生き遂《と》げたのであった。

海人にとっての歌を「あそび」と結論する——これには同意できなかった。たとえ「あそび」の意味が風雅の極み、凄絶の極限であったとしても。たしかに「せつない、たった孤りの、無力な、はかないわざ」ではあった。しかし海人の歌はそれ自体自己完結する一人遊びなどでは、断じてない。ある時期から、彼にとっては生きることと歌うことが一致していたと思う。歌うことが今ある生を確認することだった。そして歌われた作品は、自分がこの世にあったということを証するものでもあった。『白描』第一部には、歌による自伝をこころみると同時に、世の癩者たちの思いをも代弁する意図が籠められていたことは既述した。自分も含めて、癩に捕われた者たちの生を残そうとしたのである。

長島には万霊山と呼ぶ小高い丘があり、その頂にはドーム型をした大きな納骨堂がある。死してなお故郷に帰ることを拒まれた者たちが、本名であるいは仮名で眠っている。

「貧しい讃頌」と題した詩で、彼は自らを「落葉」に喩え、この世に生まれ出でやがて去っていく身を、長い歴史の中に位置づけて淡々とつづっている。

（前略）
落葉たちはもう宿命を悲しまなかつた
（略）
かれらは古い仲間がしだいに土に還り
あたらしい仲間が降りつもるのを
しづかな共感をもつて見つめていた
去りゆくものと来るものとは
おなじ波長のもとに交響した
かれらはもうふしあはせな落葉ではなく
大能の手に統べられる歴史の一頁であつた

病み崩れた肉体に健全な自我を宿した明石海人は、『白描』の歌人として世に残るであろう。だが、失われた時間、書かれなかった言葉の数々をそのままに逝ってしまう無念は、どれほどのものがあったであろうか。それでも彼は「宿命を悲しま」ず、自分の存在が「歴史の一頁」となっていることを喜びとするのである。そのような心境をもたらしたのは、歌集『白描』を完成した成就感であろう。彼にとって生きることは歌うことであり、歌は彼の生きた証であった。海人の歌とはそのようなものであったと、確認しておきたい。

人間への道　島比呂志の地平

空はアイヌのいれずみ色

Ⅰ　「人間」として

1　元凶

人は日々、自分が「人間」であることを意識しながら生活しているであろうか。大方は、人間と生まれ人間として生きるということを当たり前の事実として、ことさらに意識することなく、日を重ねているのではないだろうか。

ここに、私は人間である、と叫び続けてきた人物がいる。不条理としかいいようのない極限状況を、人間である、それのみを恃《たの》みとして、彼は生き抜いた。

ハンセン病――それが島比呂志の人生を決定づけた。特効薬プロミンが開発されるまでの、その症状の悲惨さはよく知られるところである。しかし、病気に罹《かか》った、それだけでは彼がペンを持つことはなかったかもしれない。「ハンセン病」という事実と「書く」という行為の間には、欠くべからざる一点が存在する。

作家島比呂志は「らい予防法」から生まれた。この奇妙な悪法のもとに強いられた過酷な現実を、彼は唯々として受け入れることはできなかった。隔離・強制作業・雑居生活・断種手術・検閲……療養所内で行われた数々の理不尽な出来事に直面するたびに、彼は自分が人間であることを思い出し、確認しなければならなかった。自分の人間がもぎ取られようとしていると感じたとき、それを取り戻すために彼は書き始めたのだ。

島比呂志（本名・岸上薫）は、一九一八年香川県観音寺市に生れた。穏やかな田園風景の中で、よく学びよく遊び、少年の夢を育んだ。肩に肩章を光らせ、腰には日本刀をぶらさげて颯爽と行く将校の姿に、未来の自分を重ねて憧れていた軍国少年は、後に「らい予防法」というとてつもない敵を相手に戦うこととなる。一九四〇年、結婚。大陸科学院勤務を経て、一九四三年東京農林専門学校（現・東京農工大学）助教授。一九四七年香川県内の国立らい療養所大島青松園に入園、翌年鹿児島県鹿屋市の星塚敬愛園に転園し、五十一年間を、そこに過した。妻とともに北九州市に移り住んだのは、一九九九年六月二十日、宿敵「らい予防法」が廃止された三年後のことであった。社会復帰後は、「ハンセン病国家賠償訴訟」の名誉団長として、精力的に活動、「勝訴」を勝ち取り、大きな旅行もいくつかしたが、二〇〇三年三月二十二日早朝、八十四年の生涯を閉じた。

発病は戦時中のことであった。右の膝に赤い大きな斑紋ができて、なかなか消えず、しかもその部分がつねっても痛さを感じなくなっているのに、島は気づく。生物化学を専攻する学生であった彼は、書物を丹念に読んで、それが「癩」であると判断、医者に頼らず、自力で治療しようと決意する。らい予防法に明記されているように、患者であると診断したら即座に届け出る義務を持つ医者は、「この病気で社会生活している者にとっては一番の強敵」(「今なお、生きつづけるらい予防法」『国の責任』)であった。

しかし母校の東京農林専門学校教員をしていた頃には、斑紋は顔にまで及び、人に病名を知られてしまうのではないかという恐怖におののくようになる。


短篇小説「熊」(『生存宣言』)は、癩の兆候に悩む大学助教授が、同僚や学生たちに、自分が癩であることを見抜かれているのではないかという不安と恐怖にいたたまれず、しだいに精神的に追い詰められていく話である。

講義中、心のわだかまりを糊塗するためか「絶えず教壇の上を往ったり来たりしてい」る様子が「動物園の檻の中の熊」に似ているため、学生たちから「熊」と渾名された彼は、しだいに「人間を極度に恐れ、人間の顔さえみれば逃げ出そうとかまえ」るようになり、「人間のいない」場所を求め始める。「人間たちのやっている戦争という奇怪な行為」も彼にとっては不可解でやるせないことであった。やがて「森だけが、なつかしい故里」となった彼は、「故里へ帰ろう。そこには自由が待っている」と心に叫びながら「人間の世界から訣別してゆく」。その後、瀬戸内海の孤島にある癩療養所の精神病棟の鉄格子の中に、「忙しそうに往ったり来たり」の「変態的歩行」を繰り返す「檻の熊そっくり」の彼がいた。

この小説では、「熊」という語に込められた二重の意味を読み取らなければならない。

将来のある学究に「人間の世界」から逃げなければならないと強く思い込ませたものは、二つある。

一つは彼の病気である。癩者という言葉がある。しかし癌者とか結核者、心臓病者という言葉はない。「癩者」とは、病気であることが、人格の部分にまで関わってくるということを、図らずも示した言葉であるといえよう。そのように用いられるのは「癩者」「精神病者」くらいではないだろうか。癩者であることを知られた途端に「人間」と認められなくなるであろうことを、彼は知っている。人間界から追放されるのではないかとの惧れが高じて、早々に自ら人間界を逃げ出して、熊となってしまったのである。

いま一つは「人間たちのやっている戦争という奇怪な行為」への、言う方なき不信・不快である。「重大放送」があるから全員参集せよとの連絡に、学内の義勇隊に仮病をつかって欠席し続けた自分を「非国民として制裁しようとしている」のではないか、と恐れた彼は、研究室を抜け「野を過ぎ、部落を横ぎり、走れるだけ走っ」ているうちに、「果てしない原野が渺茫とつづ」く「完全に自由な、そして安全な、故里に帰って」いた。

精神病棟の檻の中で「変態的歩行」を繰り返す姿は痛ましい。熊となった彼の意識は「故郷の原始林」に遊んでいるのかもしれない。しかし、彼が熊などではなく、癩を病んだ人間であるという事実は、彼を故郷に安住させることはないのだ。

檻の中の熊となって故郷への見果てぬ夢を育む主人公の姿は、いったんは故郷に帰り、やがて療養所に向かうことになった島比呂志の一面を伝える。しかし島は癩者を排斥し「戦争という奇怪な」「愚劣」な行為を平気で行う「人間の世界」を懐疑し、時に恐怖さえしながらも、決してそこから逃げることはなかった。

逃れて熊となった小説の主人公は、実際には人間界を追われたのである。島は逃げない。自分を人間と認めようとしない者たちに、果敢に立ち向かう。戦う武器は一本のペン——それのみであった。癩の進行と敗戦と——二重の衝撃に押されるように帰郷し、実家で病を養っていた一年数ヶ月の間、彼は「熱病にかかったように童話を書いて」（「噂の周辺で」『片居からの解放』）いる。

童話を書き出した動機について、篠原睦治との対談で、「これからの子どもたちは国家・社会に左右されずに、人間として正しい生き方をしてほしい、そんな思いで童話をかきだした」（『国の責任今なお、生きつづけるらい予防法』）と述べている。「やがて腐爛して死を迎えるであろう私の運命」（『人間への道』）を前にしながら、「蟄居していても何か社会のためにしたい」という痛切な思いに駆られて、書き出してから半年間に五、六十編の作品を著している。

当時の私は賢治（宮澤——筆者注）のすべてに心酔し、賢治のような童話が書きたいと、明けても暮れても机にかじりついたものだった。（「噂の周辺で」『片居からの解放』）

作品は書いても書いても没であった。私は失望しなかった。書くという行為によって架空の世界を創造し、その世界に自己を開放できる楽しさ、自由さといったものに、救いを見出していたからであろう。（『人間への道』）

「書いた」その結果ではなく、「書く」という行為そのものを喜び、その中に「救いを見出し」たというのは興味深い。結果的に「書く」という行為が彼の身に馴染み、やがて人間回復へ向けて意思表示を続けていく上での、強力な武器となっていったからである。

童話集『銀の鈴』は、副題に「さぬき物語」とあるように、郷里香川県に伝わる話のいくつかを脚色したものである。

「あとがき」のさいごに「昭和二十三年六月　九州に旅立つ日　若葉の窓より」とあるから、その部分は敬愛園に移るその日に書いたものであろう。彼は青松園から敬愛園に移るまでの一ヶ月間を故郷で過している。故郷の家の、窓の外に照り映える青葉若葉を見ながら、したためたものであろう。この本を彼は、二度と帰ることはないであろう郷土と郷土の子どもたちへの置き土産のようにも思ったであろうか。

後の島文学の萌芽が感じられる佳品が八篇収められているが、彼がこの童話集に籠めた思いを、いくつかの作品に探ってみたい。

「まよい道」は、江戸からはるばる友人を訪ねてきた小林一茶が、友人の死を知り、疲労と悲しみの中あてもなくさ迷い歩いた果てに、絶望を乗り越えて俳句を作るという話である。一茶が、悲しみと絶望を対象化し、十七文字に凝縮して表そうとしたとき、絶望が希望に変わったという筋立ては、絶望のどん底で「書く」という方法を手に入れ、それを自らの支えとして生きていこうとする島の、意思表明でもあったように思われる。

また、「義民　大西権兵衛」という話が載っている。権兵衛は、自分たち百姓が日照りや大洪水、年貢の取立てにあいながら「死ぬくるしみではたらいている」ことについて、庄屋や侍たちと「同じ人間でありながら」なぜ、と疑念を抱く。そして、「あ、、これは世の中がわるいんだ」と気づいた彼は、「みんなのために死んでこそ、生まれたかいがあったというものだ」という決心のもと「平等になる時が来る」ことを信じて、一揆の先頭に立ち、果てに命を落とすのである。

この物語は、人間は皆平等であるべきであり、それがかなえられていないときには、命をかけてでもそれを勝ち取るべきである、と訴える。奴隷に甘んじるのか、人間として命を賭けるのか——それは以後長年にわたっての療養所の仲間たちへの島の問いかけともなった。闘う大西権兵衛の姿は、「人間」という選択肢を選んだ島の姿と重なるものである。

本の題名ともなっている「銀の鈴」には、彼の歴史観・人間観が表れている。地球の歴史に比較して「私たちの歴史は、なんて短いのだろう。あ、つまらない」という子供に、化石は言う。「私たちは歴史が長いと言うだけで、その歴史に精神というものがありません（略）私たちは考えることも、人のためにつくすことも出来ません。ところが、あなた方の歴史の中では、それはそれは美しい物語がありますす。神のような、けだかい精神が流れています」。

「けだかい精神」が作り出す「美しい物語」が、人間の歴史にはある、という。歴史を流れる「けだかい精神」とは何か。

「あとがき」にある次のような記述を併せ読めば、彼の言わんとするところが理解できるだろう。「歴史を読むのは、歴史その中にある心、すなわち、人間の愛を味わねばなりません。事実は事実として過ぎ去ってゆくものですし、人間の愛は、われわれの将来に向って、いっそう発展してゆくものです」。

「銀の鈴」の中で「けだかい精神」と言っているのは、「あとがき」にある「人間の愛」と同義と捉えていいであろう。さらにそれを具体的に表現したのが「考えること」「人のためにつくすこと」という言葉であろう。歴史とは、過ぎ去ってゆく事実の積み重ねではなく、その時代時代に生きる人々が、愛の心をもって作り上げていくものであり、いつも未来につながっているものなのだ、と彼は考えるのである。

この美しい童話集からは、癩の不安と恐怖に怯えつつも、人間の歴史に流れる「けだかい精神」を信じ、未来を疑わなかった若き日の島比呂志の思いが伝わってくる。

自分の将来も覚束ないままに、「何か社会のためにしたい」「子どもたち（略）に、人間として正しい生き方をしてほしい」と若い情熱を童話に注いでいた姿は、彼が心酔し目標とした宮澤賢治を髣髴とさせもする。科学者であり教師であったという共通点も、彼を賢治に近づけた一因だろう。学生の頃、研修旅行の途中に賢治の母校、盛岡高等農林学校（現・岩手大学農学部）に立ち寄ってもいる。

しかし、療養所での生活や感情を盛るには童話という器は、向いていなかったというべきか。童話では尽くせないテーマを、彼は小説の形で表現し始める。

『片居からの解放』の中の「私の勲章」に、初めて小説を書くことになった経緯がつづられている。最初に入った青松園でのできごとである。ある日島は、療養所に入る娘に付き添ってきた老いた母親に対する職員の横柄な行動を目撃する。職員は、その夜娘の母が着て寝る布団を、地面に放り出して、威圧的な言葉を残して立ち去ったのである。それを見た彼の心の中は抗議の言葉で一杯になっているのに、一言も発することができない。

私の頭の中では、男に叩きつけるべき言葉が、次から次へと生まれた。しかし、私の言葉は、一つとして声にはならなかった。

島は思う。教員時代の自分なら、こんなとき即座に男を呼びとめ、その態度を叱責しただろう。ところが、療養所の一患者となった今、言いたい言葉は心にあふれているのに、それが声にならないのだった。

以前は当たり前のこととして言えたことがなぜ言えなくなったか——この体験の意味するところについて、彼は悩み考える。そして自分の中の劣等感というものに思い至るのである。

それは、患者でありながら罪人のように扱われているところからきた、いわば見る側の気分を反映したものであり、見下されていると感じるがゆえに卑屈になってしまうという心理であった。しかも病を養うべき場所でありながら監房が存在したということが示すように、療養所では絶対服従が前提であった。職員に逆らう、権力に抵抗するということが自分をどのような状況に追い込むか、容易に想像できるがゆえに、言葉を呑み込むしかなかったのである。

そのとき彼が感じた危機感——このまま言うべきことを言えないでいるとしたら自分は人間でなくなってしまうのではないか、彼の言い方に従うならば「自ら人間であることを放棄することになる」のではないか、という思いは切実であった。自らの「人間」を潰えさせないために彼が考えた方法は

「書く」ことであった。「小説」の形にして自分の思いを述べ、園の機関誌に発表することを思いつくのである。

「職員の行為に対して、一人の患者が徹底的な抗議追及をした結果、コンクリート塀の中の監房に入れられる」という内容の三十枚の短篇『癩院監房』（一九四七）を書いたときの体験が『人間への道』につづられている。

私はこの作品を書くために、高いコンクリート塀の中に入って、監房を見た。風も通さず陽も当らない監房の空気は、湿って重く淀んでいた。三畳の部屋の向うには、三寸角の柱の格子で仕切られた、檻のような部屋があった。（略）私は主人公の心理を想像するために、小さな格子戸を開けて中に入った。そして高いコンクリート塀の上にわずかに見える青空が、さらに柱格子で小さく区分されているのを見たとき、急に胸が詰り、涙が溢れてくるのを止めることはできなかった。

彼は療養所内の監房を実際に見に行く。自分の書く小説の主人公が入れられようとする監房の塀の高さを測り、湿った空気を感じ、主人公の見るであろう「柱格子で小さく区分されている」青空を見る、「主人公の心理を想像するために」。そして主人公の気持ちになって、涙を流しているのだ。

ここには、ただ闇雲に書くのではなく、対象となるものの姿や心理をいったん体験として自らに取り込むことによって、よりリアルに表現する、という、「書く」ことに対する積極的な姿勢が見られる。

患者を罪人のように扱う職員への怒り。声を出すべきところでひるんでしまった自分の不甲斐なさ、そして不可解。自分をそのようにしたものの正体は何か。——沸騰する感情に比して、「言葉の一つひとつに抵抗が生まれて、筆は容易には進まなかった」が、一ヵ月かけてようやく書き上げる。しかし、今度は発表を躊躇する自分がいることに気づき、島は愕然とする。彼は「信じられない」と書き、「しかし、それはまぎれもない私、癩患者となった私の偽らざる姿であった」としたためている。

だが、その頃北條民雄の『いのちの初夜』を読んでいた彼は、その中の「誰でも癩になったその刹那に、その人の人間は亡びるのです」という言葉に奮い立つのである。ここで自分の人間を滅びさせてなるものか、その一念で発表に踏み切った。結果的には、体制批判ということで雑誌に発表されることはなく、園の幹部職員に回覧するということで終わったが、それでも自分の訴えを述べることができたということを喜んでいる。

この作品を彼は「私の勲章」と言い、「金字塔のように聳えている」と書くが、島比呂志が「書く」ということを生涯の仕事にする、その最初にこの『癩院監房』という作品があったことは、暗示的なように思われる。つまり、このときに自覚された人間であること、人間であり続けることへの強い意志が、以後、彼が書き続けていく原動力になったと思われるのである。

敬愛園に移ってからも、園側との攻防は続く。すべての源がどこにあるか、ということを彼が知ることになったのは、文化部の「文芸募集」に応募した短篇が、入選を待たずに返却されてきたときのことであった。

原稿の表紙に園長印が押されているのを見て検閲されたことを知った彼は、強い侮辱を感じる。島の意識には、新憲法があった。「園長の行為は私に対する基本的人権の侵犯であり、憲法に違反している」（『人間への道』）と、彼は憤る。基本的人権の保障された民主主義の国家において、「戦前さながらの『検閲』」に納得できなかったのである。

その数日後の園内放送座談会に招かれた彼は、選者でもある別館長に、園長に自分の作品を見せ園長権限によって発表禁止としたことを批判するが、別館長から次のような意外な反論を受ける。「ここは一般社会と違いまして、園長には、園を経営するための特別権限というものがあります。つまり癩予防法もあれば、患者懲戒検束規定もあり、患者心得まであるのです」（「私の勲章」『片居からの解放』）。

ここにきて初めて、「患者を威圧している一切が、そのような法律に由来していたこと」を知るのである。

癩に罹った者が否も応もなく収容され、所長の絶対的な権力の下に統治され、結婚するときには断種手術を受けなければならない。これらはいずれも「癩予防法」「国立癩療養所患者懲戒検束規定」「優生保護法」等の法律的な裏づけがあってなされていたのである。

「癩予防法」との出会いが、島比呂志の「人間」を、そして「作家」を目覚めさせたと言っていい。一九四八年の秋のことであった。だが、「予防法」を実際に読み、中身を知ったのは翌年のことである。職員の一人が表紙に「極秘」の印鑑が押された「癩予防法」という冊子を、文字どおり極秘裏に手渡してくれたのである。

当時一二〇〇名いたであろう入園者のなかで、「癩予防法」を見たものはおろか、その存在すら知る者は少なかったのではなかろうか（略）。患者たちは知らされることなく隔離され、あらゆる拘束を受けてきた。無断外出が見つかって監房に入れられることが、「国立癩療養所患者懲戒検束規定」によるものだとは知らずに、罰を受けていたのである。（「遠かった道程」『片居からの解放』）

結局、入園者が「癩予防法」なるものの存在を知るようになったのは、一九五三年の「癩予防法」改正（改悪？）の動きの中でであった。

島比呂志が「私の宿敵」（「遠かった道程」『片居からの解放』）という「らい予防法」（ここからは一九五三年八月十五日施行のものを指す）改正の経緯と、それがもたらしたものについて見てみよう。

山本俊一が『日本らい史』に書くように、「明治四〇年（一九〇七）の法律第十一号から昭和六年（一九三一）公布のらい予防法、昭和二八年（一九五三）の同法改正を経て現在にいたるまで、わが国衛生行政のもとで一貫してとられてきたハンセン病対策の基本方針は患者隔離であった」。

一九五三年の改正の動きは、その二年前に発足した患者組織「全国国立らい療養所患者協議会」（全患協）の働きかけによるものであり、元来は隔離政策の見直しという意味合いを持っていた。感染力が微弱なため、もともと隔離の必要などなく、加えて当時は治療薬プロミンの出現で不治の病ではなくなっていたにもかかわらず、同じ状況に置かれていることの理不尽を訴え、改正運動を展開したのである。

しかし結果は、旧来の法律を継承するものであった。

一九五一年十一月八日、第十二回参議院厚生委員会に証人として招かれた折の、議事録に残された当時の愛生園園長光田健輔の、次のような言葉、

未収容患者（略）を早く収容しなければなりませんけれども、これに応じないものがたくさんあります。（略）手錠でもはめてから捕まえて強制的に入れればいいのですけれども（略）治療も必要でありますが（略）らい家族のステルザチョン（不妊手術）ということも勧めてやらす方がよろしい

（患者が――筆者注）逃走しないようにですね（略）逃走罪という一つの体刑を科するかですね、そういうことができれば、ほかの患者の警告にもなる

患者は「手錠をはめて」でも収容する、それどころか家族にまで断種せよ、という。プロミンによる治療が定着してからのこの発言を、どのように解釈すべきなのだろうか。

このとき五人が参考人として意見を述べたが、わが国最初の国立らい療養所の初代園長であり、戦後初の文化勲章を受賞したばかりの光田の発言が、新法の内容に多大な影響を与えたであろうことは想像に難くない。

患者たちが手をこまねいていたわけではない。『人間への道』には予防法闘争の頃が熱っぽい筆致で語られる。

昭和二十七、八年頃、全国の癩療養所に入所していた病友の平均年齢は、およそ三十三、四歳であった。これらの人々が終戦を迎えたのが、二十五、六歳、支那事変勃発当時は十七、八歳である。つまり戦時体制の中で、何らかの抑圧を受けて、充分に開花し切れない青春を送った人たちであった。しかもその上に癩という重圧が加わり、その圧縮されたエネルギーは地下を這うマグマのごとく、出口を求めて灼熱していたのである。

そこに先の光田発言である。作業放棄、ハンガー・ストライキ、集会、坐り込み、籠城——患者たちは「闘争に火花を散らした」。戦争と癩と。その二つによって「青春」と遠ざけられた彼らの、「予防法」を巡っての一瞬の煌きを思うとき、痛ましいような思いに捉われる。それが青春だったのか、と。しかも燃え上がった火は容赦なく消し止められ、熱の滓《おどみ》だけがひとりひとりの胸底に、「青春」の記憶として黒く苦く残った。隔離政策は続行されることとなり、治癒退所の規定さえない「らい予防法（新法）」に捕われて、患者たち、あるいはもと患者たちは、再び空しく日を過すこととなる。日本国民に保障された「基本的人権」などという言葉からはほど遠いところに、彼らは置かれていた。

日本国憲法にも優越する「らい予防法」下の療養所が、どのようなところであったのか、国を相手取った「らい予防法」違憲国家賠償請求訴訟の訴状（『裁判に花を』所収）の第四から一部を引く。一九九八年七月三十一日、島を含む十三人の患者が提出したものである。

訴状の第四は「絶対隔離・断種政策下における人権侵害状況」について書いたものである。「一強制収容による人権侵害」には「1　入所の強制」「2　秘密漏洩」の二項が掲げられ、「有無を言わさず」「罪人同様の扱い」で「入所を強制」され、またその際「患家の消毒」や「らい患者用」と書かれた「輸送列車」等を通じ、「患者の感染、入所の事実が漏洩され、本人及び家族に甚大な苦痛を与えた」ことが書かれる。

「二　療養所内の人権侵害」には「1　強制隔離」「2　断種手術・堕胎の強制」「3　劣悪な治療及び生活環境ならびに強制労働」「4　懲戒による人権侵害」が並ぶ。1では「外出さえも厳しく制限し、療養所の回りには高い塀を築き、見張りを巡回させ、外出禁止に違反する者には罰則を科し、懲戒を行った」結果「閉ざされた世界」が形成されていったことが書かれ、2では「女性が妊娠すれば堕胎を実施し、療養所内で結婚を許す条件として、男子の精管切断手術、女子の卵管結紮手術を強制」されたことにより「収容者は自由のみならず、『いのち』をも奪われた」と訴える。また3では、「本来病気治療を受けるべき」である患者なのに「低賃金で、重症者の看護、死亡患者の火葬等」「過酷な労働のもとで飢えと障害に苦しみながら死んでいった」こと、4では、療養所所長による「恣意的で不当な懲戒権行使が乱発され」「『特別病室』と呼ばれる拷問部屋」で「多くの者が餓死、凍死、病死」していった実態が描かれる。

「三　偏見・差別の助長、名誉毀損・侮辱、社会とのつながりの切断」の項では、「このような法及び強制隔離措置の実施は、病気に対する誤った恐怖宣伝となり、社会的偏見・差別を助長した」「収容者は偽名を使い、入所時に解剖承諾書を書かされ、家族・親族そして社会とのつながりを絶たれた」と書き、四で「法の形式的廃止だけでは、収容者の受けた被害は何ら回復されていない」と結ばれる。患者が共通して負わなければならなかった不条理の一端を垣間見る思いがする。

療養所で生きていくことの難しさは、「らい予防法」にがんじがらめにされた患者たちが、自らの意志を奪われながら、どのようにして自分の「人間」を保っていくか、というところにあった。島比呂志の戦いも実にその一点にあったといっていい。

一九四九年の敬愛園機関誌『姶良野』の巻頭言は、見事な「人間宣言」となっている。

（前略）指導者についていえば、日本中に通用されている憲法は、いくら、らい患者とはいえ、通用させていただきたいものである。社会に言論の自由があるなら、わたしたちにも、それを認めていただきたい。わたしたちは、社会のお世話になり、職員のお世話にもなっている者であることは、よく自覚もし、感謝もしている。しかし、そのゆえに、われらの人間性まで否定されることは、あまりにも、残酷に過ぎるのではないだろうか。（略）

次に、われわれの立場である。わたしたちも、（略）せっかく憲法で認められた基本的人権の尊厳を、われら自ら失っていはしないだろうか。（略）「おれは人間だ」と、一人びとりの口で叫んでみるがいい。この言葉にはずかしい行動はしていないであろうか。また、この言葉を否定するがごとき行動を、他人から強要されたことはないであろうか。よく反省してみるべきである。（略）

プロミンの出現によって、らいは不治ではなくなった。（略）われわれが健康者となる日は、もう近いのだ。もう一度、みんなで、口をそろえて言ってくれ給え。「われらは人間である！」と。

（「私の勲章」『片居からの解放』）

「われらは人間である！」との宣言は、外に向かってのものだけではなく、自分たちが人間であることを、当然人間として扱われなければならない存在であることを、忘れかけている仲間たちへの、呼びかけともなっている。内と外、どちらに向かっても叫んでいる。

ここには、「らい予防法」をめぐる闘いを初めとする様々な場面で、外の敵（国家）に対してだけではなく、同志であるべき療養所の病友たちに対しても、覚醒を訴え続けていかなければならなかった、島比呂志の置かれた位置がよく表れている。ここで叫んでいるのは、以後半世紀にわたっての彼の姿でもある。実に孤独な島比呂志の戦いについても、私たちは見ていくことになるだろう。

2　挑戦

「皆さん、今日はお見送りありがとうございます。（略）

聴く耳ある者は聴くべし。聴く耳ある者は聴くべし。私が何を言おうとしているのか。聴く耳ある人は聴くべし。その言葉で、星塚敬愛園の現実をよく直視していただいて、早く一般社会に馴染むような社会を作ってほしい、と。これを五十一年いた星塚敬愛園を去る私の、最後の言葉としたいと思います。」(『五十二年目の社会復帰　あるハンセン病作家の旅立ち』)

一九九九年六月二十日、このような言葉を残して島比呂志は療養所を後にした。

「聴く耳ある者は聴くべし」この一文に込めた彼の思いは深い。最後のこの挨拶に、島のこれまでの孤独の姿が凝縮されているといってもいい。

自伝『人間への道』は昭和二十年八月十五日午後の生化学教室から書き始められる。この教室の助教授であった島の顔はすでに癩の症状を呈しており、「色の濃い大きな黒眼鏡」では隠しようがないほどになっていた。

まだ二十代の若さであり、バクテリアの研究で学位をとり、三十までには海外に留学したいという夢を持っていた。しかしその夢は「まず大東亜戦争によって破られ、次に癩の発病によって完全消滅した」。

病気について彼が恐れたのは、悪化する症状のことだけではなかった。日に日に高まっていく「病気露見の不安」。そんな中で、「ただ一つの救いは、日ごとに空襲が激しくなり、もしかしたら直撃によって自分の肉体が雲散霧消するかもしれない、という期待があったことだ」ったが、この日の玉音放送で戦争の終結を知り、「これからの毎日をいかに生くべきか、途方に暮れ」たのである。

やがて帰郷して「家に隠れ住」み、東京から持ち帰った薬品を自分で調合し注射した。ひどい炎症が起きたり、高熱が出ても医者にかかることはなかった。医者は彼が「癩であることを一と目で知るだろうし、そうなれば一家の破滅だけではなく、親類縁者にまで迷惑をかけることになる」からであった。

ある日四十度を超える熱が続き、「朦朧とした意識の中で」「親戚との縁を切ることになってもいいから医者を呼」んでくれと「半狂乱で父に迫」る「母の声を聞きながら、なんという不条理な病気なのだろうと、癩の身を歎いた」。しかもそのまま死ぬこともできなかった。「死ねば死亡診断書をもらうために、医者を呼ばなければならない。そうすれば癩であることが分ってしまう」からであった。生きていることも死ぬことも、彼がこの世に存在したこと自体が否定的に見なされているのである。十数日たち、ようやく熱が下がったとき、彼は療養所行きを決意する。

童話を書いていた関係で交流があった和光学園長、谷口武からの手紙の「何とも慰めようのない悲しい寂しい運命であることをお察し致しますが（略）どうか一切の運命をひとりで引っかつぐ覚悟をしてください」という言葉に押されるように、新しい場所で生きてみることを決意するのである。谷口が教えてくれた河井酔茗の詩が、道づれであった。

詩の道

病あらば

詩に生くべし
家なくば
詩に住むべし
恋を失はば
詩に求むべし
禍来たらば
詩に慰むべし
心さびしき時は
詩を祭るべし
朝に夕べに
詩をうたふべし

爾来半世紀を島比呂志は療養所に生きた。

五十一年間――その一年一年の、否、一日一日の、どんなに長く苦しかったことか。そして孤独であったことか。療養所を去るときの「聴く耳あるものは聴くべし」の言葉がおのずと語っている。誰も聞いていないと知りながら、しかし彼は諦めない。「聴く耳あるものは聴くべし」と、語り続けた。

療養所の中での島と療友たちとの齟齬の大きなものは「予防法」廃止をめぐる考え方についてだった。

彼らが予防法廃止あるいは改正を叫ばなくなったのは、「らい予防法があるから、自分たちの医療や生活が保障されているのだ、という誤った考え」(「遠かった道程」『片居からの解放』)のためであった。しかも「昭和三十年代から厚生省が開放的運営を指示したため、らい予防法は空文化し」たかに思われた。このことから、彼らは「有名無実となっている予防法を下手につついて、一般障害者並みに生活処遇が切り下げられては叶わない。(略)つまり、いまさら人間復帰などと青臭いことをいってみても始まらない。それよりも、現在の一応満たされている生活を守り抜くことこそが大切である」(「支援方策とは何か」『裁判に花を』)と考えたのであろうと、島は言う。

それはそこで生活していれば、時には閉じ込められているという現実を忘れるような出来事や触れ合いもあったことだろう。特に戦後物質的に豊かになってからは、脱出を考えるよりも、そこで楽に暮らすことを求める人が増えてきた。

罪人のように扱われ、存在そのものを否定されかねない状況を、必死に生き抜いてきたのだ。外出も自由になり、家(らしきもの)や車も所有し、傷害年金一級も保障されて……という生活を進歩と考え、それを手放すまいとする心理は、理解できる。今や敵であった「予防法」が彼らを守っているのであった。それを「下手につついて」「一般障害者並み」に扱われては「叶わない」という思いも、無理からぬものと同情できるのである。

しかし島はそのようには考えなかった。奴隷の自由を、彼は欲しない。しかも、法が存在している限り、それはいつでも効力を発生する可能性を有しているのだ。

「らいに対する正しい知識の普及を図らなければ」(『人間への道』)、その病気も患者も、いつまでも一般社会の人に誤解されたままである。そして「正しい知識の普及を阻害している元凶は、正しい知識を反映していない『らい予防法』自体」なのだ、と考える島は、「処遇低下」を恐れて「予防法」に縋ろうとする仲間たちを説得する苦肉の策として、「生活処遇と医療を保障することを二本柱とした、癩患者保護法」を提唱し「保護法の成立と同時に、予防法を地獄の火で焼き捨てるのだ」と気炎をあげるが、そのことについて書いた論文が日の目を見ることはなかった。一九七六年暮れのことである。ここに表れた齟齬が、同じ病気を同じ境遇で堪えてきたいわば「同志」との半世紀の姿であった。「らい予防法」が廃止されたあとも、この状態は続く。

廃止は一九九六年四月一日のことであったが、できてきた法律を見て、彼は失望せざるを得なかった。

患者に対する人権侵害を国が償い、「何十年も強制隔離してきた入所者を、一人でも多く社会に戻すこと」(「支援方策とは何か」『裁判に花を』)を「国の責任」と考え、「らい予防法」廃止の意味もそこにある、と彼は考えていた。しかし実際は「社会復帰を希望する入所者に対する何らの保障も規定されていない」(「『らい予防法』廃止が積み残したもの」『週刊金曜日』)法律であり、廃止後も患者に「健康保険証」さえ与えられないものであった。

健康保険に加入できないというのは、そのときになってもなお、日本国民と認めていないことを示すであろう。信じがたいことである。しかしさらに信じられないのは、この法案が多分に入所者の意見を反映したものであったことである。

篠原睦治との対談。

篠原「本当に全患協がその希望を出したので、そうなったんですか?」
島「はい、それは事実です。（略）長く療養所で生活していると、施設依存というか、そういう気持ちが強くなる。それに、年齢的にも変化を好まなくなりますからね。今はそんなに不満もなく、毎日が送れているから今までどおりでいいですよとなる。こういう考えの人が多いと思うんですよ。」（『国の責任　今なお、生きつづけるらい予防法』）

もどかしいのである。飼い馴らされてしまったように、変化を望まない大多数の人々への、いらだち・やりきれなさ……「人間」とはもっと誇り高いものだ、という気持ちが、塀の中に「自由」はないと教える。

『片居からの解放』の扉に掲げたアドルフ・フォン・イェーリングの言葉は、そのような島の沸騰した思いを伝えるものである。

自分の権利があからさまに軽視され蹂躙されるならば、その権利の目的物が侵されるにとどまらず自己の人格までもが脅かされるということがわからない者、そうした状況において自己を主張し、正当な権利を主張する衝動に駆られない者は、助けてやろうとしてもどうにもならない。
（『権利のための闘争』）

島は自分や仲間たちの人格が蹂躙されるときに「正当な権利を主張する衝動に駆られ」ずにはいない人間であった。遠い日に、『癩院監房』を書かずにはいられなかった正義の血が、力強く脈打っているのである。

多くの療友たちが「予防法」廃止を「社会復帰」に繋げることができず、療養所での生活を身に馴染んだものとしてそこから出ようとしないのも、年齢や後遺症、外での新たな生活への不安等を考えると、止むを得ない選択ではあろう。だが、島比呂志は、違った。彼が求めてきた「人間回復」は、「社会復帰」によって完結することを、知っていたからである。彼は何のために「予防法」廃止の運動をしてきたのであろうか、何ゆえに書くことを続けてきたのであったろうか。自分が今まで生きてきた、その先にあるものを忘れる島ではない。「社会復帰」するための、「人間」にもどるための戦いが続く。

島比呂志は、長い癩の歴史の中で、最も果敢に戦った一人である。彼はレプラ菌と戦い、内なる不安と戦い、「癩病」をとりかこむ様々な不条理と戦った。そして「書く」ということもまた、彼の戦いのスタイルの一つであった。

『菜種梅雨』（『火山地帯』第41号　一九八〇年一月）に自分の体から採取したレプラ菌を顕微鏡で覗く場面がある。「フクシンに赤く染まった束状の桿菌が、円形の視野の中に散在するのを見」て、彼は「自殺を断念して、この小さな生物と闘う決意を」する。「こんな小さな生物に負けてなるものかと思った」からである。彼は自分を襲い破滅に導こうとしているものから、顔を背けない。むしろそれにつよい関心を寄せ、その正体をしっかと見極めようとしている。相手を知り、それに戦いを挑もうとするのである。この姿勢は彼が何を措いてもまず科学者であったことを示すものである。島も自身の性向について次のように書く。

私には、かつて研究室で身につけた、現象を観察し、分析し、それを綜合して結論を出すといった習性のようなものがあり、その結論を神のように信じこむところがあった。（略）私は原稿用紙を、文章の呼吸、脈搏、体温を記録するグラフだと考えていた。それは生命の流れであり、二度と過去を繰り返すことは不可能であって、ただ未来に向って流動していくしかなかった。一個の句読点も、生命の流れの、一瞬の実在証明だと思えば、いい加減は許されない。（『人間への道』）

現象を「観察」し「分析」し「綜合」するという科学者の方法を原稿用紙に移して、島は書き続ける、自分の書く文章が「生命の流れ」となるほどに。書いてあること――それのみが自分を未来に繋いでくれる、とでもいうように。

小説・評論・エッセイ・詩……様々なジャンル・文体を試みた。島の作品は終始一貫「告発」を意図している。書いたものが、読者に伝わるか否かという問題は切実であった。不条理を引き起こす元凶である「らい予防法」の撤廃につなげることが、大きな目的だったからである。

だから、前章で見た「らい予防法」違憲国家賠償請求訴訟の訴状にある「絶対隔離・断種政策下における人権侵害状況」に描かれたような、療養所内外での不条理を、彼は様々な方法で伝えようとする。評論に声高に論じ主張する。小説に仕立て、登場人物の境遇や感情を藉りて、極限に置かれた人間の心理を表現する。詩に、戦う自分を鼓舞する言葉を連ねる……。

特に工夫を凝らしたのが、小説であった。書くことが苦手で、作文をほめられたことは一度もなかったという島が、同じモチーフを、幾とおりにも書き分けているのは、伝えたい、読ませたい、という熱意の表れに他ならない。

島の小説の主要なテーマの一つである「性」を扱った作品を例に、彼の試みのあとを見ていこう。

女性の癩の発生率が低いために患者数が少なく、療養所の中で男性が結婚しようとしても、実際には結婚相手がいなかったり、一人の女性が何人かを相手にしたりと、変則的な関係にならざるを得ない現実があった。また、結婚する時には男性は断種手術を受けなければならなかった。「連綿とつづいてきた生命の流れ」(「日本の恥部」『片居からの解放』)を、法律で断つのである。

このような強制隔離がもたらした「性という人間の最も根源的なものまで制約された癩園の真実」(『人間への道』)を書くのに、彼は二つの方法を用いている。

その一は、断種や充たされない性の苦しみにストレートに切り込むやり方である。

『死のクロアゲハ』(『生存宣言』)は、ワゼクトミー(断種手術)を受けた男とそれを施した医者の、それぞれの事情と苦悩が描かれる。妊娠するはずがない妻が身ごもったことを知った男は、医者にワゼクトミーのやり直しを頼む。妻の美貌に魅せられた医者も、彼女を庇うために、意味のない手術をする。しかし再び妻は妊娠し、男は三たび手術に臨む。その後、男は妻を殺し発狂、やがて自殺する。その傍らに、彼らに対する無力感と狂人の父を持つ自身の運命への絶望から、呆けて廃人のようになった医者がいた。登場人物の、誰にも救いがない、暗い淵を覗き込んだような印象を与える作品である。

『栗の花の匂う島』(『奇妙な国』)は、少女に暴行しようとして捕まった若者が、ケースワーカーのもとに面接にやって来る。彼を暴走に駆り立てたものは、「セックスの匂いに似」た栗の花の強烈な匂いだったと打ち明ける。療養所という「女飢饉の社会」で、「何年この苦行を続けるのですか」と訴える若者に、ケースワーカーは「暗い奈落の底に沈んでゆくような」気持ちになる。『火山地帯』に連載した千枚の小説『不生地獄』や、Ⅱで読む『女の国』もこの系列に入る。

一方、セックスそのものに焦点を当てるのとは違う方法で表現したものに、たとえば『カロの位置』(『奇妙な国』)がある。

妻がカロという名の猫を溺愛する。小さな服を縫って着せたり帽子を被せたり、しきりに話しかける。夫は妻の愛をカロに奪われたような気がして面白くない。幾つかの心の行き違いの後にやがて仲直りする。そのとき妻が言った言葉に、夫は「ハッと胸を突きさされる思い」がする。妻は「カロはあなたの子よ」と言うのである。この言葉には、夫とともに読者も「胸を突きさされる思い」になる。『マミの引越し』(『生きてあれば』)は、六つの短篇から成る。いずれも、「永久に父とも母ともなれない」(「おしめ」)夫婦と、「マミ」という猫との日常が描かれる。夫婦はマミを我が子のように心配し世話をする。「断種手術が前提の癩夫婦には親となれない悲しみとさびしさがあり、その感情が猫を人格化してゆく」(『人間への道』)のである。

「カロ」も「マミ」も、幻想の中に作り上げた「我が子」である。かなしい疑似体験であり、行き場を失った母性や父性がすすり泣いているような世界である。

明治四十年から強制隔離を開始した日本の癩政策は、さらに男性の断種を強行して種族保存の道を断った。そこに人間社会があり、夫婦があっても、子供は生まれなかった。そこで誰いうとなく、「滅亡の種族」と呼ぶようになったのである。（略）雄三の意識の底には、百年、千年と受け継がれて来た生命の流れが、自分の代で廃絶されることの悲哀があった。（『滅亡』）

この二種類の小説は、書く世界は異質だが、「らい予防法」下の癩療養所の現実を見事に描き出している点では共通している。この法律の名のもとに「強制収容」された彼らは、過去も現在も未来ももぎ取られてしまった人々なのである。家族も仕事も故郷も、自分の名さえ心の奥に葬って入所する彼らに「過去」という言葉はなく、子供を持つこともなく生涯を繋がれて過す身に「未来」という言葉もない。過去も未来もなければ「現在」が実感されようもないであろう。彼らが自分たちを指して「滅亡の種族」と言うとき、その言葉に籠められた、とてつもない虚無と寂寥を思うべきである。島比呂志は癩者の「性」を描くことによって、「予防法」下の「人間」に深く切り込んだと言えるだろう。

『女の国』を読み『カロの位置』を読んだとき、そこに見えてくる悲しみこそが、小説を書く島の、偽りのない感情だと知るだろう。小説の形をとることによって、怒り嘆き悶え訴える島の、心の底の底の悲しみが、登場人物の感情を藉りて、ゆくりなくも表れる。人間が人間に強いた悲しみ。胸底に湛えられた悲しみの湖の深さを、読者私たちは測ることができるだろうか。

このように、島は伝えるために必死であった。しかし、その受けとられ方は、様々であった。『女の国』が『週刊新潮』（一九六一年二月・創刊五周年記念号）に載ったとき、多くの見知らぬ読者からの反響は島を驚かせ喜ばせもしたが、「文化人といわれる一部の人々」や同病の友人たちからは厳しい批判が寄せられた。

島自身「書きながら何度も涙を流した」（筆者のインタビューに答えての発言）という内容を、療養所の仲間たちがわからぬはずはない。しかし彼らの反応は冷淡であった。療養所のイメージが悪くなることを心配したのである。「金欲しさ」に「獣欲」を描く「エロ作家」と陰口を言うものさえあった。性を描くのは、患者を極限状態にまで追い込んでいる「強制隔離」の理不尽を書きたいのである。だが、仲間たちの意識がそこまで達していないことを、島は思い知らされ、書くことの孤独を感じている。

『海の沙』（『生存宣言』）を読んだ読者からの匿名の手紙に激しく動揺したこともあった。手紙の主は匿名の理由を、自分は癩が治るということは理解したし、らい予防法の廃止にも賛成だけれども、しかし島さんから手紙をもらいたくない、島さんが触った封筒や便箋に自分は触りたくない、と書いてあった（『国の責任　今なお、生きつづけるらい予防法』）。理屈では理解できても、皮膚感覚として受け入れられないということを、正面切って宣言されたのである。島は文章で訴えることの限界を感じ、「一時ものをかけなくなった時期がある」と述懐している。

『人間への道』には「癩に理解ある文化人の一人」であると自他ともに認める人物との、ある経緯が書かれている。島の作品「おしめ」も載る、ハンセン病患者の生活記録『深い淵から』を堀田善衛とともに編集した人物であり、『生きてあれば』等、島の書くものを丁寧に読み、感想をしたためて送ってくれてもいた。その人物が「全患協ニュース」に書いた文章に対して、釈然としないいくつかの事柄について、島は紙面を通して質問をする。特に問いたかったのは、「ライ体験の反映」した作品を「患者精神」の発揮された良い文章であるとする考え方についてであった。それは「ライ患作家はライのことのみを書け」と言っているように島には感じられた。彼自身は、癩が重要なテーマであることに異存はなかったが、そこから「黒人問題・部落問題・階級社会の問題」へと広がっていく、その「関心の拡大」にこそ意味があると考えていたからである。『火山地帯』を創刊して、「癩園作家が何を書くべきか」について、真剣に模索していた頃であり、島にとっては切実な問題であったが、それに対する反応は、島を失望させるものであった。そのときの思いを次のように書く。

氏は私の質問には答えようともせず、私の文章を独断的で、自己宣伝だと決めつけている。そしてそのような文章をなぜ掲載したかと、怒りをこめて書いているのである。いったい、私の文章のどこが、氏を激昂させたのであろうか。公表された文章というものが、常に批評や反論の対象となるのは、常識ではないだろうか。氏は癩園における文学活動について論じたのであり、それに対して現実に作家活動をしている私が不明の点について質問したのが、なぜ非礼なのであろうか。それとも氏は、自分の文章を勅語のごとく考えていて、患者からの質問などあるはずがないと思っていたのだろうか。たしかに氏の狼狽逆上ぶりには、そんな気配が感じられた。そして私は、久しく忘れていた癩患者という非人の思いに、突き落とされた。（略）結論として、癩の理解者といわれる人々の中に、縦の関係者と横の関係者がいることを悟ったのである。

この人物のことを、横の関係者、つまり自分たち癩患者と心情的に同一線上に立ち、思いを共有してくれる存在と考えていたのは、錯覚だったと島は気づく。

『人間への道』の別の箇所には、島村静雨詩集『冬の旅』より「牧師」という詩が引用されている。

わたしの眼前に
仁王のような牧師の貌が
蔽いかぶさるように　あらわれ
複雑な表情でわたしを　み返して
荒々しく
「帰れ、帰れ、帰れ
挨拶など　どうでもよい
挨拶など　どうでもよい」と
怒鳴り散らした。
そこにはもう聖堂でみた祈りの時の厳粛な姿も
柔和な眼差しも　微笑もなかった。

わたしは　牧師は神を喪失っていると思った。

たまたま通りかかった道に、日頃、教会で優しくキリストの愛を説いている牧師の表札を見つけ、挨拶を、と玄関を開けたのである。このときの牧師の表情と言葉は、どんなにか詩人を傷つけたことであろうか。

「彼らにとって癩患者は、常に自己の壇の下にうずくまる存在でなければならなかったのである。人並みに挨拶に立ち寄ったり、人並みに質問などしてはいけなかったのである」と苦い思いで島は噛みしめている。

先に島は「縦の関係者」を「横の関係者」と思っていた、としたためているが、実は彼らの関係を勘違いしていたのは、彼の方だけではなかったかもしれない。彼に厳しい言葉を投げつけた当の人物でさえ、そのように思っていたかもしれない、と想像するのである。彼らは、自分が癩患者を見下すような人間だとは思っていなかったであろう。だが、ずっと向うにいると思っていた患者が、いつのまにか間近に来ていて、思ってもいなかった働きかけをしてきたとき、彼らは「狼狽」し「逆上」してしまったのである。

この豹変を、彼らの人間性のみに帰することはできないかもしれない。予想外の出来事に直面して、おそらく理性や理論よりも感情や感覚が先行してしまったのだ。そのようなときにこそ、自分の思想が本物であったかどうかが、試されるのだが、そのときになってみなければわからない、という危うさ・脆さを大方の人は抱えている。

癩者が「感覚」という壁によって社会と分断されてしまうのに加えて、劣等感ゆえに自ら壁を築いているこどもある。作品の制作過程で、はからずも自分の劣等感や弱さに出会った体験を、島は書いている。

先の『女の国』は、大変な葛藤を経て完成させたものであった。二日連続徹夜をして書き上げたこの作品に、「これが最後だとピリオドを打った後で、ふとこの小説に書かれた事柄ですべて現在の療養所を推測されては困るという意識が頭をもたげ、蛇足と知りつつ」「すばらしい新薬プロミンが出現して、この社会に革命的な嵐が吹きはじめたのは、それから一年後のことである」という一文を付け加えてしまうのである。それによって作品としての完成度が下がり、「これではぶち壊し」だと思いながらも、プロミンによって改善された症状について、説明せずにはおれないのである。さんざん迷ったあげく、そのまま送った。

原稿を送っての帰途、私の心はすでに敗北を味わっていた。あの最後の三行さえ削っておけば完璧であったのに、それを削り得なかった弱さが情なかった。所詮、私は（略）「文学の鬼」などにはなれない人間なのだと、繰り返し自嘲した。（『人間への道』）

最後の一文を削ることができなかった心理について、「私が作家である前に癩患者であったからだろう」と、島は分析している。

確かに、癩者は癩であるという事実から逃れられないのだ。そして何よりも癩者であるという事実が優越する。「宿命」と感じるゆえんである。

詩「レプラ・コンプレックス君の裁判」は、自分の中のレプラ・コンプレックスを裁く話である。「癩者」の心の葛藤を、知・情・意それぞれの主張に託して、描き出す。

レプラ・コンプレックス君の裁判

知

舗道を歩くとき
帽子を深く引きおろし
黒眼鏡の底から
おそるおそる人を見るやつ
警官や公務員の顔を見ると
こそこそと逃げ出そうとするやつ
そのおどおどしたやつを
さあ
みんなで
法廷にひきずり出そう

情

あっしは
そのお尋ねのレプラ・コンプレックスで
へい
そのう
基本的人権ちゅうもんが
あっしどもにあるちゅうことも
参政権があるちゅうことも
よくわかっているんでがすが
あっしは眉毛がねえんで
手の指が曲ったり千切れたりしとるんで
それに
あっしのことが知れたら
兄弟たちの縁談にも困るんでがす
〈特殊性〉というんでがすが
とにかく
〈秘密保持〉は
死んでも

離せねえでがす

知　それでわかった
癩者を殺した犯人は
コンプレックス君にちがいない
つべこべいうことはないんだ
どう処分するかを決めればいいんだ

情　お待ちください
そのう
命だけは
ぜひお助けを

知　人を殺したやつは
死刑と相場が決っているんだ
念のため賛成の方は手を挙げてください
一、二、三、四、五、……
全員賛成！

死刑に決定いたします

意　ぼくはピストルを射つなんて
　　とてもできない

癩者　頭がガンガンしてきた
　　むつかしいことはどうでもいいが
　　うまいものを腹いっぱい喰いてえだよ

コンプレックスは「情」の中に生まれ育つ。社会からの偏見は裏返して劣等意識となり、患者に「おそるおそる」「こそこそ」「おどおど」した卑屈な態度をとらせる。癩であるという事実の前には、「基本的人権」も「参政権」も何の意味も持たない。ただ人に知られることを恐れ〈秘密保持〉だけを考えるのだ。

「知」は「情」を弾劾する、「癩者を殺した犯人」はお前だ、と。「癩者を殺した」とは、癩者の中の「人間」を殺したということ、つまり癩者から人間としての誇りを奪い取ったということだ。〈秘密保持〉という観念にがんじがらめにされ、「知」から「死刑」を宣告された「情」は、〈秘密保持〉だけは死んでも離せない、と訴える。

「死刑」を執行する役は「意」だ。しかし「意」は自分が「情」を処刑することは「とてもできない」と思う。

知・情・意のこのような葛藤に、「癩者」は「頭ががんがんしてき」て、その先を考えることをやめ、「むつかしいことはどうでもいい」とその問題を放り出している。

この詩は一九五二年十一月『多磨』文芸特集号に載るが、翌年十一月の『愛生』文芸特集号に島は「癩の意識革命について」という評論を寄せている。「この詩のテーマであるレプロシー・コンプレックスをさらに分析し、それをいかに克服するかの方法を模索しようとした」もので、その中で島は「現在の癩予防法闘争における人間主張が、秘密保持の罰則強化を主張する心理と相矛盾する点を指摘し、真の人間主張は、まず自己の秘密の殻を打破する努力——つまり自己内部の意識革命が必要であると説いた」。(『人間への道』)

つまり彼は、「人間回復」を目的としている全患協が「秘密保持の罰則強化」を主張しているところに「矛盾」を感じ、「自己内部の意識革命」によって「秘密の殻を打破」しなければならないと考えるのである。しかし、それは何と難しいことだろう。「知性」の部分では理解していても「感情」では如何ともしがたいことがある。「意志」で「感情」を操作することもできない。「感情」が〈秘密保持〉に縋りついているかぎり、癩者は解放されず、したがって人間回復もないのだ。

レプラ・コンプレックスは、島自身にとっても大きな問題であったろう。このことについて、まず「知」が理解し、次に「意」がそれに従ったであろう。しかし「情」がさいごまで彼を苦しめたであろう。

「レプラ・コンプレックス君の裁判」は、「知」「情」「意」それぞれの主張を聞くことによって、癩者の心に内在する複雑な心理を描き出す。この詩を書きながら、島は、「自己内部の意識革命」は「知」「情」「意」の合一をもって成し遂げられるのだという思いを、いよいよ強くしたことだろう。真の「人間回復」は、まず自己の内側からもたらされなければならないということを、この詩は訴える。

島比呂志が対決したものは「予防法」だけではない。彼は社会の偏見差別にさらされ、その裏返しとしてのコンプレックスと向き合わなければならなかった。そのうえ、その妥協しない姿勢が同病の仲間たちからさえ異端視され、孤独であった。しかし諦めるわけにはいかなかった。彼の人生は挑戦の連続だったといっていい。五十年間の挑戦、そして孤独。

「書く」という行為だけが、彼を鼓舞し、慰撫し、支え続けた。

しかし、療養しながらの作家活動が、常に平坦だったわけではない。同人誌『火山地帯』の休復刊を巡って揺れ動いた島の思いをたどりながら、彼にとっての「書く」ことの意味を探りたい。

島比呂志主宰の同人誌『火山地帯』は、一九五八年に創刊された。それまで『姶良野』という園の機関誌に発表していた文学仲間が、自分たちの雑誌を出そうと集まったものである。折しもその前年講談社から上梓された島の『生きてあれば』が全国からの反響を集めていた。自治会から予算をもらって気兼ねしながら書く機関誌にではなく、外に向かって自由に発信できる同人誌を作るのだという意気込みは、『火山地帯』という誌名にも表れていよう。

一九六九年、第二九号を出していったん休止された『火山地帯』は、七七年に復刊され、現在に至っている。

休刊に際しては「ゴールインとともに倒れたマラソン・ランナーと同様、もう一歩を歩くエネルギーさえ残っていなかった」「二度と復刊する熱意どころか、もう同人雑誌の苦労はご免だ」(『人間への道』)と思っていたと述懐している。千枚に及ぶ長篇『不生地獄』連載執筆、および『火山地帯』経営の疲れが、いちどきに島を襲ったかのようであった。

休火山が再び火を噴いたのは八年後のことであった。機関誌『始良野』の編集を任されての刺激や同人からの待望など、復刊に向けて動き出す下地はできつつあったが、何よりも島自身の強い思いが働いていたことは疑い得ない。『火山地帯』復刊の動機」としての「内的な告白」を、『人間への道』に綴っている。そこには「ことばを失った」島が失明の危機にさらされることによって、自分の中の文学に対する思いの強さに気づき、言葉を、表現の世界を取り戻していく姿が描かれているのである。

その頃、島は白内障が進行し、五、六年先には失明するかもしれないと医者から告げられる。彼は「大変なことになったと、独りで悩」むが、それは盲目になる、そのこと自体への苦悩とは違っていた。

彼は自分の「不安」「狼狽」「苦悩」が、失明することよりも、その結果ものが書けなくなるというところにあった、ということに気づく。それは彼自身思いもかけない心理であった。なぜならば、八年前に『火山地帯』を休止させた時点で、「気持ちの整理」はできていると思っていたからである。

彼は休刊直前の二九号を童話集『銀の鈴』の発行者であり、のちに同人となった滝口春男の追悼号としたが、それは滝口だけではなく、『火山地帯』の、そして島比呂志彼自身の追悼でもあった。彼は編集後記に「ひとりの馬鹿」という文章を書き、「五十の坂を越し」ても「なお小説に夢を託そうとした」滝口春男の生き方を「馬鹿の名に恥じないもの」としていとおしんだ。そしてまた「もうひとりの馬鹿もやがては死ぬだろう」と思う。自分の中の「ひとりの馬鹿」を追悼し、島は「ことばを失った」。

しかし失明するかもしれないという事態に直面して、彼の中の「ひとりの馬鹿」が蘇ったのだ。その「ひとりの馬鹿」が彼に懇願するのである。「せめて目が見えるうちに遺書だけでも書きたい」と。彼の言う「遺書」とは、どのようなものであったろうか。

私が書き遺したいのは、終戦直後の東京から姿を消した一人の教師が、三十数年後も九州南端大隈半島の一角にある星塚敬愛園の患者島比呂志として生存していること、その彼が癩という過酷な半生をいかに生きたか、その行動と文学の関係などである。その中には癩園の歴史があり、人間回復の歴史がある。平均年齢が六十歳に近づきつつある癩園は、やがてこの地上から姿を消すことだろう。だとすれば、この最後の時を生きている私やもの書きの仲間たちには、たとえ側面的であったり断片的であっても、癩の歴史とその真実を書き残す義務がありはしないか。(『人間への道』)

療養所で過ごした三十年間を「書く」ことによって検証し、その年月の意味を探ること、それは今ここにいる自分の生を証することにもなり、同時に「癩の歴史とその真実を書き残す」ことにもなるであろう。島比呂志となってからの三十年間を、空虚なものにしたくないのだ。

失明の危機に瀕したとき、彼は自分の中の文学への滾る思いを感じたはずである。そこにあるのは、「書きたい」という文学への明確な意志であり、加えて、右文中で「義務」と表現しているところの使命感であろう。「書きたい」気持ちが「書かなければならない」事柄を得たとき、あとは「書く」という場が与えられれば問題はないのだ。彼は『火山地帯』を復刊させ、そして『人間への道』は書かれた。復刊第一号＝三〇号（一九七七年四月）から十一回にわたって（一九七九年十月まで）連載されたこの作品は、副題に「わが文学半生記」と付く。自分の人生が「文学」とは切り離せないものであることを示すものである。

『人間への道』は、島比呂志の遺書であり、また旅立ちの書でもあった。今手にすることのできる作品のほとんどが、これ以降のものであることを思うと、『火山地帯』復刊と『人間への道』の完成の意味は大きい。

ところで、島が自分の文学をどのように捉えていたか——それは『人間への道』以前も以後も一貫している。

わたしたちには（略）自分より不幸な者を見るということが、ほとんどない（略）。わたしたち癩患者にとって、はたして、生きていてよかったといえる日は、いつ訪れるのであろうか。（略）わたしが求めているのは（略）灼熱した人間の魂ではなかっただろうか。（略）「生きていてよかった」（略）たとえ癩の現実がどんなに苦しくとも、わたしたちはその言葉を口にする日を夢に描きながら、生きて来たのではなかっただろうか。

生きてさえいれば、いつかその日が来るかもしれないという、かすかな希望に、わたしたちの「生」は支えられているのである。わたしは、その日が待ちきれないものだから、毎日々々、出す宛もない手紙を書いて来たのだ。それが私であり、私の作品だったのだ。

『生きてあれば』の一節である。原爆被爆者を描いた映画『生きていてよかった』にヒントを得てつけた題名であるが、「生きてあれば」つまり生きてさえいれば「生きていてよかった」という日が来るのだろうか、来るかもしれない、来てほしい……という願いと祈りを込めて、命ぎりぎりのところから発信した綴りであることがわかる。

「宛名のない手紙」とは、島が自分の作品を指して、最も多用する表現である。一九五七年刊行の『生きてあれば』、一九七七年『人間への道』、一九八〇年「書くということ」(『片居からの解放』)、一九九五年「生存宣言」(同)等、それぞれの時代の作品にこの言葉は出てくる。島比呂志が書くものの多くは、「訴える」性質を持っている。自分の作品を、「伝える」ということの最も基本的な形式である「手紙」と認識しているところからも、彼がメッセージ性を重視していることがわかるし、「宛名のない」という修飾辞は、作品に「普遍性」が要求されるということをしっかりと押さえていることを示すだろう。

島が彼自身の中で、あるいは狭い療養所の中で自己完結せずに、たえず外に向かって発信し続けた理由として、大きく二つのことが考えられる。

「書くということ」(『片居からの解放』)の中で島は、人間でありながら人間と扱われなかった「不条理」を「打破して人間回復をはかる」ために書いたといい、「文章だけが療養所の垣根を越える唯一の、手段であった」と述べている。「奇妙な国」の過酷な現実を訴える手段としての発信である。

もう一つは、療養所に入ったことによって失われた人間関係の回復である。名前を変え療養所に入った日から、それまで積み上げてきた関係は無に帰する。新しい名前の自分が、療養所以外の人と出会うには、外に向かって発信するしかないのである。

『人間への道』の最後部分には、なぜ手紙でなければならなかったのか、ということと、手紙が彼にもたらしてくれたものについて、次のように書かれている。

私は、私にとって文学とは「宛名のない手紙」であると何度も書いてきた。私は心ひそかに返信を待ち、そこに自分が人間であるとの確証を得たかったのである。思えば私の半生は、その返信をくれた人々との出会いが、すべてではなかっただろうか。（略）私の半生は、これらの人々との出会いによって彩られ、人間回復を確認しながら歩んできた。

島は、自分の「宛名のない手紙」に「返信」をもらうことで、新しい関係を築いていく。それが自分の「人間回復」だと信じたからである。『人間への道』を書き上げた時点では、そのようにして多くの人々と出会ったことに「人間としてのひそかな誇りと安らぎ」をさえ感じている。

しかし、やがてそれが「自己満足」に過ぎないのではないか、と思うようになる。小説『生存宣言』を書くまでの経緯をつづった短いエッセイ「生存宣言」（『片居からの解放』）には、「『人間への道』を書き終えて、一年二年と経つにつれて」「誇りと安らぎ」を感じた「自分に疑問を感じ始めた」ことが書かれている。それは、「そこにどんな素晴らしい人間関係があったにしても、そこにいる自分は逃亡者ではないか、という思い」からくるものであった。

名を島比呂志としてからの出会いを、書くことによって自分が獲得したものとして彼は誇りに思う。しかし、それが真実自分の心を満たすものではないということを、やがて彼は知っていく。なぜならば、彼は島比呂志であると同時に、岸上薫であるからだ。それまでの人間関係を全て断ち切って、彼は療養所に入り、島比呂志として生き始めた。しかし、岸上薫だった頃の自分を消せるわけもない。自分の中の岸上薫が、旧知を呼ぶのである。

一九六九年、かつての教え子清野光一氏に出した手紙の一節を読むと、療養所に入所していったんは社会と訣別した彼が、どのようにして再び社会との接点を持とうとしたかがわかる。同時に島比呂志にとっての「文学」の意味もおぼろげながら見えてくるのである。

ぼくの社会的生命は、昭和二十一年三月の大雪の日、東京を去ったときに終っている。あれから二十二年、ぼくの消息を知っている者は、一人もいないはずである。その間ぼくはどんなに君たちに会いたいと思ったことか、そして何度たよりをしたいと思ったことか。しかし、ぼくにはそれができない事情があった。（略）何度自殺を考えたかしれない。しかし死ねなかった。
そこでぼくはせめて生きている証にと小説を書き出した。小説はぼくの幽霊みたいなものだ。

せめて活字にでも姿を変えて、君たちの住む社会に触れたかったのだ。ぼくの作品集や作品の出ている雑誌が、どんなに君たちの名を呼んだことだろう。でも岸上薫の名でないので、みんなは知らぬ顔で通り抜けてしまう。やり場のない失望と孤独だった。（『五十二年目の社会復帰　あるハンセン病作家の旅立ち』）

彼は「生きている証にと小説を書き出した」「せめて活字にでも姿を変えて、君たちの住む社会に触れたかった」と書き、それがかなえられなかった「やり場のない失望と孤独」を訴えている。生きている社会と自分をつなぐもの——それが彼の作品であった。「書く」という行為をとおして、彼は社会を感じ、かろうじて社会とつながっている自分を感じていたのである。彼の意識が、病気や権力に押しつぶされて閉じてしまわずに、たえず社会に向かって開かれていたことは喜ぶべきである。しかも、その結果としての「やり場のない失望と孤独」が、彼にある決意をさせる。逃亡生活に別れを告げよう、と。それは「三十余年ものを書き、癩患者の真実を訴え、人間主張を貫いてきた」彼の「作品の総決算」ともいえる行動であった。

その経緯と友人との再会を描いたのが、『生存宣言』である。三十数年ぶりの再会を果たした主人公雄三の胸中を、島は次のように描いている。

雄三は最初の作品集の中で、「果して癩患者に生きていてよかったと言える日が来るだろうか」と大きな疑問を投げかけたのだったが、あれから二十余年、いまの雄三の胸には、生きていてよかったという仕合せが溢れていた。しかもその仕合せが、彼の作品活動の総決算として招来されたことを思うと、その喜びは例えようがなかった。

「生きていてよかった」という感慨は、「生きてあれば」という祈りにも似た思いが成就されたことを示すものである。「らい予防法」下の閉ざされた療養所で、彼の精神は未来を呼び続けた。葛藤と懊悩の果てに、私は生きてここにいる、と宣言し得たのは、絶望的な状況にあっても、「人間」であることをやめなかったことの自負からであろう。しかも「人間」島比呂志の生きた姿は「作品」として結晶し、普遍の命を持とうとしている。作家島比呂志が岸上薫を蘇らせたと言えるであろうか。

初期の美しい詩「幻想」(『生きてあれば』)を読むと、閉ざされた世界にあって、「未来への想像と希望」を失わず、明日に橋を架けることのできる、強靭な魂に遇う思いがする。

幻想

ほの暗い渓流のほとり
白樺の木の葉が揺れる
空はアイヌのいれずみ色
私は檻で見た熊を想像した

私は現代へのあこがれを失い
毒矢を射る古代を想っているのだ

私の胸の中には
溶岩のような呪いがあるのだ

だが　天空へ水晶の橋をかけよう
太陽より未発見のものをかちとろう

私たちのための癩園は、熊の檻ではない
未来への想像があり希望があると、もうひとつの心がいう

そして未来は「現実」になった。思いの強さが「幻想」に終わらせなかったのだ。『生存宣言』を書き上げたとき島は思ったであろう。この先に続くのは「社会復帰」しかない、と。『人間への道』から『生存宣言』、さらに「社会復帰」への道すじは、未来を現実にする行程であった。

3　回復

『パピヨン』という映画がある。島比呂志が「社会復帰」したことを知ったとき、この映画のことが思い出されてならなかった。

一九三〇年代に無実の殺人容疑で捕えられたパピヨンという男が、度重なる脱獄と失敗を繰り返し、そのたびに想像を絶する刑罰を与えられながらも、あきらめず、ついに絶海の孤島といわれる牢獄島からの脱出に成功し真の自由を勝ち取った、という話である。

映画の最後のほうで、年老いて真っ白な髪、まがった腰のパピヨンが、断崖絶壁から波高い海に飛び込むところが感動的であった。飛び込んだ海の向こうに「自由」という文字が大きく見える気がするのである。

逃げようなどとせずそのまま島にいても、それなりの自由はある。彼の友人のドガという男は、畑を作ったり動物を飼ったりして、そこを自分の居場所と決めて、日を送っている。パピヨンにも、行かないで、ここで一緒に暮らそう、という。ここにも自由はあるじゃないか。けれどパピヨンは、これは本当の自由ではない、と思う。囚われの身であるかぎり、そこに真の自由はない。

そこで海に身を投げる、踊り出すように、不様ともいえるような格好で。波に呑まれるかもしれない。鮫に食われるかもしれない。岩にぶつかって身体が砕け散ってしまうかもしれない。それでも「自由」の前には、何も恐れるものはないのだ。自由とは何か、生きるとは何か、ということを考えさせられる。

度重なる投獄にも、諦めず、自由を求め続けたパピヨンの姿と、らい予防法と戦い続けついに社会復帰した島比呂志の姿が重なった。

一九九九年六月二十日、島比呂志は五十一年間過ごした国立療養所星塚敬愛園を出て、北九州市に向かった。「らい予防法」が廃止されて三年目の「社会復帰」であった。このとき島比呂志八十歳、妻喜代子八十四歳。この年齢でなお自分たちの境遇を変えようとしたこと、つまり運命を切り開いていこうとしていることに打たれる。「人間は社会生活をしてこそ人間」(「片居からの解放」『片居からの解放』)と考える島にとって、予防法廃止後の「社会復帰」は当然の成り行きであった。彼の歩いて来た道は、まさしく、人には「人間」と扱われ、自らは「人間」であると確認するための、長い長い道のりであったから、「社会復帰」は、彼の生きてきた姿の集大成ともいえる行動であった。

「聴く耳ある者は聴くべし」の言葉を残して療養所を後にするとき、島は、ここに至るまでの長い道のりを振り返ったであろう。

島は書いた。日本という国の中の閉ざされたもう一つの「奇妙な国」から必死に叫び続けた言葉が「らい予防法」廃止につながり、社会復帰を促し、国賠訴訟勝利をもたらしたのだ。「諦め」は、彼から最も遠い言葉であった。諦めないことはエネルギーの要ることだが、諦めるわけにはいかなかった。「人間への道」以外に彼の生きる道はなかったからである。

しかし、島に迷いがなかったわけではない。「予防法」廃止を本格的に訴えるきっかけとなった、ある人物からの手紙について書いておこう。

一九九八年五月三日の憲法記念日に、彼は「やっと燃えた怒りの火――ハンセン病訴訟・告訴宣言――」(『国の責任　今なお、生きつづけるらい予防法』)と題した文章をつづった。

ここに彼は自分の文学の「テーマは、入園当初に経験した二、三の出来事に由来している」として、「半強制的に優生手術(断種)を受けさせられたこと」「自作の短篇小説が園長検閲によって発表禁止処分を受けたこと」「園長が一人の病友を退園処分にした事件で、二年間抗議行動を続けた結果、五日間の監禁と一年間の公職停止処分を受けたこと」を挙げ、これらの事件に「国家権力の非人道性、非人権性を痛感し」「らい患者は人間ではないのか(略)と苦悩した」ことを述べ、したがって「私の文学は、人間回復を模索した道標のようなものであり、その旅は今も続いている」と、自らの文学を「人間回復」という言葉に収斂させている。

文学による「人間回復」を、という信念は揺らぎないもののようであった。しかし、同文中に島は、次のように書く。

一九九〇年六月、エイズ裁判原告第一号の赤瀬範保(本名文男)氏からの第一信を受け取って以来、私の旅に迷いが起こった。

島比呂志の中の文学への信頼を初めて揺るがせたもの――それは何か。次は、このときの赤瀬氏の手紙である。

改めて思います。なんでもっと怒りをあらわにしないのか、一般患者の（癩）無関心とか、旧い考へ方、社会の方の責任もあるが、どうやら患者側にも半分ほどの無責任と云う罪があるのではないでしょうか。確かに、病気のイメージの悪さはエイズより本家みたいなところがあるとしても、家族の事を考へたにしても、日本人とはよほど従順に創られているのかと、他人事ではありません。

四百字詰にすれば十数枚に及ぶ手紙の一部である。最初はワープロで。「平成2年6月8日 AM1:30」にいったん書き終えて、それで書き足りずに今度はペン字で。引用はペン字の部分である。赤瀬氏は一九八九年五月八日、大阪ＨＩＶ訴訟において、実名で提訴、原告第一号となった人物である。この翌年脳卒中で亡くなっているが、「なぜ怒らないのか」という問いかけは、以後島を鋭く刺し続ける。

「なぜ怒らないのか」――これは島にとっては、意外な問いかけであったかもしれない。憤怒と告発が、島比呂志の半生であった。不条理への怒りこそが、「奇妙な国」に自分を生かしてきた原動力だ、と彼は思っていただろう。しかし赤瀬は詰問するのである。「なんでもっと怒りをあらわにしないのか」、そんなに「従順」なのか、と。

島は、この問いかけに真正面から向き合った。たしかに、と彼は思う。

私のように考え悩み、それを文章で訴えてみても、国も社会も変わりはしない。

国や社会を変えるために一途であった島の切ない呟きである。もとより書くことの無力感を表明した綴りではない。「人間」であり続けるために、彼は書いた。そして書き続けているうちに、それが手段ではなく生きることそのものになっていったのだ。書くことがなければどんなに空しい人生であったか。しかし元凶である「らい予防法」はそのままに、「国も社会も変わりはしな」かった。

赤瀬氏の手紙は、島に「怒りをあらわに」せよと訴えていた。では「あらわに」するとは、どういうことか。島は書家の赤瀬氏が揮毫してくれた「夢蝶」の文字を折に触れて眺めているうちに、その文字が「語り出した」のを聞く、「島さん、五十年も苦しんだら、もうたくさんでしょう。すべてを法の裁きにまかせて、楽になりなさいよ」と。

怒りを法の前にあらわにさらすこと、それが島が赤瀬氏から受けとったメッセージであった。

この言葉に応えて島が動き出したのは、五年後のことであった。一九九五年七月、島は、市民団体「患者の権利法をつくる会」事務局長だった池永満弁護士に一通の手紙を出した。強制隔離や断種手術の強要等、患者の人権を無視した悪法を「黙認している法曹界は、存続を支持していると受け取られても仕方がない」と、強く批判したものだった。

島の中立に応える形で、九州弁護士会連合会は翌九六年三月十九日に「らい予防法廃止問題に関する理事長声明」を発表し、「重大な人権侵害を許容する法律の存在を長期にわたり許してきたことを反省」し、同時に国に「謝罪」と「補償」を求めた。結果、四月一日、「らい予防法の廃止に関する法律」は施行された。一九〇七年「法律第一一号癩予防ニ関スル件」からの、九十年に及ぶ隔離政策にようやく幕が引かれたのである。

しかし「廃止法」の中で国は「人権侵害についての陳謝もなければ、補償又は慰謝料にも触れて」(『裁判に花を』)いなかった。要するに、「国の責任」が全くうやむやにされており、島は「入所者の人権回復はもちろん、ハンセン病への偏見差別がなくなる日は訪れない」だろうという危惧を抱く。「国の責任」を明らかにし、社会復帰にも対応できるような補償を求めて起こしたのが、「ハンセン病国賠訴訟」(訴状には「『らい予防法』違憲国家賠償請求事件」とある——筆者注)である。

『部落問題・人権事典』中「ハンセン病と人権」より、島自身の説明を引く。「九八年七月三一日、九州のハンセン病療養所・星塚敬愛園(鹿児島県)と菊池恵楓園(熊本県)の入所者十三人が熊本地裁に、国の誤ったハンセン病政策によってもたらされた人権侵害を含む長期の苦痛を与えられたとして、一人当たり一億一五〇〇万円の支払いを求める〈らい予防法違憲国家賠償請求訴訟〉の訴状を提出。同年八月二九日、第二次訴訟がおこされ、同趣旨の訴状は東京、岡山でも起こされ、全国十三の国立ハンセン病療養所の在園者、社会復帰者も含む原告は約五〇〇人(二〇〇〇年五月現在)を超えて、ハンセン病の人権闘争は新しい局面を迎えつつある」。

そして二〇〇一年五月十一日の勝訴判決となる。(勝訴後の二〇〇一年七月末の時点で、原告数は約二三〇〇人——筆者注)

「らい予防法」の廃止およびその後の「ハンセン病国賠訴訟」の要の部分に、いつも島比呂志がいたことがわかる。「宿敵」と見定めてより半世紀——その手段を文学に求め、あるいは裁判に訴えながら、彼は「らい予防法」そのものを生きてきたともいえる。

さて、「予防法」が廃止され、「国賠訴訟」に勝利したからといって、手放しで喜べない状況がある。九州弁護士会連合会が発行した『緊急出版！　らい予防法の廃止を考える』の第一章に載る、在園者のアンケートの回答には「いまさら」の文字が多用される。また、「予防法廃止について望むこと」は、療養所内での「生活の保障」「医療の保障」に集中し、多くのものが「社会復帰」よりもこのまま療養所で暮らすことを望んでいるということが明らかにされた。島比呂志は社会復帰を果たしたが、大方の人たちは、「いまさら」という感懐とともに、療養所に残ることを決めたのである。後遺症を抱え高齢者となった彼らが、「いまさら」環境を変えて一から苦労をするよりは、住み慣れたところで老後を静かに過ごしたい、という気持ちは、無理もないことと同情できる。社会との関係は強制的に断ち切られているし、ワゼクトミー（断種手術）の結果として子供を持つことができなかった彼らは、社会に頼るべき絆を持つことができなかったのだから。

しかし、島はそこを出た。

「皆はもう、死にに行くようなもんじゃないか、と。やめよと言って止めてくれる友人もいるけれどもね、でもそれでもいいんだと。ぼくはやっぱり、療養所の中で死んだと言われたくない、と。予防法何十年も訴えてきてね、予防法なくなって自由になったのに、島比呂志は療養所で死んだかと、こうは言われたくない。やっぱり外に出て死にたい。これが今までものを書いてきた本心ですよね」（『五十二年目の社会復帰　あるハンセン病作家の旅立ち』）

北九州には、中谷昭子（島の養女となって現在「岸上」）がいた。

二十年前『片居からの解放』に感銘を受け、以来島比呂志と親交を結び、島の「社会復帰」を受け入れ支え続けた。彼女を最も打ちのめしたのは、「断種」だった。この非人間的なものの存在を知ったとき、彼女は夢中で手紙をしたためていた。便箋十数枚に及ぶ感想の最後に、「娘の真似事ならできますから」と書いた。

療養所の中から叫び続けてきた島比呂志と、「社会」から彼を呼び続けた中谷昭子の二人三脚の生活が始まろうとしていた。

療養所のある鹿屋市から北九州市まで車で七時間。このとき島は三十九度近い熱を出していたが、福祉タクシーの中のベッドに「横になったまま、妻や昭ちゃんと話をしたり、眠ったりもして（略）車の旅は（略）快適」（『ハンセン病療養所から50年目の社会へ』）だった、と回想している。

車窓に流れる山や川、田や畑、町や村――療養所内では見ることのできなかった風景の広がりに、島は「社会」に向かっていることを実感しただろう。この道の向こうに、どんな世界が開けているのか。彼に一点の不安もなかったであろう。ただこれからの日々に思いを馳せながら、身を震わせていたであろう。武者震いを。

北九州の市営住宅に住み始めた島夫妻のもとに、毎日、中谷昭子とその家族が訪ねてきた。娘や孫や曾孫たちに囲まれて、「おじいちゃん」「おばあちゃん」となった。

外にもよく出かけた。店に行き、品物を選び、買い物をする、という当たり前のことが、彼を感動させるのである。北九州の街を車椅子で行くとき、彼の心はふるえたことだろう。初めての道、初めての人、新しい出会い……。生活の音・生活の匂いを体いっぱいに受け止めて、「社会」にいることを実感したことであろう。

肝腎なのは、その感動は彼が自分の手で勝ち取ったものであるということだ。癩であると知り、絶望の深い淵を覗いた若い日の自分を、島は次のように述懐する。

「(癩であると知られるのを恐れて教壇を去った頃)まぁ、酒飲んで……。線路の中に飛び込んで死ぬつもりだったのか……。酔っ払って。朝んなって目が覚めてね。そのときにうまく死ねとったら、もう今ごろは武蔵野の土になっとったのかもわからんのだけども、やっぱり死ねなかったというかねぇ。朝、電車の音で目が覚めて……」(『五十二年目の社会復帰 あるハンセン病作家の旅立ち』)

この日の「死ねなかった」という思いがはっきりとした「生きる」意志になるまでには、想像を絶する苦難の日々があり、気の遠くなるような怒り・淋しさ・不安・悔しさ・絶望……を体験したことであろう。過酷な境遇の中で幾たび傷つきくずおれそうになっても、彼は二度と死のうとは考えなかった。「人間」であることを否定されたまま死ななければならなかった患者たちの怨念と悲しみは、次章で見る『海の沙』の「全霊協宣言」にも現れているとおりである。死者に代わって宣言をしたためた、この小説の主人公木塚郁夫は憤死したけれども、島は生きねばならなかった。生きて「らい予防法」と闘い抜いた結果の「社会復帰」なのである。

一九四八年六月二十六日に故郷を後にし、爾来五十五年間——そのほとんどを、島はハンセン病療養所星塚敬愛園に、囚われの人として過ごした。五十五回巡った四季の最後の数年を、彼は北九州で、中谷昭子一家を家族として暮らした。復帰後も「国賠訴訟」を軸として、精力的に活動、旅行もいくつかした。療養所に入るときも、そこを出るときもいつも傍らにいた妻を見送るという悲しみも体験した。そして八十歳の社会復帰から四巡目の春に、ついに帰らぬ人となった。

いま島比呂志の生涯を振り返って見るとき、書くことを地平に据えて見事に生き切った生涯であったといえる。

しかし島にしてかなわなかったことが一つある。

五十五年前に別れを告げた故郷に、彼はついに生きて帰ることができなかった。

二〇〇一年五月十一日のハンセン病国賠訴訟判決直後の各新聞には、「人間」の文字が躍った。「やっと人間に戻れた」「『人間回復』の叫び届く」「人間の尊厳やっと」等の各紙見出しからは、この裁判が、自分が「人間」であるということを、国に問いかけてまで確認しなければならなかった人々の、命がけの戦いであったことが窺われる。

「人間」という言葉と連動するように、どの人からも口を衝いて出たのが、「これで古里に帰れる」という言葉だった。隔離され断種されて子を持たない、平均年齢七十四歳の元患者にとって、療養所を出「社会復帰」することは至難の業であるにしても、いちど、生まれ育った「古里に帰る」ということは、最大かつ最低限の願いであった。いったんはそこにいることを拒絶され、人間性を否定された場所に、晴れて「人間」として戻りたかったのである。

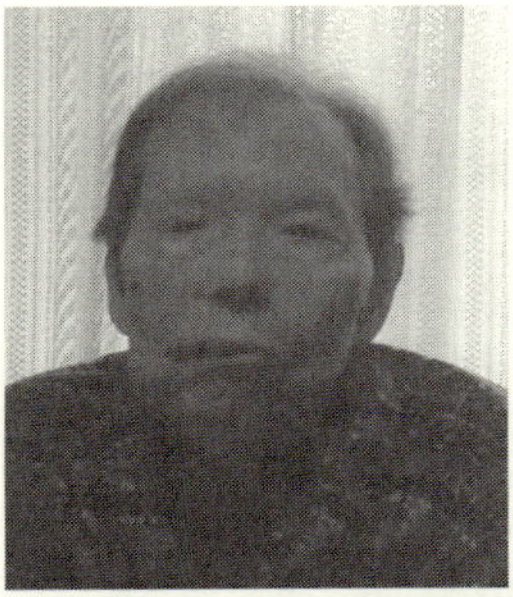

上——2000年12月8日。
中——森の中を行く島比呂志。車椅子を押す養女岸上(旧中谷)昭子と筆者。2001年7月21日。
下——くつろぐ島比呂志、筆者と昭子。2001年7月21日。

しかし現実はどうか。実際に故郷に迎えられた人は、ほんのわずかしかいない。いまだに骨になっても帰れないというのが実情である。故郷へ、家族のもとへ帰りたいという、人間として当たり前の感情を受け入れることのできない事情が、制度以前のところで存在しているということだろう。

九十年に及ぶ隔離政策がハンセン病は「恐ろしい」病気だと教えた。大河内昭爾が『『症状の悲惨さ』と『隔離の非人間性』以前の幼児から植えつけられた恐怖こそ、私たちから上の世代のこの病気に対する認識の本質である」(『季刊文科』)と書いているのは、まさに今も残るハンセン病問題の「本質」に迫るものである。「幼時から植えつけられた恐怖」が日常の中で反芻され皮膚感覚となって、「偏見」という魔物を太らせていくのである。

そしてこの魔物に手ひどくやられたのは、患者だけではなかった。療養所という柵の中に囲われて世間と分断された患者以上に、社会にあった家族の方がまともに偏見にさらされたといえる。社会の偏見は裏返して患者や家族の劣等意識となる。嫌悪し差別されることの不当を憤るよりも、この社会で嫌悪し差別される存在なのだという圧倒的な事実の前に、くずおれてしまうのである。患者にとってと同じくらい陰惨な時間が、家族にも流れているのだ。そして大方の家族の意識はいまだ解放されていない。

患者は病気に苦しみ、国の非人間的な政策に虐げられ、そのうえ家族には疎まれ拒否されて、二重三重の苦痛と屈辱を味わわされているのだ。

そして、島比呂志もこの例にもれるものではなかった。

彼は、理不尽に奪い取られたものを、人間の尊厳をかけて、一つ一つ取り戻してきた。その彼にして最後まで、奪い返すことができなかったもの、それが故郷であった。

島比呂志が生きて帰郷できなかった意味を、私たちはこれからも、深くするどく問い続けなければならない。彼の不屈の半世紀を思うとき、「帰郷できず」の事実は、あまりに残酷なことと思われるのである。

それでも、島は微笑んで逝ったであろう。癩という宿命から逃げず、戦い抜いた者の満足感を胸に。

病める樹よ

永遠の中の
一年がなかったら
永遠は成立しないということを
樹よ
よく考えてみるがいい

どこからか吹いてきた悪病に
おまえの枝や葉が
変形し

醜悪になったからといって
絶望してはならない
なるほど
風が吹けば
おまえは
仲間以上の危険にさらされるであろう
雪が降れば
ひとしお寒さが浸みるであろう
けれども
全力を挙げて耐えるがいい
ありだけの生命の火を燃やすがいい
やがて
おまえの生涯が終り
板となり
柱となる日
苦しみに耐えて来た
一年一年が
いかに美しい年輪となり

木目となることであろうか

樹よ
悪病を歎くことなく
ありだけの力で生きるがいい
やがて摂理の鋸にかかる日まで
血みどろに生きるがいい
樹よ樹よ樹よ樹よ
病める樹よ！

（『愛生』一九五二年十一月号）

島は自分に言う。自分は「病める樹」だ、と。病んでいる身は「変形」し「醜悪」であり、健康なものに比べたら、どれだけ苦痛に満ちているかわからない。だが、歎くな。絶望するな。「枝や葉」は病むとも、その根元をしっかりと保ち、今日の命を明日につなぐのだ。

生きていく一年は苦しい。しかし「苦しみに耐えて」生きた結果の一年一年が美しい年輪となる。「摂理の鋸にかかる」とき、それは姿をあらわすだろう。その日まで、「全力を挙げて」「ありだけの力で」「血みどろに」生きてあれ、と。

島比呂志の苦難の一年一年が美しい年輪となって、いま私たちの前に、「永遠」のかがやきを放っている。

Ⅱ　囚われの文学――島比呂志を読む

川村湊は島比呂志の『奇妙な国』を指して「北條民雄の『いのちの初夜』以来の『ハンセン病文学』の秀作である」と絶讃している（『戦後短篇小説再発見5　生と死の光景』解説）。だが、島比呂志の文学を「ハンセン病文学」の範疇に入れるにしても、それは北條民雄や明石海人等とは別の次元で論じられなければならない。死を待つばかりの陰惨な病としてのハンセン病を生きた北條や海人に対して、プロミンで治る病気になったにもかかわらず不条理の世界に繋がれ続けたことが、島の執筆動機となるからである。

島比呂志の文学は、「病の文学」というよりも「囚われの文学」と捉えた方がいいのではないか、と私は考えている。刑罰としての「囚われ」と異質のものであることは言うまでもない。罪を犯して繋がれた人々にとっては、囚われは一つの必然であり、報いとしての意味を持つ。囚われの事実を納得できるのである。しかし、「らい予防法」によって囚われの身となった人々は、自らの囚われをどう考えればいいのだろう。不条理への怒り――それが島にものを言わせる。

「人間」であり続けるために彼は書いた。「人間」であり続けることへのこだわりが「人間」とは何かを考えさせる。島比呂志の作品は私たちに問い続けてやまない、人間とは、生きるとは、自由とは……。

島比呂志を読むことは、彼に問われ続けることだ。彼の問いかけは容赦なく、時に執拗でさえある。だが私たちはそれに耳傾けなければならない。彼の思いの切実さの拠って来たるところを知らなければならない。彼は存在の根源を問うているからだ。そして何より、「問う」という彼の行為に、読者である私たちへのこよなき信頼を見るからである。彼のその信頼に応えるような気持ちで、私は以下の作品論をしたためる。

1　『奇妙な国』——もう一つの国の住人として

『奇妙な国』が講談社文芸文庫『戦後短篇小説再発見5　生と死の光景』に採られると決まったとき、島比呂志は次のようにしたためた。

四十年も昔に書いた短篇が今頃になって認められるとは、これに勝る作家冥利はありません。（略）「再発見」とは、『奇妙な国』に何を発見したのでしょうか。（筆者宛書簡）

『奇妙な国』は、一九五九（昭和三四）年十二月刊行の『火山地帯』六号に発表された。講談社より『生きてあれば』を上梓した二年後のことである。作者四十一歳のときのこの作品が四十数年の歳月に堪え、今に永らえて、「再発見」という言葉と共に再び日の目を見たのだ。

「あなたがたは、面積が四十ヘクタールで人口が千余人という、まったく玩具のような小国が、日本列島の中に存在していることをご存知だろうか」で始まるこの小説は、特にその冒頭部分が癩療養所の特質を端的に印象深くしかも風刺を籠めて表現しているところから、テレビ等で島比呂志とその作品を紹介するときに、しばしば引用される。

彼は療養所を「滅亡を国家唯一の大理想」とする「奇妙な国」であるとし、「この国の衣食住から医療にいたる一切合財は」「この国の人々が日本国内に侵入しないことと、子孫をつくらないために男性の精管を切りとることを条件に」「日本帝国政府の責任において保障される」と書く。

「ハンセン病（らい）療養所を、日本の中の『奇妙な国』と呼ぶのは、最大級のパロディだ」（「憲法はお飾りか」『「らい予防法」と患者の人権』）と島は言うが、日本の国家によって作られながら、日本国憲法にさえ優越する「らい予防法」という絶対的な法律に管理されていたという点において、ひとつの「国」であるという認識は的確であったといえるだろう。

「奇妙な」国であっても、その国民はそこで生きていかなければならない。ハンセン病患者は、日本国からは排除された存在だったからである。しかしそこで生きるということは、奇妙な国の奇妙な法律のもと、奇妙な生活を強いられるということを意味した。

（1）

三話からなる第一話は、奇妙な国の住民の奇妙な生活が、「退屈」という言葉をキイ・ワードに描かれる。

真夏の午後、須賀老人と巨体の田代が囲碁をしている。それを、背中に昇り竜の安田が見ている。その様子を、青木が見るともなく眺めている。退屈という空気が彼らを覆っている。

青木は「日本」にいたとき中学教師をしていたので、この国でも「先生」と呼ばれている。彼は退屈ということについて考える。

この部屋の様子は「釣をする人」「釣り人を見物する人」「見物人を見物している人」と同じ図式を呈している、と青木は思う。退屈しのぎに釣りをする人を見物している人は、釣り人より更に退屈だろう。しかしその二人の様子を離れたところから眺めている人は、もっと退屈に違いない。そして、そのようなことを思い巡らせている自分こそ、この上ない退屈な人間だ、と青木は考えるのである。

真昼間から大の大人が囲碁に時間を潰している。それは彼らが楽しみを求めてのものではない。食事と睡眠以外為すべきことのないこの国にあって、「退屈」という名の果てしない不毛の時間に堪えること——それが彼らの「仕事」なのだ。

彼らに与えられているのは、限られた空間と、無限とも思える時間である。国の隅々まで、国民の一人一人までが「すっぽりと彼らの脳裡におさまって」いた。四〇ヘクタールに切り取られた色褪せた風景の中で、人々は単調で弛緩した時間を、食べて、寝て、退屈して過ごす。

退屈を紛らす方途はない。それを破ることができるのは、死のみである。「この国では滅亡こそが国家唯一の大理想」とされており、国民の一人一人が、あとに何も残さず、身一つで死んでいくのである。その時までの退屈な時間の堆積が、彼の人生であった。

この国の人に限らず誰でも、その人生が「死」に向かっているというのは、一面の真実だ。しかしここの人々は、人生途上に織り成されるドラマを持たない。彼らは自分の死ぬ日まで、全てを見通すことができる。その先にある「納骨堂」だけが彼らの現実であった。やがて全ての国民が死に絶えて――子孫を作ることがないのだから、その日は必ずやってくるはずであった――彼らの存在そのものが「化石」とされてしまった将来を幻想し、青木はおののく。

ところで、このようなことに考えをめぐらす青木は、自分たちの「退屈」の意味を知っていたといえる。

釣り人の比喩に表れたように、青木こそが一番退屈な、あるいは退屈であるということを意識している人間であった。強いられた退屈は彼の「観察癖」を引き出し、執拗な観察が、自分たちの置かれた状況をクリアに理解させる。彼はいつのときも傍観者であり、状況に没入しない。

その意味で、田代は青木とは対極的な存在として描かれる。

「両劫」となりながら、須賀老人と田代は延々と石を打ち続ける。田代は勝負には完全に勝っていながら、須賀老人の落ち着き払った態度の前に圧倒されていた。

青木の頭の中は「両劫」という言葉でいっぱいになっていた。それは同じことの繰り返しに過ぎないこの国の人々の生活を、あまりにも的確に表現しているように思えてきたからであった。そして、この国の単調な生活に堪えて、滅亡という目的地に到着するためには、「両劫」を辛抱強く交互に打ちつづける精神力が必要であることを、しみじみと思ったのである。

須賀老人は『両劫』を辛抱強く交互に打ちつづける精神力」を持っている。しかし田代は、勝負の先を急ぎ、おびただしい数の蚊に血を吸われ続けているのにさえ気づかないほど、囲碁に埋没しきっているのである。

蚊に大量に血を吸われて赤く膨れている田代の腹を見て、青木は思う。

田代は人間であることをやめている。（略）退屈を完全に失った人間はもう人間ではない。退屈とは自己を意識していること、つまり孤独な自分の姿を感じていることだからだ。自分というものを完全に対象の中に没入し、自分を対象と同化させた状態というものは、もう、神そのものではないか。

須賀老人が囲碁を「つれづれのすさび」と言うとき、読者はその言葉の残酷さに胸を突かれるが、退屈である「自己を意識」していることが、須賀老人をこの国に生かしていると言っていい。それに対し、田代は自分が退屈であるということさえ意識の外に追いやって、ただ目前の碁盤を睨みつけているのである。

「田代は人間であることをやめている」という直感は的中し、その夜田代は自殺する。便所で「のんびりとぶら下がってい」る田代に、青木が感じたのは「羨望」である。「長い年月の退屈をはぶき、滅亡という国家目的に一足跳びに飛びこん」だ田代のように、青木自身も、この宙吊り状態からの脱出を無意識のうちに願っているのである。しかし羨望し願望しても、青木は田代のようにはならないであろう。「見物人を見物するほどの彼の執拗な観察癖が、なんとかしてこの国の未来を見究めてから死にたいと考えさせる」からである。

観察という方法がこの国で生きる青木の武器であった。退屈という拷問を前に、どこまで人間でいることができるか。田代は人間を捨て、人間の世界を捨てた。しかし青木は、現実を見つめ続けることによって、人間であり続けようとする。「この国の未来を見究め」たい、という意志がそれを支えているのである。

第一話の最後で青木の脳裡に浮かぶ「蜿々として納骨堂の丘を登ってゆく、葬送の行列」のイメージは、死に向かって日を減じていくだけのこの国の人々の日常と二重写しされる。

この小説がこの場面で終っていたとしても、ほどよくまとまった佳篇となったであろう。しかし第二話・第三話と続けることによって、青木の言う「この国の未来」を読者私たちも見ることになる。戦争を契機に、滅亡から生存へと目標を変えた人々の姿に青木が欺瞞を見てしまうのは、どのような心の動きによるのであろうか。彼の苦悩・失望の由って来るところを炙り出して見せたところに、作家島比呂志の真骨頂がある。

（2）

「両劫」の繰り返しのようにも思われたここでの生活が、思いがけなくも破られる時がやってくる。

「日本国」の起こした戦争のために「食糧事情は日ごとに悪化し、その上無防備のこの小国にアメリカ空軍は爆弾や機銃弾をばらまいた」。それまで退屈に堪えることのみを「仕事」としてきた人々は、食糧を生産し、防空壕を掘る。生き延びるための手立てを講じ始めたのである。

滅亡を国家理想と疑わず死へ向かって着々と日を継いできた彼らが、戦争によってリアルな死に対面したときに、初めて「生きる」ことを願い、そのための努力を始めたのだ。この国の人々は一丸となって、滅亡ではなく生存に向かって動き出したのである。

そのような姿を、青木は「本能の虜となって」いるといい、「なんという恥さらし」と言う。たしかにそれは、青木が考えたように「本能」の為せるわざであったかもしれない。だが、そうだとするならば、それまで彼らは生存欲という根源的な本能さえも摘まれて生きてきたということになる。忘れていた本能を取り戻し、生きようとすることが、なぜ「恥さらし」なのであろうか。青木の心理を分析する前に、二話で城山安平という男を登場させたことの意味を考えてみよう。

城山は、いわば「本能」の権化とも言うべき男として描かれる。彼は畑にさつまいもを作り、それを同室の者に分け与えることによって部屋を支配しようとする。「生産による食糧の不均衡は、経済力の不均衡となり、やがて人間関係に支配と被支配という階級を作り出した」のである。

同室の青木――彼はもはや老人といわれる齢になっている――や昇り竜の安田は、さつまいもや米の飯と引き換えに壕掘り作業や時には浮気の片棒までかつがされる。行政府の役人でさえ「お甘薯《いも》さま」の前にひれ伏すのである。

食欲・性欲・金銭欲……城山の生存欲は、今や様々な欲望をほしいままにさせ、この国に階級制度をさえ現出させようとしている。彼は、この国が日本国の価値観を取り込みながら変貌していく過程で現れた、新しいタイプの人間像なのである。

青木が奴隷の屈辱に甘んじていたのは、猛烈な食欲もさることながら、「この国の未来を見究めたいとの思いからであった。

「この国の未来を見究めてから死にたい」というのは、この国の過去と現在を身をもって体験したから言えるのである。そして彼の言う「この国の未来」とは、本来なら「滅亡」を指すはずであった。しかし、人々が退屈に堪えながら死を待っていたのは、はるか昔のことだ。今、彼らははっきりと進路を転換したのだ、「滅亡」から「生存」の方向へと。そのことを、青木は憤る。

人々は、もう建国の大理想を忘れている。滅亡の種族としてのプライドは、どこに消えたのだろう。亡び去ることを目的とする人間たちが、防空壕によって死を避けようとするとは、何たる恥辱なのだ。

戦争がこの国に入り込むまでは、死が人生の目的であり、彼が生きる意味であった。それが今「死を避けようと」しているということは、この国の人々にとっては、生きる意味を喪失したということを示すだろう。だが、それは人生の目的が死以外のものに見出せたということではないか。青木が「本能」と呼んだ、生存にまつわる様々な欲求を人々が抱き始めたこと、及びそれを満たすための行動を始めたこと――それは喜ぶべきことではないのか。奇妙な国に奇妙な生き方を強いられてきた人々が、初めて自分の生を自ら獲得しようとしているのである。青木は、彼らのその思いを理解できないというのだろうか。

いかにも、青木は理解できないのである。死との直面がもたらした生への執着と、様々な人間的欲望——彼はそれらを否定しているのではない。青木が問題にしているのは、人間としてのプライドについて、である。

初めに「人間」をもぎ取られている、ということを彼らは完全に忘却している。城山安平のような人物が闊歩するようになったこの国の現在は、一見すると「日本国」の縮図のようである。しかし、「日本国」から追放され「人間」を奪われて、この国に囲い込まれたのだ。自分たちは「人間」ではなく、ましてや「日本国」ではない。隔離も断種も「滅亡」という国家理想も、厳然として存在するのである。それを、「日本国民」になったかのような、つまり「人間」に戻れたかのような錯覚を抱いて、明日に希望を繋ごうとしている姿は、青木には理解しがたいことであった。

青木がこだわるのは、この国の人々が、人間を否定されたことを忘却したままに「生きる」方向に歩き出したことについて、である。彼は「滅亡の種族としてのプライド」を忘れることは恥辱であると訴える。「プライド」とは青木の必死の逆説であることは言うまでもない。それは様々な言葉に言い換えることが可能であろう。屈辱・悲哀・遺恨……。この国にいる限り「人間」となることはできない、その事実を措いて、この国に居ながらにして命惜しさに生きる方途を求めている——その欺瞞を青木は憤っているのである。

極限状況で目覚めた生存への欲求——それさえも「恥さらし」と言う青木の言に秘められた痛烈な、

悲壮とも言えるアイロニーを味わうべきである。

（3）

戦前・戦中の奇妙な国の人々の意識の変化と、青木の感懐を読んできた。社会と断絶され人間としての尊厳を奪われ、時に虚無の空洞に吸い込まれそうになりながらも、知性の毛穴を開かせて、この国に起こることを執拗に見究めようとする——そのような人物として青木は描かれている。

第一話に登場した田代の死に、青木は彼の選択を羨望はしても、自ら死を選ぶことはないだろう、と私は書いた。この国の行く末を見究めること——それが彼が生き続ける道を選択した理由であった。彼の知性が彼を生かし続けることを、疑わなかったのである。だが最後の最後に、私たちは作者にどんでん返しを食うことになる。

青木はなぜ死を決意したのか——作品の最後に、筆者自身も読者に解答をゆだねている、この問いかけを柱に、第三話を読んでいこう。

時は戦後である。青木の「頭髪は白一色に変わり」「歩行も杖に頼」るほどに老いている。

（略）この小国にも平和が訪れた。しかも日本政府は、戦争中この国との安保条約を無視して衣食住の保障を怠ったことに責任を感じ、戦前に数倍する保障費を寄越した。国民生活は昔以上に安定した。（略）この国に昔のような退屈な時間が、訪れるはずであった。（略）それなのに、退屈な時間は、遂に訪れようとはしなかった。

戦時「日本国」並の対応に追われ多忙を極めたこの国に、以前の静けさが戻るはずであった。しかし、「退屈な時間は、遂に訪れ」なかったのである。退屈は何処へ行ってしまったのか。青木は、自分の周りが「めまぐるしく動」き始めてきたのを感じている。人々は「端から端まで歩いても、二十分とはかからない」この国を、「一分一秒を争」うかのように「自動車やオートバイを乗り廻」していた。安田も城山から借金して買ったオートバイで一日中走り回っている。青木は思う。退屈がどこかへ行ったというよりも、人々が退屈から逃げているのではないか、と。

人々は退屈を恐れ出したのである。そこで退屈からのがれるために、全速力で走り出したのだ。（略）かつては耐えた退屈が、なぜ耐えられなくなったのだろうか。それは、かつての退屈な時間には、滅亡というこの国の目標がハッキリと意識されていたのだが、あの空襲騒ぎの中で、人々は滅亡とは反対の方向に走り出したからである。つまり、人々は、「なんのために」という目標を失ったのだ。それは生甲斐のない「生」であった。そこで自分が不安になり、その不安からのがれるために全速力で走り出したのだ。

ここで青木は、人々が「退屈を恐れ出した」理由を、目標の喪失、という点に求めている。戦争とともに人々が「滅亡とは反対の方向に」動き出すまでは、個人的には死、国家としては滅亡――それが彼らの生きる目標であり、「生甲斐」であった。人々は死へ向かって粛々と時が過ぎるのを待てばよかった、かつての須賀老人のように、退屈に身を任せて。しかし今や、死が「生甲斐」であるというアイロニーが崩壊し、生甲斐喪失に伴う不安から、人々は退屈を恐れ忌避し出したというのである。（1）で引いた「退屈とは自己を意識していること」という青木の認識を裏付けるように、退屈に背を向けた人々は、金や政治や娯楽に「狂奔」する。

青木は「彼らは、生きている瞬間々々を救われるための『神』を発見した」「『神』の雑多なこと、洪水のごとし」と思う。

かつて「退屈」が健在であった頃、人々には、自分たちが置かれた状況も、この国の本質もはっきりと見えていたことであろう。しかし「滅亡」から「生存」へと軌道を変えた時から、彼らは大いなる錯覚に陥ってしまう。目の前にある金や野球やバクチという「神」に救われたような気になって、不条理の国に繋がれているという現実を忘れ果ててしまったのである。

かつては、滅亡を目標にした確乎とした「自分」が存在した。しかしいまは、そのような「自分」をなくするために、人々は狂奔しているのであった。（略）もはやこの小国は、「奇妙な国」としての存在価値を失いつつある

かつて「奇妙な国」と呼ばれたこの国は、今や日本国そのもののようである。そして国民の生活や意識は日本国民と何ら変わるところがない、ように見える。

「奇妙な国」が奇妙と感知されなくなったという現象はしかし、そこが「奇妙な国」ではなくなっ

たということを、必ずしも意味しない。

まず最初に「人間」を剝奪されて、此処に囲われ、生きてきたのである。彼らは棄民であり、滅亡の民であった。そのように仕向けたのは、日本国ではなかったのか。そして今なお、日本国の庇護と監理のもとにこの国が存続しているという事実は、何を意味するのか。

彼らが「神」と呼び、それによって救われたと思っていたものは、現実から目を背かせる、いわば目眩ましの役目を果たしているに過ぎないのではないか。
（2）で、人間であることを否定されたままに、生きる方法を模索し始めた国民を、青木は憤りと悲しみを込めて「恥さらし」と呼んだ。そして今、自分たちがこの国にいることの意味も忘れて、日本国から入ってくるモノや娯楽や文化や思想を、神と崇めている人々に会う時、彼は歯噛みするほどの苛立ちと、及び難い遣る瀬なさを覚えたのではないだろうか。この思いはやがて深い絶望となる。
戦後、日本国からの保障が強化され、生活の安定が揺るぎないものになればなるほど、青木は「囚われ」ということを今までにも増して実感しただろう。

青木は「現在を生きるための『神』」を信じることのできない人間であった。彼の観察癖が、それをまやかしと教えるのである。この国に閉ざされてある限り、奪われた人間を取り戻したとは言えないのであり、結局救いはあろうはずがなかった。

「この国の未来を見究めてから死にたい」という思いは、老いて更に切実なものとなったであろう。同時に、この国で死んでいく自分の、死に方をも彼は考えていたに違いない。

青木の死は、城山と安田との関係の延長線上に設定される。城山は金を、安田はオートバイを、自分の「神」とあがめている。

安田は城山から借金して愛車を手に入れたのである。法外な利子にあえぐ安田に、青木はオートバイを返して借金を帳消しにしてもらうよう助言するが、安田は手放すくらいなら「死んだがましだ」と言う。

青木の眼前で城山に借金の返済を迫られた安田が、急に居直り、態度を変えたところから、物語は終焉に向かう。

「(略)利子さえ払えば文句はねえだろう」

安田が、荒々しくマフラーを首に巻きつけながら、大声で怒鳴った。

「利子さえいただきましたら、お得意さまですから」

「そうだろう。それじゃ、オートバイの尻に乗ってもらおうか? じつは、防空壕のところで、金を受け取る約束になっとる。密貿易のボロ口だぜ」

青木は安田の眼の色を見て、ハッと胸を突かれた。久しくこの国の人々に見られなくなっていたものが、そこには甦っていた。

警戒する城山を強引に後ろに乗せて、安田はオートバイを発進させる。この後、「見る見る小さくなって」いく二人の姿に「忘れていた爽快な気分が、よみがえ」るのを青木は感じている。

青木を爽快な気分にしたのは、「安田の眼の色」に表れた「久しくこの国の人々に見られなくなっていたもの」であることは疑い得ない。安田の眼に、青木は何を読み取ったのであろうか。

青木が安田の眼に見たのは、滅亡に向かおうとしている意志にほかならない。青木の読み取りが正確であったということは、二人の後を追って不自由な足を運んだ断崖の、その下に予想した通りの結末を見た、というところからもわかる。安田は城山を道連れに、断崖から身を躍らせたのである。

城山をバイクの後ろに乗せて疾走する安田の姿は、かつて両劫を打ち続けていた須賀老人の姿と、不思議に重なって見える。どちらも死に向かって一途であることが伝わってくるからであろう。

ところで、二人の死を見届けた青木が自らも崖から身を投げたのは、どう考えればいいのであろうか。

青木の死を書いた直後に、作者は次のようにしたためている。


「奇妙な国」は、いま崩壊一歩手前にきている。その主な原因は、この国の人々が持っていた「滅亡の虫」が、科学の進歩によって退治されるようになったことである。つまり新薬が出現したのであった。（略）この国の人々は、近い将来、日本各地に離散してゆくか、あるいは村落の形で日本に復帰することだろう。（略）「奇妙な国」は、この地上から姿を消すことになる。

それは「近い将来」ではなかった。実際にこの国を縛っていた法律が廃止されるまでには、この後四十年の歳月を要したのである。しかも法律が廃止されて後、現在に到ってもこの国が「姿を消」していないことは、周知の通りである。だが、「崩壊一歩手前」というこの時点での筆者の認識は、青木のそれと一致すると考えてよく、青木の意識の中ではこの国はやがて消滅するはずであった。殉死――青木の死をそのように位置づけるのは無謀だろうか。今や青木は、奇妙を奇妙と感じない人々が住む「奇妙な国」に住んでいた。そしてその国の滅び去る日も、そう遠くはないようである。青木は滅び行く「奇妙な国」に殉じようと思ったのではあるまいか。

「奇妙な国」の本質は何一つ変わっていないのに、戦後の神々の氾濫の中で、奇妙と思わない人々が大勢を占めている。この現象は青木を嘆かせ、苛立たせ、失望させた。今、青木の飽くなき観察眼は何を写しても、空しいのであった。「見究め」ることが、どうやら辛くなってきたのである。

孤独・怒り・諦め・抗議・絶望……様々な感情が重層して彼を死に駆り立てたと言えるだろう。だが、やはり彼は「奇妙な国」に殉じたのだと思われてならない。この国とともに滅びること――それこそが、一貫してこの国を「滅亡」を理想とする「奇妙な国」と位置づけてきた彼にふさわしい、人生の閉じ方であった。安田の最期に、彼は一閃の光芒を見たような気がしたであろう。かくあるべし、と。

それにしても、作者が青木を自死させたことの意味は重い。青木の行為は、作者の絶望を反映しているからである。

療養所にあっての島比呂志の孤独な戦いは、二十七年後に書かれる『海の沙』（後述）にストレートに投影されているが、寓話的な手法で綴られた『奇妙な国』からも、それは伝わってくる。青木の人物造型の確かさが、そうさせるのである。生きようとする人々を「恥さらし」と言い、「滅亡の種族としてのプライド」を甦らせよ、と叫ばずにいられなかった青木老人の無援の姿は、島比呂志その人のものであった。

ところでこの小説には、いかにも癩者であると見える人たちは登場しない。病気の不安も、後遺症の悩みも、故郷や家族への思いも、子供のいない淋しさも、書かれない。

一九八〇年、新教出版社より単行本『奇妙な国』が刊行された。名作『永田俊作』『女の国』等八篇の小説が収録されるが、『奇妙な国』はその最初に掲げられ、全体の書名ともなった。島は『火山地帯』第四四号に「『奇妙な国』に寄せて」という文章を載せて、この作品を「多分に諷刺的かつ観念的な作品」と、自ら分析している。

読者は彼が「諷刺」に込めた「観念」を読み取らなければならない。島比呂志は、今までのいわゆる「ハンセン病文学」と言われる作品とは全く異質の方法で、すなわち治療や病や境遇というものを一切捨象して、退屈を堪える人々・退屈を破られた人々・退屈を忌避する人々を揶揄的に描くことによって、「隔離」の不条理を突いてみせたのである。

「『奇妙な国』に寄せて」には、収録された八篇の中から「なぜ、これを書名としたか」という理由が次のように説明されている。

> 他の七篇の作品が描くドラマ（フィクション）も、すべてがこの「奇妙な国」――つまり強制隔離社会（癩療養所）の中で成り立つものであり、その「奇妙な国」の存在を容認している日本もまた、「奇妙な国」ではないかとのアナロジィ（類推）を求めたかったからである。

「奇妙な国」が産んだ「奇妙な国」の物語を、私たちは読んできたことになる。

さて、この文章の初めに引いた島の問いかけに、私は応え得たであろうか。

「再発見」とは、『奇妙な国』に何を発見したのでしょうか。

2　『女の国』——断ち切られた性

「性」の問題は、島比呂志の文学における重要なテーマの一つである。最も個人的な「性」の領域まで侵食された人々の姿や心理は、読む者に人間の尊厳について考えさせ、「らい予防法」への疑問を喚起させずにはいない。

らい療養所における、未来に繋がらない閉じられた性の現実を、島は二つの方向に描き分けた。「恐るべき女飢饉の社会」における「充足されることのない性の苦しみ」(『栗の花の匂う島』)を様々な人間関係の中に描く方法と、子供を持つことを許されなかった夫婦の、行き場を失った母性や父性を、日常の中に描くという方法と、である。

『女の国』は前者の系列に属する。

（1）

一九六〇年、島比呂志の短篇『熊』が、『新潮』十二月号に掲載された。「全国同人雑誌推薦作」として紹介された十一編の中の一つであった。『新潮』ではこの十一人に競作させ、最優秀賞を翌二月号に掲載する予定になっていた。『女の国』は、その審査に向けて書かれたものであった。惜しくも賞は逃したが、作品は『週刊新潮』に掲載された。

島が書きたいことは決っていた。

らい予防法による強制隔離が男女比率二対一という療園社会の性を、どれほど深刻化し、変態化しているか、その人間否定を告発したかった。（『人間への道』）

「深刻化し、変態化し」た性の様相と「告発」は、白井という男を軸として描かれる。

白井は療養所に入所して五年目になる。東京の家には妻の貴美子がいる。療養所に対しては「一つの国家に近い社会形態を持って」いると認識しており、その目的を「滅び去ること」と捉えている。彼は「死ぬことだけが目的で生きている」この国の人々は「魂の自殺者」だと思い、自分は「あくまでも異邦人として」ここに生きようと決心している。

同室の久助老人と三十六歳になる角三は、性に異常な関心を寄せている。二人は強い飢餓感を癒そうとでもするかのように、来る日も来る日も延々と女の話を続けている。今日も、老人は角三に、

「いまではこの国の神話になっている」話を物語る。四十三歳の虎吉が、六十八歳のお松婆さんと一晩寝ただけで見えなかった目が見えるようになった、という話である。老人は言う、「女はな、男にとっちゃ、神さまみてえなものなんだ」。

お松婆さんにまつわる話を、白井はナンセンスなことと思い、「なんとかして粉砕しようと考え、いろいろ調査」する。その結果、失明の原因が白内障であり、虎吉は「はじめて知った女の味に酔うて、勘が狂った」ために「便所の濡れ縁から足を滑らし」眼球を打って、「光りをさえぎっていた濁った水晶体が飛び出し、光りが網膜にとどくようになった」のだろうという結論を得る。しかし「久助老人には、彼の科学的な説明がてんで通じ」ない。老人は、「勘を狂わせたのは誰だか」と反論するのである。

先の「女はな、男にとっちゃ、神さまみてえなものなんだ」——さりげなく語られたこの台詞が、老人の全てであった。「女」が「神さま」になっていく過程を、白井自身も、後に登場するおぎんさんという女性によって体験することになる。

久助老人が、女人礼讃を通り越して「執念の権化」となった姿は、浅ましいというよりも哀切である。

白井は深夜の便所で、「(盗んだ)赤い腰巻を股にはさんで、指のない木片のような両掌で陰茎をこすってい」る老人を目撃する。「悪夢のような一瞬」と言い、「女に対する執念は、一片の物質に過ぎない腰巻にさえ、女をよみがえらせようとするものだろうか」と慨嘆する。

老人の行為はもはや淫猥と言うよりも、凄惨であり、悲愴であった。
「老人と入れ替りに便所へ這入った」白井は、涙が「とめどなく流れ」るのを、どうすることもできない。涙の理由について、彼は「老人のことが決して人ごととは思えなかったから」と書く。

彼の老人に対する同情は、いっそう深いものとなった。それは自分に対する憐憫であったかも知れない。このように極限された性の不充足の中では、むしろ発狂しないのが不思議にさえ思えたからである。

老人の行為に「淫猥」よりも「凄惨」「悲愴」を感じ、「同情」さえしてしまうのは、行為の背景にある、むごたらしく傷ましい現実を知っているからである。身につまされるのである。老人の姿は、明日の自分の姿であった。老人への「同情」と自分自身への「憐憫」が表裏を成して、彼に涙を流させる。

数ヵ月後、久助老人は急死する。老人の盗み集めた下着類を風呂敷に包み、棺桶に入れてやりながら、白井は思う。

女への憧憬と危機感こそ、老人の生甲斐のすべてではなかっただろうか。(略)久助老人は、青年のような若々しい心のまま死んでいったのだ。それは、芸術家の死に似ていた。

下着泥棒の老人を「芸術家」と言うのは、逆説などではない。女を憧憬し崇拝し礼讃した、老人の「青年のような」一途な姿に、白井は純粋に感動しているのである。全身全霊で「女」に立ち向かう老人の姿には、ごまかしがない。芸術家がそれぞれの芸術に向き合うときの気迫と美しさを、白井は感じたのである。

しかし、何と傷ましい「芸術家」であったことだろうか。対象に向き合う姿は芸術家そのものだったとしても、永遠に達成感のない、空虚に自閉する世界に、老人は生きていたのである。

ところで、白井の同室の住人のうちいちばん若く、白井に最も近い位置にいる信一も、「深刻化し、変態化した」性を体現した人物である。

白井と信一とは、周りから「夫婦」のように見られている。信一はひかえめでおとなしい性格であり、献身的に白井の身の回りの世話をする。療養所内では、彼らのような関係は珍しくなかったのである。動作も言葉遣いも心の中まで「女」となって、自分に尽してくれる信一をいとおしく思いながらも、彼を「男」にしてやりたいと白井は思い、知り合いのおぎんさんを介して、結婚の手筈を整える。

白井から結婚を勧められて、身悶えながら嘆き悲しむ信一を、「芝居は、いいかげんでやめるんだッ！」と白井は殴りつける。療養所の「未婚の男女の比率は男十二、三人に女一人という極端な不均衡」が信一の性格を歪曲し、「女」を演じさせたのだ、と白井は考えたのである。結婚は、信一が本来の自分に、男である自分に戻るための通過儀礼であった。

しかしこの国では、結婚するには「断種手術を受けることが条件になっていた」。「男」になるために、信一は「男」の種を断ち切ったのである。

信一が手術を受ける直前、白井が執刀医に、この手術の「法律上の根拠」を尋ねる場面がある。白井と医者のやりとりを通して作者は、「隔離」や「断種」が国の定めた法律によるものであることを確認し、その矛盾点も指摘している。同時に医療者が患者を当時どのように扱っていたかという雰囲気の一端も伝えて、興味深い。


「(略)優生保護法という法律(略)に、ちゃんと癩患者の妊娠中絶及び避妊手術のことが規定されているよ。しかし法律なんかなくてもだね、自分で働いて子供を育てる能力がなければ、きみ、できた子供をどうするんだね(略)」

「(略)しかし優生保護法というのは、遺伝性の病気に対する法律じゃありませんか。らいには慢性伝染病としての癩予防法があります。いったい、癩は伝染病なんですか、遺伝病なんですか?」

「(略)どっちだって同じことさ。問題は、子供ができては困るということだろう。(略)さあ!始めようか。大したこっちゃない(略)」


伝染病を患う者として「隔離」され、遺伝病者のように「断種」されるのである。患者は「らい予防法」によって社会と切断され、「優生保護法」によって未来と切断されるのであった。

島比呂志は、この作品を書きながら何度も涙を流したと語っている。女性の下着とともに火葬された久助老人も、女を演じていた信一も、らい療養所という特殊な世界に、生きながらにして生を諦めた「魂の自殺者」であったといっていい。彼らの有様を「変態」と言うならば、彼らをそこまで追い詰めたものは何か——その本質を直視しなければならない。

行間から、久助老人や信一の呻き声が聞えてくるようである。

（2）

『女の国』はしかし、「深刻化、変態化し」た「療園社会の性」を描いただけではない。作者がこの小説で書きたかったもう一つのテーマについて、書いていこう。

私は、作者がこの小説に『女の国』という題名を付けたことの意味を考える。

先に引いた「女はな、男にとっちゃ、神さまみてえなものなんだ」という久助老人の台詞に従い、「女」を「神」と見なすならば、表題の『女の国』は『神の国』と言い換えることも可能であろう。

ところで、（1）で、お松婆さんの「神話」を白井は「科学的に解明」したのであった。しかしこの小説の末尾は次のようになっている。

科学は彼を救うことができなかったのだ。そして、いまこそ彼にとって、神話がすべてであった。

先に記したように白井は、「魂の自殺者」として「死ぬことだけが目的で生きている」ようなこの国の人々とは一線を画して、「異邦人として」ここに生きようと決意していたのである。だから、まことしやかに語られるお松婆さんの「神話」など信じなかったし、それを粉砕するために「科学」的分析を試みてもいる。「異邦人」であることの自恃が、彼を支えていたのだ。しかし「神話がすべて」となった彼はもはや異邦人とは言えない。彼はいつ、いかなる理由によって「異邦人」を返上し、この国の人間になったのであろうか。

この小説で語られるもう一つのテーマは、「異邦人」白井が「魂の自殺」を経てこの国の住人となるまでの、傷ましい物語の中に現れる。

白井が自らを「異邦人」と規定して、この国に埋没することがなかったのは、妻との絆が信じられたからである。妻が自分を待っているという確信が、この国の人になりきることを拒ませる。お松婆さんの話を科学的に解いてみせたのも、妻のいる者の余裕がそうさせたのである。

しかし五年間の空白は非情であった。離婚届が同封された手紙が届いたことは、夫婦の意識に、測りがたいほどの隔たりがあったことを窺わせる。

貴美子との離婚は、彼の社会的死であり、その死によって、彼はこの社会の人間として復活したのである。

白井にとって、妻はいわば社会と自分を繋ぐ糸であった。彼らの関係は、子を生し次代に命をつなぐということが暗黙に契約された「結婚」という制度によって保証されていた。白井が社会的構成員としてのつとめを果せなくなったとき、その結婚は破綻し、二人をつなぐ糸は断たれた。そして社会からはじき出された彼は、「魂の自殺者」ばかりのこの国に帰ってくるのである。

離婚届に判を押し、投函したその足で白井は「納骨堂」のある山へ向かう。そこには「この社会で死んだ千数百人の骨壷が納まっていた」。彼は、「みんな、ここへ来な楽になれしまへん」という信一の言葉を思い出し、「この塔こそ、真にこの社会のシンボル」だと思う。

夕日を受けて金色に輝く納骨堂に合掌し、「先輩の苦悩を思って涙を流した」とき、白井はこの国の住民の心に一歩近づいたと言える。

妻と別れ、社会と離れ、「魂の自殺者」となってこの国に死者の生を生きようとする彼は、今後どのような科学も理屈も解釈も必要としないであろう。彼にとっては久助老人がそうであったように、「神話がすべて」となっていくのだから。

さて、小説も終りの部分で、妻に拒絶された白井がおぎんさんという女性に受け入れられるという筋書きは、社会に拒絶されてこの国の住人になった白井の「救い」を表しているのだろうか。「魂の自殺者」となった彼が、「この社会の人間として復活」するのを助ける役割をもって、おぎんさんは登場する。そして白井自身も「おぎんさんによって救われたことを、喜んでい」る。だが、そうだろうか。白井の「復活」と「救い」について考えてみよう。

妻に離婚届を送った日の夜、浴びるほど酒を飲んだ白井は、おぎんさんのもとへ向かう。

おぎんさんは、明るく母性的な女性で、すべてをあるがままに受け入れる大らかさを持つ。東京に

「社会の主人」がいるが、彼女の仏壇にはこの国で結婚し見送った六人の夫たちの位牌が並べられている。おぎんさんにとっては、どの男も「みんな、あたしの子供たち」なのである。

彼女が夫を看病する様子からは、あり余る母性が窺われる。

柴田が激しく咳き出し、おぎんさんは彼を抱くようにして背を撫でた。そして咳が止むと、柴田の口に自分の口を合わせ、口中の痰を吸いとって痰壷に入れた。（略）湯呑から湯を含み、それを彼の口へ移した。

ここにいる柴田もやがて位牌の中の一つとなり、次には白井が「あたしの子供たち」の一人となるのであろう。

おぎんさんという人物のイメージを、作者島比呂志がどこから得たか、ということが『人間への道』に述べられている。テーマも決まり資料も集まっているのに、「中心になる女性のイメージが浮んでこない」ことに「疲れ果て」「原稿用紙に顔を伏せて眠って」いると、「一人の中年の女性が、霧の中から次第にハッキリと姿を現し」「アマテラスオオミカミよ」と言うのである。目を覚ました島は、早速ペンを執り、次の文をしたためた。

天照大神は女の神さまである。

一行目が書ければ「小説は九分通り完成したも同然であった」。九十六枚の原稿を、島は二日連続徹夜して一気に書き上げるのである。おぎんさんの人物設定がこの小説にとってどれほど重要なものであったかがわかる。

白井が妻と離縁した絶望の果てに、おぎんさんを訪ねて行ったのはなぜか。

（幻の中のおぎんさんの――筆者注）顔に、慈愛に満ちた微笑が溢れ、瞳は人間のあらゆる苦悩を吸い取ってくれそうな深い色を湛えていた。（略）この深い絶望から彼を救い上げてくれる者は、彼女のほかにはいなかった。彼にとって、彼女は、もはや女という性の対象を越えた、絶対者なのであった。彼は自分のすべてを投げ出して彼女の前にひざまずき、ひたすら救いを求めて祈りたかった。

ここにおいて、おぎんさんは、彼を「深い絶望から救い上げてくれる者」「絶対者」であり「祈り」の対象となっている。

その豊かな乳房に子供のようにむしゃぶりつくとき、おぎんさんは白井にとって、「女」あるいは「妻」ではなく、「母」なるものであり、「神」ともなっていたのである。「魂の自殺者」白井は、おぎんさんを母としてこの国に生まれ変わった。

では、おぎんさんとの「性」を通過儀礼として、白井は「救われた」のであろうか。本来であれば生命を受け渡すべき「性」は、この国にあっては、断種手術によって虚しい営みと化している。まるでシジフォス神に科せられた刑のようなこの不毛な行為が、天照大神としての神性を付与されたおぎんさんによって執り行われるところに、意味を読み取るべきだろう。

そもそも天照大神は皇室＝日本国の祖神なのである。豊饒をもたらし国を繁栄に導くはずの天照大神が、この国では虚無と絶望を司っているという設定は重要である。

この国の神は日本国の神とは似て非なるものであり、何者をももたらさない。ただ国民を虚無と絶望へ、そしてその果ての滅亡へといざなうのみである。そのような「死ぬことだけが目的」の「魂の自殺者」の国に、妻のいる社会から断ち切られた白井が、もはや「異邦人」でいる意味を見出せずに、いわば逃げ込んできたのである、自らも「魂の自殺者」となって。それが彼の「復活」であった。

ここで言う「神の国」は、いわば「黄泉の国」なのである。生きながらにして「黄泉の国」の住人とならなければならない人々の、どこに「救い」があるだろうか。白井はおぎんさんによって救われることはない。何によっても救われはしない。

しかし、白井が一時でも「救われた」と思い込んだ、そのことは重要である。それが錯覚であったとしても、彼にそのように思い込ませるほどの存在感をおぎんさんという人物に与えたことは、作者の白井への愛情であろう。天照大神の面影をまとったおぎんさんの包容力の前に、白井は全面的に受け入れられる。

島比呂志はおぎんさんによって白井を「救った」。だが読者である私たちは知っている。この小説の、どこにも救いがないことを。その救いのなさこそ、この小説の生命である。救いのないままに投げ出された小説世界を、私たちはどのような覚悟をもって受け止めればいいのであろうか。

『奇妙な国』は日本国とのアナロジィであった。裏返せば、日本こそが「奇妙な国」であるとのメッセージが籠められていた。その奇妙さを映したのが「奇妙な国」（＝療養園）だったのである。

二年後に書かれた『女の国』において、彼らの「国」はもはや日本国のミニチュアではない。「性」という一点に凝縮された究極の負の神性を、おぎんさんに付与したとき、島はこの国を「神の国」とし、日本国と匹敵しうる存在感を与える。「黄泉の国」と見紛うまがまがしさを伴って立ち現れた「神の国」で、島は、自ら救いのなさのすべてを背負い、日本という国と対峙し、それを凝視する。

その凝視の先にあるものを見極めるには、私たちは『海の沙』を待たねばならない。『海の沙』において島比呂志は、主人公木塚郁夫となって、死者の魂をさえ引き連れて、日本国を告発し、弾劾する。島の戦う姿をもっともよく映した『海の沙』を次に読んでみよう。

3 『海の沙』——訴える文学

二〇〇〇年十月十八日付「朝日新聞」の二九面は、「元ハンセン病患者の作家　自身の名刻む墓前国の責任追及誓う」という見出しのもとに、島比呂志が静岡県小山町の富士霊園にある「文学者の墓」を訪れたことを報じている。

日本文芸家協会が所有する「文学者の墓」は、墓碑に作家の氏名と代表作が刻まれる。北條民雄も眠るこの墓を、島比呂志は最期に身を横たえる場所として選んだ。「島比呂志」の名前の下には『海の沙』と彫られている。

この作品について島は、半分以上は私小説であり、主人公の木塚郁夫の中には自身が色濃く投影されていると筆者に語っている。

「私小説」という言葉が示すように、島比呂志が療養所内で引き受けなければならなかった諸々の理不尽な状況や、それが作り出された元凶ともいえる「らい予防法」、さらに療養所の歴史や様々な活動の様子などが、迫力のある筆致で書かれ、読後にどっと重いものがのしかかってくる。

この前年に島は『片居からの解放』を上梓しており、『海の沙』は、この評論を下敷きに小説化したものであると言う。『片居からの解放』は「癩の不条理」について、深く鋭く論評し、人々に偏見と差別を植えつけ患者からは人間の誇りを奪った元凶が「らい予防法」であり、それが「癩患者を罪人として見ている為政者の思想」が反映したものであることを明らかにした。評論での主張は、登場人物やストーリーを与えられて、より具体的・立体的に迫ってくる。

（1）

『文学界』一九八五年十月号の「同人雑誌評」において、大河内昭爾は、『海の沙』をベスト五のトップに挙げ、「昭和二十七年前後から数年の間、ハンセン氏病療養所の文学者として活躍したという木塚郁夫作品集の編集をきっかけとして、木塚とその友人である語り手の『私』をとおして、戦中戦後の主として人権問題の嵐にゆさぶられる療養所の歴史を切迫したかたちで回想したものである」と紹介し、「予防法をめぐるのっぴきならぬ問題点を、木塚の批評の論理を手がかりに見事に現実に対応させて描破し、そこに生きる人々のすがたをなまなましくとらえて問題小説の域をこえた迫力をもって訴えている」と評価した。

大河内が「予防法をめぐるのっぴきならぬ問題点」と書いた強制終生隔離や断種手術、偏見・差別等は、木塚と、彼の親友であり小説の語り手として登場する「私」の家族の苦難を通して語られる。

妊娠している妻に堕胎手術を受けさせ、自らもワゼクトミー（断種手術）を決意した木塚の、「患者は人間ではないんだよな、奴らにとっては……」という言葉は、どんな説明よりも胸を打つ。これを聞き「私」は、「奴らなどと言ってみても、それは一人の医者や巡査や衛生課職員のイメージでは、到底測り知ることのできない巨大な存在で、（略）その正体が何であるのか、それを冷静に考える力は、まだ患者の誰にもなかった」と書く。

永久に人の子の親となることができないと思っていた木塚夫妻が、療養所で母を亡くした幼い一郎と親子の絆を結び睦み合うさまは、後にくる悲劇をかえって際立たせるものであった。

癩の後遺症で手足が彎曲しているものの、立派に成長した一郎が、癩の回復者であり親も療養所にいるという事実がありながら、会社では将来を嘱望され、結婚も間近という「人並の」「ささやかな幸せ」の中で、交通事故に遭い帰らぬ人となってしまうというのはあまりに非情な展開だが、木塚がワゼクトミーを決意したときにうめくように発した言葉の中の「奴ら」の正体を明らかにするためには、書かざるを得ない設定であった。

事故にあった一郎はすぐに大きい病院に運ばれて手術を受けながらも、「手の変形」から癩ということがわかり、入院を断られ、二時間もかけて療養所に送り返されてきたのである。手術室に物言わぬ一郎を見て、半ば正気を失った木塚が「メスを大上段に構え」て「一郎を殺したのは誰だ」と叫んだとき、彼の中にはその答えがはっきりと浮んでいたはずである。そしてそれが、いつぞやの「奴ら」と一致するものであるということとも。

一郎の通夜で木塚は言う。「(略)病院には断るだけの理由というか、国の許しがあったのでしょう。(略)大阪の病院に入院していれば、一郎は死なずに済んだと思います。といたしますと、これは、公然たる殺人ではありませんか。国が殺人を許していることになりませんか。先生から一郎の臨終を告げられたとき、私は一郎を殺した犯人が国家だと、ハッキリと悟ったのです」。そして「国の責任を問う」「国を斬る」それ以外にない、と言い添えている。

「国は『らい予防法』によって『隔離撲滅』をはかり、『優生保護法』によって『子孫絶滅』を強行しようとした」(「日本の恥部」『片居からの解放』)。木塚夫妻は「優生保護法」の定めるところによって、二人の間に授かった子供の命を自ら葬ったうえに、断種手術を受けることにより「連綿と続いてきた生命の流れを、自分の代で絶滅させ」たのである。そのうえ親子の縁を結んだ一郎までが「らい予防法」によって奪われたとなれば、「国を斬る」しか、その無念を晴らす方法はないであろう。

しかしそのために立ち上がる者はなく、後に新聞に投書した「息子は事故で死んだのではなく、医療差別と、それを強制している〈らい予防法〉によって殺されたのである」との訴えにも、一通の反響も寄せられなかったのである。

豪雨の日に一郎の眠る納骨堂で木塚は死んでいた。彼の死は、憤死であり悶死であるといっていい。

死の直前に書いたと思われる黒枠で囲んだ「奇妙な原稿」――「全霊協宣言」は、不思議な悲しみに満ちている。

全国国立癩療養所納骨堂ニ在籍スル諸氏ノ賛同ヲ得テ、ココニ全霊協発足ヲ宣言スル。

全霊協ノ目的ハ、生前、癩患者ナルガ故ニ奪ワレテイタ人格ノ回復デアリ、ソレハ現存スル患者諸氏ノ人格回復ニヨッテ達セラレル。(略)全癩協ハ予防法粉砕ヲ叫バズ、タダ、金ヲクレ物ヲクレノ乞食交渉ニ堕落シタ、(略)人間ノ尊厳ナドトイウコトヨリモ、余生ヲ豊カニ暮ラシタイト希フ気持チモ解ラヌデハナイ。シカシ、私達ハ人格ヲ否定サレタ非人霊トシテ、永久ニ生キツヅケナケレバナラナイ。人生六十年、七十年ノ忍耐ハデキテモ、永久ノ忍耐ナド、ドウシテ出来ヨウカ。(後略)

全霊協会長　木塚郁夫

「らい予防法」によって全てを奪われた木塚にとって、患者の代表であるべき全癩協が「予防法粉砕ヲ叫バズ」「人間ノ尊厳」よりも金品や処遇の安定を求める運動を展開しているのは、歯痒さ、怒りを通り越して失望を覚えるものであった。生きている患者で構成されている「全癩協」が叫ばないのであれば、納骨堂に眠る魂(そこには一郎もいる)を率いて「全霊協」を結成し、自分が叫ぶしかない。「全霊協会長」木塚は恨みを残して逝ったものたちの代弁者として「生前、癩患者ナルガ故ニ奪ワレテイタ人格ノ回復」を求める。死してなお「人格ノ回復」を求めなければいられぬほどに、生前の彼らの人格は貶められていたということだ。

しかし彼らの「人格ノ回復」は「現存スル患者諸氏ノ人格回復ニヨッテ」のみ「達セラレル」ものであった。生きている者が「予防法粉砕ヲ叫バズ」「人格回復」を願わないのであれば、霊を動かしてでもそれを達成したいという思いの底にある、患者たちへのもどかしさ、「予防法」を施行する国への怒りの深さが感じられる。

ふざけたのでもない、狂気でもない、この奇怪な遺稿は木塚の「暗い絶望の淵」で「燃や」した「狂おしい怨念の炎」であると感じた「私」は、木塚の作品集の扉にこれを掲げることを決意するのである。

郷里に残してきた「私」の妻子もまた、社会の偏見・差別に晒される。息子健一が健康体でありながらなかなか結婚できず、ようやく縁談が進みかけても、父である「私」の病気が知れて破談になるのである。自分の存在ゆえに子供から幸せを奪っていると感じることは、「なぜ早く死んでやらなかったのだろうと、生きているわが身を呪」うような思いであった。

たしかに、「癩を患ったことは不遇ではあるが、悪事を働いたわけでも罪を犯したわけでもなく、恥としたり隠したりしなければならない理由は、どこにもない」(「平和・差別」『片居からの解放』)。しかし、現実はどうであるか、ということを、小説はリアルに語りかける。

（2）

『海の沙』はしかし、今概略したような、患者とその家族の受難を語ろうとしただけのものでは、ない。木塚と「私」が競って小説を書く姿は、「書くという行為の中にしか、不条理を打破して人間回復をはかる術はないと考えていたし、それが絶望的環境の中で生きる唯一の生きがいであった」（「書くということ」『片居からの解放』）という言葉を裏づけるものであると同時に、当時の療養所での文学活動の様子をも伝えるものである。

また、「らい予防法研究会」を設定して作中人物に「予防法」廃止について議論させているのも、この小説を考えるときに忘れてはならない要素の一つだ。「予防法」に対する木塚の認識の変化を通して、島比呂志はあるのっぴきならないことを伝えたかったのではないか、と推察するからである。

『海の沙』で、霊を動員してまで「予防法」粉砕を叫び人間回復を訴えた主人公木塚は、「強制収容」「強制隔離」について、最初はむしろ肯定的であった。そして、島が「『海の沙』は半分以上は私小説」と言う、その「半分以上」の中にこのことも入っている。この作品には、作者島が作中人物木塚を通して自分の思想の変換を明らかにし、過去の認識を糾しておくという意図が、込められていたような気がするのである。つまり、かつては「強制収容」を肯定していた木塚がやがて「予防法」全廃を声高に訴えるという道筋に、島は自分自身のそれを重ね、ひそかに自己批判しているように思われる。

『人間への道』には、「昭和二十六年十一月の第十二回国会の参議院厚生委員会での林全生園長、宮崎恵楓園長、光田愛生園長らの証言が伝えられ」「ことに文化勲章受賞者であり癩園の慈父と仰がれた光田健輔氏の、罰則強化と健康な家族にまでステルザチオン（断種）の強制を迫る証言」「以来、昭和二十八年八月十五日、法律第二百十四号として新『らい予防法』の施行が決議されるまで」の予防法闘争の様子が書かれる。各支部で「決起大会、作業放棄、ハンガー・ストライキが繰返され」「全患協本部では（略）厚生省坐り込み、参議院通用門前のテント籠城」等が敢行された。このことについて島は、「日本の癩の歴史に挑戦する革命的な闘争」であると評価しながらも、彼自身は「全患協ならびに星塚支部の運動に批判的な立場をとらざるを得な」かった、としてその理由をいくつか挙げている。

その一つが「癩予防法に対する考え方の相異」ということであり、「園長の警察権つまり懲戒検束規定の廃止や光田園長の提唱する家族の断種反対等については、私も全患協と同意見であったが、『強制収容』と『秘密保持』については、根本的な考え方の相異があった」と書く。「強制収容」に関する見解を次に引いてみる。

強制収容・強制隔離について、私は患者の義務と考えた。（略）伝染病である以上、それを社会に蔓延させてはならない。（略）それは社会の意志であり、公共の福祉のためにやむを得ないことである。そして患者には、社会が望む隔離の意志に従う義務がある。しかしこの義務は、患者にとって大きな犠牲を払うことになる。（略）そこに患者が義務の遂行によって失った生活権の保障を、社会に求める権利が生じてくる。つまり強制収容と療養生活権は、表裏不可分の関係にある。

別の箇所では、「強制収容を抹殺することは、予防法の存在そのものを否定することであり、われわれの療養生活権までをも失うことになる」とも書く。

これらの発言は、『海の沙』での木塚の次のような台詞と重なるものである。

「隔離政策反対、強制反対というが、これは伝染病患者としての社会的義務の放棄を意味している。ところが、同時に医療や生活の権利も放棄することになるのだが」

「患者の人間主張が真実のものなら、伝染病患者の強制隔離は社会の常識として認めるべきであり、その代り療養生活向上のための要求は大いにしてもよい」

木塚のこの発言は随所で非難され、「私」も「理屈で判るが感情がついてゆけない」と思う。

しかしそれから十年後、支部長会議は、厚生省に提出する「らい予防法改正草案」作成に当って、「強制収容」の条文をそのままにしておくことを決議するのである。これを「残しておかないと生活や医療についての諸要求をする根拠がなくなる」という理由であった。「十年前、同じ理由から強制やむなし、と主張した木塚」を非難し、「かつて『強制収容反対』を叫んで断食までした病友たちの意志は」どうなるのか、「命がけで反対したものに、いまは命がけで縋ろうとしている」のか、と「私」は訝しむ。

そのことについて、島比呂志は、

病友たちは、私が予防法闘争の折に考えたこと——つまり強制収容の裏付としての療養生活権ということを、現実問題として考えざるを得なくなったのである。（『人間への道』）

「強制収容反対」は予防法闘争の生命線ではなかったのだろうか。（略）彼らが命がけで訴えてきた、強制収容のない、真に人間復帰への門がいま大きく開かれようとしているのである。それなのに、病友たちはなぜ沈黙しようとしているのであろうか。（『人間への道』）

と、書く。十年の歳月を経て、「予防法」への考え方は完全に逆転している。かつて「強制収容」も已むなし、と論じた島が、「『強制収容』を自己防衛の手段として主張し始め」た全患協の姿勢――つまり強制隔離が廃止され、社会復帰の道が開けることにより、療養所を出されたら困るから、今までのままにしておいてほしいという――を批判し、「悪法予防法を地獄の火で焼き捨てるのだ」（『人間への道』）と宣言するに至っている。

「予防法」に対する認識が徐々に変わっていく中で、島がはっきりと意識して「予防法」の全面的廃止を訴えるようになったのは、ある事件がきっかけとなっている。「遠かった道程」のその部分を引く。

私がらい予防法の存続を許してはならぬと決意したのは、十五年ほど前、ある事件で市民と患者が対立したとき、市民側に警察を動員して患者の外出をチェックさせるという計画が進行中と知ったからである。

空文化したとはいえ、法が存在し、法の適用を市民が要請したとき、警察は動かざるをえない。もしその計画が実現した場合、その影響は外出の不自由のみならず、らいに対する偏見を増大することは明白だった。私は身を挺して事件の円満解決に努力し、警察に患者の外出をチェックさせるという計画を阻止した。

しかしそのとき以来、らい予防法は私の宿敵となり（略）だが、私のらい予防法廃止論は、つねに異端視された。

「ある事件」の真相については、『「らい予防法」と患者の人権』中「憲法はお飾りか」に詳しい。看護婦間のトラブルが事件へと発展したものであった。

解決はしたが、島の心の中の衝撃は去らなかった。癩が治る病気になり、「昭和三十年代から厚生省が開放的運営を指示したため、らい予防法は空文化し」（「遠かった道程」『片居からの解放』）ているという見方もあった。しかし法律が存在しているということは、それが施行される可能性が残っているということだ。それに気づいたときのことを「目が覚めた」（『国の責任　今なお、生きつづけるらい予防法』）「惰眠から目覚めさせられた」（「憲法はお飾りか」『らい予防法と患者の人権』）と表現している。

島はこのことについて大手の新聞社に原稿を送り、その取材記事が大きく掲載された。しかし「一人の読者からも反響がなかった」のである。『海の沙』の主人公の、息子の死を通して「らい予防法」を告発したのに対して何の反響も得られなかったことへの失望は、このときの経験がもとになっていよう。「患者の外出チェック」という問題を、小説では息子の死に置き換えて、その衝撃と「予防法」

への危機感を、よりリアルに表現したのである。木塚は憤死するが、島は「反響がなければあるまで訴え続けるしかない」と心に誓う。

『海の沙』において「かつて予防法闘争の時、強制収容を堂々と肯定した」木塚も島比呂志その人なら、「大多数がその意見を認め」るようになったときに「らい予防法は憲法に違反した殺人法だ（略）全廃すべきだ」と叫んだ木塚も島その人を映した姿なのだ。主人公木塚に「らい予防法」全廃を叫ばせたとき、島は「人間的存在の確証」を得た思いがしたに違いない。

『海の沙』は重い小説である。私たちは主人公木塚郁夫の姿に、作者島比呂志の孤独が色濃く投影されているのを見た。（1）で引いた「全霊協宣言」は「予防法」廃止を叫ばない「全癩協」への憤りで満ちている。また（2）では、「強制隔離」に関して、十年の歳月に、主人公（＝作者）と「全癩（患）協」の見解が逆転して今に至っていることを確認した。その懸隔に、木塚は憤死したが、島は訴え続けた、とも書いた。

これより五年前に書かれた『奇妙な国』は、尾崎安が「諷刺文学の極致」と評したように、島文学の一つの到達を示している。一方『海の沙』は、諷刺を突き抜けたところに築かれた、もう一つの島文学の到達点である。『片居からの解放』を経て、島の人間回復への意志はいよいよ強固なものとなり、諷刺という迂遠な方法によらずに、ストレートに問題に切り込んでいこうとする。

諷刺の衣を脱いだとき、島の作品世界はさらに告発性を強める。人間を否定されたまま生きなければならない人々の苦痛をありのままに描き出し、彼らに思いを語らせる。そのとき島の怒りや悲しみがそのまま登場人物の心に流れ込み、真実の言葉となって、まっすぐに読者に訴えてくるのである。

島比呂志は戦い続けた。不自由な指に握り締めたペンは、彼の剣であった。その戦闘性・告発性・啓蒙性がもっとも色濃く表れたのが、『海の沙』であるといえる。「訴える文学」「戦う文学」と名づけたいゆえんである。

4 『ハンセン病療養所から50年目の社会へ』——島比呂志のその後

一九一八年生まれの島比呂志を、一九七二年生まれのカメラマン矢辺拓郎が撮った。

一九九九年六月、島比呂志は五十一年間を過ごした鹿児島県鹿屋市にあるハンセン病療養所星塚敬愛園を出、「社会復帰」し北九州に移り住んだ。

あとがきに矢辺は、『当たり前な生活』を改めてかみしめている島さんの今を記録しなければ」と思った、と撮影動機を語る。この写真に、新天地での日常を淡々と、時に感慨を籠めて綴った島の文章が添えられる。

写真も文章も、いずれも生き生きと島比呂志の現在を伝えるが、二人が表現したものの向こうに、たくまずして見えてくる世界がある。

島は目の前にある「当たり前」をかみしめる。写真集に彼の笑顔の多いことが、社会復帰後の心境を物語っていよう。「島さんの笑顔を見たい」と「ボロ車を走らせ、シャッターを押し、撮影を続けてきた」矢辺のシャッター・チャンスの押さえ方にも負っているのだろうが、この本の中の島は実にいい顔で笑っている。

「曾孫たち」に囲まれて「おじいちゃん、誕生日、おめでとう」と言われたとき、町内の敬老会で輪投げをしているとき、新幹線に乗って同窓会に行き、友人たちと六十年ぶりの再会を果したとき……彼の口元はいつもほころんでいる。療養所にいては決して体験できなかったひとときひとときであろう。

だが、新しい体験を重ねることは、失われた時間の重みを再確認させることともなる。

天ぷらそばを食べれば「約六十年ものあいだ、てんぷらそばの味を忘れていた」ことに気づき、石榴を前にしては「長い療養所の隔離の中で、一度でもザクロを見たり食したことが、あっただろうか」と振り返る。関門海峡の夕日に「夕日を見た記憶はあまりなかった」と思い、道で犬を散歩させる人に出会い「やっと犬のいる当たり前の人間社会に帰ってきた」と実感する。「街を知らない」「買い物をした経験もない」彼は、車椅子で街を行きながら「六十年前の青春を思い出し」、「これからも街へ行こう。人びとの集まるところへ行こう。そこに社会がある」と決心する。「当たり前」のことが、時に彼を立ち止まらせ、考えさせる。そして改めて、「当たり前」の生活を送っている自分を感じ、感動するのだ。

しかし、八十を過ぎた彼が、今、当たり前であることを幸せと感じ、それをぐっとかみしめるということは、「当たり前」なこととは言えないであろう。それは、これまで彼がいかに当たり前でない生活を強いられてきたか、ということの証左であるからだ。

しかも取り返すことのできない事柄もある。

島が「異形の」掌にセミの亡骸を載せている写真がある。これに添えられた島の文章は、どんなに激した告発文よりも私たちに訴える。

セミの幼虫の地中生活は、じつに長い。長いものでは、十数年というものもある。しかし、地上に現れてかまびすしく鳴くいわゆるセミの命は、せいぜい二週間と短い。空蟬《うつせみ》の命なのである。

私の五十年の隔離生活、八十歳の社会復帰、どこかセミの生態に似ていないだろうか。

自分の一生をセミのそれになぞらえる気持ちとは、どのようなものだろう。しかも、これに続けて島は次のような感慨を洩らすのである。

セミは空蟬の命であっても、おいしい樹液を吸い、飛んで鳴いて交尾をし、産卵して生物としての役目を果たして死ぬのである。

国の政策によって断種された私には、子どもをつくることはできない。生物として役目を果せなかった私は、アブラゼミに、きみはハンセン病にならなくてよかったね、と呟いていた。

この呟きに、誰がどんな言葉をもって応えることができようか。

撮影にかけた二年間を「ひたすら圧倒される日々だった」と振り返る矢辺は、「八十歳にして五十年間もの療養生活に訣別を告げた島さんの姿こそが、『奇妙』な隔離の実態を物語っていた」と記す。島の今の「当たり前な生活」がその陰画としての隔離生活を炙り出すのだ。

私たちは、ほのぼのとした写真の一枚一枚の向こうに、ネガとしての残酷な光景が存在するのだということを忘れてはならない。矢辺が撮った島の姿と島自身の感想は、療養所の中での「当たり前」が決して当たり前ではないのだと、改めて教える。本の帯にもある「隔離の残酷さは、外に出てから身に染みて分かるものらしい」という言葉が、この写真集が発するメッセージの一である。

メッセージの二は、この本の中の島比呂志の姿そのものが伝える「さらす」ということである。後遺症の残る自分の姿を世間にさらすことで、島は社会の偏見に挑んでいる。

写真集で大写しされる彼の変形した手は、かつては人前に出されることはなかった。しかし、隠そうとする限り癩者は解放されず、したがって人間回復もないのだ、と考えた島は、懊悩の末にまず自己の内側から解放しようと決意する。彼は勇気を持ってポケットから手を出すのである。

偏見は体験的なものである、つまり日々の中に作られていくものである、と島は考える。ならば「そういう皮膚感覚を持っていて、我々に接近することを嫌う人でも、しょっちゅうふれあいがあるような状態であれば、そういう問題は解決されるのではないか」(『国の責任　今なお、生きつづけるらい予防法』)。感覚という一見得体の知れないものを「作られていく」ものとして捉えなおし、自らを「さらす」ことによってその偏見を解消していこうとするのである。

この本は、偏見という理不尽さを、文章のみによってではなく、写真という最も直接的な方法でヴィヴィッドに訴える。と同時に、人々に「しょっちゅうふれあいがあるような状態」を提供する役割も果たしている。

「異形の」というのが、島が自らの姿を言うときに多用する語である。異形を「さらす」ことを「これからの闘い」であり「自分の使命」と「まえがき」に書く。そしてそのための写真集を出すこと、それが「人間宣言」なのだと。

島比呂志は、「人間への道」をひた走ってきた。そして今、高らかに「人間宣言」を発したのである。さあ、みてくれたまえ、と島比呂志が写真集の中から話しかける。さらされた「異形」を、私たちは直視しなければならない。

さて、この写真集における最も大切なメッセージを受け取ろうとするとき、私は心に熱いものがわき上がってくるのを覚える。

この本は、社会復帰を受け入れ支え続けてきた中谷昭子とその一家への感謝と愛情で満ちている。写真集で、いつも島の後ろに立って車椅子を押しているのは、中谷昭子である。彼女は島と自分との関係を「私は黒子。島比呂志の靴の底のゴム。車椅子の車のタイヤ」と、言い切る。島自身の紹介によれば、彼女は「『片居からの解放』から生まれた」。

「私にとって『文学』とは宛名のない手紙」とたびたび書き付けてきた島である。島は、「宛名のない手紙」に「返信」をもらうことで、新しい人間関係を築いていく。療養所の中で作り続けてきた関係の、そのいちばん強い絆が、社会復帰をもたらしたのだ。本を読んで感動して手紙をしたためることはあるかもしれない。しかし「島比呂志はたった一人でがんばってきて、命燃え尽きて死んでゆく人。彼が叫ぶために私は生活を支える。彼にかけたい。没頭したい」（二〇〇〇年九月二日付共同通信記事）と言い切り、それを実行してしまう心意気と覚悟の程に、私は感服する。

本の中には、彼女の娘さんやお孫さんたちも登場する。彼女は自分の家族を巻き込んで、島夫妻の社会復帰を支えているのだ。夫妻から見れば、中谷昭子は娘であり、彼女の娘たちは孫である。その子どもたちは曾孫ということになる。この本に散見される「家族写真」の中で、夫妻は何と満ち足りた表情をしていることだろう。彼らは「家族」を手に入れたのだ。島を囲む家族の顔も何といいことだろう。島は言う。


（略）これを幻だ、演出だと笑う人もいるだろう。しかし長年、小説のフィクションの中の真実を求めてきた私には、この幻の中に確固として存在する人間の愛に感動する。


島にこの感動がもたらされたことを私は喜ぶ。

島比呂志よ、自らの生を「空蟬の命」と言うなかれ。閉ざされた世界にあって、人間であり続けようとする強い意志と決して絶望しない強靭な魂が、かくも優しい人々を呼んだのだ。

これは、島比呂志夫妻と中谷昭子一家が作り上げた新しい「家族のアルバム」である。

島比呂志の作品のいくつかを読んでみた。

『奇妙な国』では島が生きた場所を、『海の沙』では彼が生きた姿を、垣間見ることができた。『女の国』では断ち切られた性について考え、『写真集』では社会復帰後の島の姿を追った。

島比呂志の文学は、「らい予防法」下の悲惨な宿命を生きた人々の生と思いを今につなぐものである。また、彼が歩いた「人間への道」が、閉塞した療養所から確実に社会に向かって続いていたことを示すものである。

人間であり続けることの強い意志が未来を疑わなかった。そして心が未来に開かれてあるかぎり、未来は必ず現実になるのだ。島比呂志の生きる姿と作品が、そう語りかけてくる。力強く、まっすぐに語りかけてくる。

島比呂志からの手紙

「らい予防法」を越えて

島比呂志との交流

新潟にて

新潟空港に下り立った島比呂志（一九一八〜二〇〇三）は饒舌だった。ご招待ありがとう。はじめて飛行機に乗ったよ。楽しかった。ずっと窓の外を見ていたよ。手荷物検査では帽子の中まで調べられた。サングラスをかけていたから人相が悪く見えたのかしら……。

ロビーを抜け外へ出て、まばゆい夏の光に包まれたとき、それまで黙って車椅子を押していた昭子さんが、感に堪えないようすで口を開いた。「ついに新潟にやってきたね、おじいちゃん!」

島比呂志（本名岸上《きしうえ》薫）と中谷（のちに島の養女となって岸上）昭子が、十日町の拙宅に滞在されたのは、二〇〇一年七月のことである。

島は「らい予防法」下のハンセン病療養所に半世紀を戦い抜き、生き抜いて、予防法廃止後八十歳にして「社会復帰」した人物であり、「ハンセン病国家賠償請求訴訟」の名誉団長でもあった。

戦後、特効薬プロミンによって、ハンセン病は不治の病ではなくなった。しかし多くの患者・元患者が社会から隔離され、人間としての尊厳を奪われたまま放置された。

島比呂志は「らい予防法」をその元凶であると見定め、ペン一本を武器に、敢然としかし孤独な戦いを続けてきた。小説『奇妙な国』『海の沙《すな》』や評論『片居からの解放』などの諸作品に、その戦いのあとを見ることができる。

私が北九州にはじめて島を訪ねたのは、二〇〇〇年十二月のことだった。

同人誌「北方文学」に載った「明石海人論」を読んでくださっての心のこもったお手紙の、金釘で刻んだような文字を見たとき、いまお会いしておかなければという闇雲な感情に駆られた。先生もあなたに会いたがっていますよ、という昭子さんのお電話に励まされて、会いに行ったのである。

爾来、島作品を読み、ハンセン病の歴史を知り、やがて「島比呂志論」を書くことともなった。

だからそれから半年後の「国賠訴訟」の報道は、とてもリアルに感じることができた。長い長い戦いの果てに勝訴した島の気持ちを察し、私も胸ふるえる思いであった。

だが、度重なる取材で島は疲れていた。判決二週間前の手紙には「このところ、マスコミの取材が続いています。少々疲れましたが、新聞がそろってハンセン病訴訟の連載記事を掲載というのは前代未聞のことと思い、心を新たにして取材に応じています。（略）勝訴を信じています」とある。

ゆっくり休んでいただきたかった。社会復帰後島は大きな旅行を二回していたが、いずれもテレビや新聞のカメラが同行していた。マスコミのいないところで、穏やかな時間を過ごしていただきたかったのである。島夫妻を受け入れ支え続けてきた昭子さんにも。

十日町での一週間を、のちに島は、入院中で一緒に来ることのできなかった奥さまに、くり返し話して聞かせたそうである。

ブナ林の中を木洩れ日を受けて歩いたことや、沢の冷たい湧き水が喉を通って臓腑《はら》の中にまでしみわたっていったこと。またわが家の中学生の息子が近くの神社の古い杉の木からとってきたオオクワガタに「清正」と名づけてやったことや、玄関先に車椅子を出して祭りの神輿が通り過ぎるのを見ていたこと。さらに名物の蕎麦の美味しさや、毎朝食卓に出た小茄子の漬物にいたるまで……。たわいもないできごとを子どものように自慢する島と、子どものように羨ましがる奥さまのようすを昭子さんから聞き、私は胸がつまった。

どこにでもあるあたりまえの生活。ささやかすぎて、過ぎ去ってみれば一片の記憶さえ残らないような日々。しかしそのような一日一日を封印されて生きてきたのである。

八十三歳の誕生日を祝った三日後に、島は北九州に帰っていった。

ほどなく届いた手紙には、「こんどは雪が二階の窓さえ埋める絶望的な冬のさ中に行きたい。そんなきびしい自然の中から聞こえてくる人々の、たくましい笑い声を聞きたい」とあり、さいごに「終生忘れえぬ思い出をありがとう」とあった。

島は自分の文学を「宛名のない手紙」と捉えていた。極限状況にあってなお、決して絶望せず、誇り高く生き抜いた島が伝えようとしたものを、「島比呂志からの手紙」として、読者に届けたい。誠実な郵便配達人のように。

もうひとつの人生

「もしハンセン病になっていなければ……」と、島に訊いたことがある。「先生は今ごろ何をなさっていたでしょうね」

そうだね。「癩《らい》」にならなければ、あのまま大学の教員を続け、若い人たちを指導しながら研究に励んでいただろうね。今ごろは、母校の名誉教授にでもなっていたかな。

そう言うと、しばし島は沈黙した。失われてしまったもうひとつの人生をいとおしみ悼むかのように。

島比呂志は母校東京農林専門学校（現東京農工大学）で生徒を教える科学者だった。バクテリアの研究で学位をとり、三十歳までには海外に留学したいという夢を持っていた。しかしその夢は、まず戦争によって、次にハンセン病の発病によって完全に打ち砕かれる。

ある日、島は右の膝に赤い大きな斑紋ができているのに気づく。それがいつまでたっても消えず、つねっても痛さを感じないことを不審に思った彼は、医学書を丹念に読んで「癩」であると判断、医者に頼らず自力で治そうとする。らい予防法に明記されているように、患者であると診断したら即座に届け出る義務を持つ医者は、「この病気で社会生活している者にとっては一番の強敵」だったからである。しかし治るどころか、斑紋は顔にまで及び、隠しきれなくなっていく。

昭和二十一年三月、底冷えのする夜——島はへべれけに酔って東京の街をさまよい歩いていた。未来がない身には、若ささえもが疎ましく、自分を痛めつけるかのように、酒を浴び続けたのである。苦悩と自棄の果てに絶望しか残っていなかった。いつしか誘われるように線路に近づき、レールの間に身を横たえてそのまま正体を失った。

そのときのことを島は次のように回想する。「朝、電車の音で目が覚めてね。そのときに死んでいたら、今ごろは武蔵野の土になっていたのだろうが。やっぱり死ねなかったというかねぇ……」

島が誰にも告げずに故郷・香川に帰っていったのは、それからまもなくのことであった。

その日東京には季節外れの雪が降った。道路も街路樹も建物も、すべてが白くおおわれていた。それが島が最後に見た東京の風景だった。

帰郷し、人目を気にしながら実家に日を送った。東京から持ち帰った薬品を自分で調合し注射する。ひどい炎症が起きたり高熱が出ても医者にかかることはなかった。病気を知られることは一家の破滅を意味するだけでなく、親類縁者にまで迷惑をかけることになるからである。

あるとき四〇度を超える熱が続き、おぼろな意識の中で、親戚と縁を切ってもいいから医者を呼んでくれと半狂乱で父に迫る母の声を聞いた。父は黙ったままだった。島は床の中で呻いているしかなかった。しかもそのまま死ぬこともできなかった。死亡診断書をもらうために医者を呼べば、「癩」であることが分かってしまうからである。なんという不条理な病気にかかってしまったことか、とあらためて我が身を嘆いた。

十数日たち、ようやく熱が下がったとき、彼は療養所行きを決意する。

以後五十一年間を過ごしたハンセン病療養所――そこがどのような場所であったか、島の自伝の題名「人間への道」が、端的に示しているだろう。隔離・強制作業・雑居生活・断種手術・検閲……「らい予防法」下の療養所内で行われた数々の理不尽なできごとに直面するたびに、彼は自分が人間と扱われていないと感じた。自分は人間であるとの思いが、彼にペンを握らせるのである。

療養所での半世紀、島はまさしく「人間への道」を歩き続けてきたといっていい。

人は二度人生を生きることはできない。一度きりの人生を、囚われて、人間を奪われて生きてきたのだ。

もしハンセン病になっていなければ……築き得たもうひとつの人生を、島に思い描かせてしまったことは残酷だったろうか。

しばしの沈黙の後立ち上がり、書斎に入って行く島の二つに折れ曲った身体が、いつもよりさらに小さく見えた。

ペンに力を

島比呂志は、著書『片居からの解放』（社会評論社）の中で、ペンを持たなければならないと決意したことについて、次のようなエピソードを述べている。

療養所に入って間もない頃のことである。島は、療養所に入る娘に付き添ってきた老いた母親に対する職員の横柄な行動を目撃する。職員はその夜娘の母が着て寝る布団を、地面に放り投げ、威圧的な言葉を残して立ち去ったのである。

そのとき島の心の中は無礼な職員に対する怒りと抗議の気持ちで一杯になり、「きみ、待ち給え！」という言葉が喉元まで出かかっている。「この人は牛や馬じゃないぞ。布団を拾って土を払い給え」。しかし声にならないのであった。

これは、島にとっては意外なことであった。それまでの自分だったら、迷うことなくその職員の態度を一喝していたであろう。以前は当たり前のこととして言えたことが、なぜ言えなくなったのか。

「なぜ」を突き詰めていったとき、そこに見出したのは、自分の中にある劣等感であり、恐れであった。

「刑務所のような感じなんですよね。で、ぼくら、もう囚人にされたような劣等感持って。向こうからやって来る職員の白衣を見ただけで、萎縮してしまって。だから彼らに文句や意見なんて、とてもじゃないが言えなかった」

それは病人というより罪人の心理に近いものだった。病を養う場所でありながら監房が存在した、ということが示すように、療養所においては絶対服従が前提であった。

島がその職員を恐れたのは、権力を恐れたのである。また権力に見下されていると感じるがゆえに、卑屈になってしまっていたのである。

彼は自分が言葉を呑み込んだことの意味をつくづく考える。自分はこのまま言いたいことを言えずに生きていくのだろうか。それは「自ら人間であることを放棄することになる」のではないだろうか。苦悩の末に彼は「書く」という方法を思いつく。口で言えなかったことを、文章にして訴えようと考えたのである。

「ぼくは子供の頃から作文が苦手でね。へたくそで。先生にほめられたこともないしね。でも、療養所でそういうことにぶつかったら、苦手とかそんなこと言っていられない。とにかく書いて、それを外に出したいと必死だったな」

告発という強い動機に支えられて、半世紀を書き継いだのである。小説・評論・詩・エッセイ……さまざまなジャンルの作品が残る。それらを島は「宛名のない手紙」と呼ぶ。

来る日も来る日も彼は「手紙」を書き続け、そして返信を待った。——それは何と孤独な作業だったことだろう。壜に手紙を詰めて海へ流すのに似ていたかもしれない。それがどんな人に届くのか。届かないのか。返信をもらうどころか、海面に浮きつ沈みつ漂流を続ける小壜が、いつしか大波に呑まれて大洋の藻屑と消えてしまうように、島の作品がはかない運命をたどってもおかしくはなかった。しかし、島はじっと待つ。手紙を受け取り、読んでくれる人を。伝えた言葉に応えてくれる人を。書くこと——それは島にとって、「社会」にある者たちへの信頼のかたちであったともいえる。

そして「社会」から返信が届き始める。

「ぼくの作品を読んだ全国の見知らぬ人たちが手紙をくれた。ぼくは療養所にいながらにして、新しい人間関係を築いていったのだ。何も言えなかったあのとき、そのまま諦めていたら、作家島比呂志は生れていなかっただろう。宛名のない手紙を書くこともなかっただろう。あのできごとはだから、ぼくの『人間への道』の出発点だったかもしれないねぇ」

作文が苦手だったという島比呂志が好んで色紙に書いた言葉。「才能のない人はいない。努力しない人がいるだけだ」

もし……

想像してみよう。あなたは、端から端までゆっくり歩いても数時間でたどり着いてしまうような、小さな国に住んでいる。どちらを向いても、慣れすぎて色褪せた風景。あの道もこの建物も目をつむっていても通り抜けることができるほど。どこへ行っても見知った顔ばかり。かわりばえのしない人間関係。未来を思わせるものは何もなく、一片の感動ももたらすことのない、砂を噛むような惰性の日々。そこにあなたは五十年間を生きてきたとしよう。

今でこそ小さな住宅が軒を列ね、スーパーマーケットもあれば床屋も郵便局や公園もあるこの国が、かつては、「療養所」とは名ばかりの「収容所」同然の場所であったことを、あなたは知っている。

あなたは職を捨て名前を捨て家族を故郷を捨てて、ここにやって来た。いや、捨ててというより、奪われて、というべきか。

思い出してみよう。ハンセン病療養所という名のこの国で、あなたがされたことを。

高い塀をめぐらされ閉ざされたこの場所で、あなたは病人のようにではなく、罪人のように、ときには動物のように扱われた。

数々の労働――病気の身に患者仲間の介護から洗濯・消毒、糞尿処理や大工仕事、さらには亡くなった人の火葬まで。病気が悪化したり、過労死する者もいた。

雑居生活――十二畳の間に、年齢も性格も病気の症状も異なる七〜八人がひしめきあって暮らした。プライバシーなどなく、気持ちが荒んだ。

不満を口に出すことはできなかった。不平分子が行くところは決まっていたからである。病気を養うべき場所に監房があることの不思議。

そのような中でも心を通わせる異性と出会ったとしよう。愛を育み夫婦になろうとしたそのときに、辛く屈辱的な儀式が待っている。

断種。この国では、男性がワゼクトミー（断種手術）を受けなければ、結婚は許されない。二人が住む場所は、手術してのちはじめて与えられる。一部屋に数組の夫婦が暮らす生活。

それでも、男は愛する女のために、手術台に上るだろう。白日のもとに性器をさらしたとき、あなたは心底自分の病気を呪うであろう。しかし呪うべきは病気であったろうか。

考えてみよう。あなたはどんな悪いことをして、この国に入れられてしまったのだろうか。何ゆえかくも無残な仕打ちを受けなければならないのか。

あなたはただ病気になっただけだ。

島比呂志は療養所を「滅亡を国家唯一の大理想」とする「奇妙な国」であるとし、「この国の衣食住から医療にいたる一切合財は」「この国の人々が日本国内に侵入しないことと、子孫を作らないために男性の精管を切りとることを条件に」「日本帝国政府の責任において保障される」と書いた。

たしかにそこは一つの「国」であった。そして日本に「日本国憲法」があるように、その国には「らい予防法」があった。

あなたを捕え、屈辱を強いているのは、病気ではない。国家が作った法律なのだ。

断種によって命の流れを断たれてしまったあなたは、今までどんな思いで生きてきたことだろう。

家族も仕事も故郷も、自分の名さえ心の奥に葬って入所したあなたに「過去」という言葉はなく、子どもを持つこともなく生涯を繋がれて過ごす身に「未来」という言葉もない。過去も未来もなければ「現在」が実感されようもなかったであろう。

老いて今、あなたは考えているだろうか。私の人生は何だったのだろうか、と。
およそ、日本においてハンセン病であるということはそのようなことを意味した。
もしそれがあなただったら……。私だったら……。

私のソーニャ

八木義徳の「私のソーニャ」という小説を、島は気に入っていた。この小説のどこに感じ入っていたのか。

苦界に生きる女への愛を成就することによって自己の存在を確認したい主人公を、彼が師と仰ぐ人は次のような言葉でたしなめる。「闇の女と結婚するには闇の男とならなければダメだ（略）溺れている人間を救うにはまず自身が海へ飛びこまなければダメだ」

小説の中のこの部分にさしかかったとき、島はきっと奥さまの喜代子さんをふり返ったのではないかと、想像する。「男」と「女」を入れ替えれば、それは島と奥さまの関係をそのまま示しているからだ。彼女はまさしく「海へ飛びこ」んだ人だった。

奥さまはハンセン病ではなかった。まったくの健康体であった彼女が、島を追って療養所に入り、五十年後、所内での生活水準も上がり、ようやく落ち着いた老後を迎えられるというときに、夫に「社会復帰」を宣言されて、大きな戸惑いと不安と恐れさえ感じながら、結局従ったのだ。

「私のソーニャ」はもちろんドストエフスキーの「罪と罰」を下敷きにしているのである。
まるでぼくたちはラスコーリニコフとソーニャのようだった――しみじみとした口調で島は語った

——流刑されたラスコーリニコフを慕ってソーニャはシベリアに行くわけでしょう。妻もそれに似たような運命をたどってね、ぼくにずっと付いてきてくれたわけ。学生時代に三つ年上の彼女と知り合って、卒業後すぐ結婚してね。もう「癩」だということがわかっていたから。彼女に注射してもらったりね。死のうとしたのを諌められたり。ずいぶん助けられた。でもね。療養所に一緒に入ると言い出すとは思わなかった。ぼくはもう教師ではなくなるのだし、ぼくに付いてくるということがどんなことなのか、彼女は知っていたと思う。それでも迷わなかった。だから彼女はぼくの命の恩人。特別な人。

療養所の中で患者が経験することを、奥さまももちろん避けて通ることはできなかった。夫の島は屈辱のワゼクトミー（断種手術）を受け、彼らから続く種の道は永遠に断たれた。

言語に絶する境遇、気の遠くなるような歳月を、人間の誇りをかけてペン一本を武器に戦う夫のかたわらで、おおかたのことは受け入れて、たんたんと生きてきたのであろう。

読書家であった。漱石も尾崎一雄も全集で読み、何巻の何ページあたりにどんなことが書かれているか、まで知っていた。新聞は就職や株の情報に至るまで、舐めるように読んだ。時間だけはふんだんにあったからである。

島が苦笑しながら言ったことがある。ぼくは小説を妻にいちどもほめられたことがない。われながら会心の出来と思われるときでも、賞をとったときでさえ、妻はほめてくれなかった。仕方がない。妻は漱石や荷風などの文豪と比較するのだから、ぼくがかなうわけがない。

それでいいのだと、むしろ読書家の妻を誇らしく思う様子であった。

北九州の市営住宅にはじめて島を訪ねお話を伺ったとき、奥さまはかいがいしく茶菓でもてなしてくださり、ときには話に割って入ったりするのだったが、大方は私たちのかたわらで静かに新聞や本を読んでいた。それが島にとっても彼女にとっても、いちばんここちよい状態のようであった。二人でいるということが、実に自然だった。

作家・島比呂志の人生はつねに妻喜代子とともにあったといっていい。

島が「らい予防法」を打ち砕くという信念のもとに生きてきたとしたら、彼女は島比呂志という人間を支えることを無上の喜びとし使命ともして生きてきたのではなかったか。

島比呂志と同様、妻喜代子もまた見事に一貫した生を送ったといえるのではあるまいか。

二〇〇一年十一月、奥さまの訃報を聞いて駆けつけると、島は棺のそばにしょんぼりとすわっていた。社会復帰して二年後に、奥さまの喜代子さんは島よりも先に逝ってしまった。

亡くなる数日前に養女の昭子さんに、「薫（島の本名）に子どもを抱かせてあげることができなかった。それが何としても残念だ」と言い残した。

断種された夫の子を宿すことができなかったのは、もちろん彼女のせいではない。だが療養所で妻となった女性たちはみな、そのような思いを抱えながら生きて、死んだ。夫たちもまた。

療養所では猫を飼う夫婦が多かった。最初は手足に感覚のない患者たちがねずみにかじられないように飼い出したのであるが、やがて子どもの代りに飼うようになった。せめて擬人化された猫をかわいがることで、母性や父性を慰めるのである。

妻たちは「娘」や「息子」のために、色とりどりの首輪を作った。小さな敷布団と掛布団を作り、マントや帽子や四個の靴をさえ作った。夜泣きに気を遣い、しつけに従わない「子ども」を叱ったり、ときには甘やかしたりした。夫婦は「パパ」「ママ」と互いを呼び合い、「子ども」のことで言い争いもすれば、他の家の「子ども」の噂をしたり、「子ども」同士のけんかに「親」が出て行ったりもするのである。

療養所に入って十年ほど経ったある日、島のもとに故郷の両親から煮干と鰹節がどっさり送られてきた。夫婦で撮って送った写真に、妻が猫を抱いているのを見て、哀れに思っての心遣いであった。そこに抱いているのが私たちの赤ん坊であったなら……孫を抱くことのできない父母の心情を思うと心が波立った。写真をかわるがわる手にとる彼らの、老いて曲がった背中・ごま塩のようになった頭髪・しみの浮き出た手・老眼鏡……が目に浮かび、「かわいそうに、猫を飼うて……。さびしいんじゃろう」「なんせ、あんな病気じゃけんなぁ」という会話さえ耳に聞こえて、鉄道便で送られてきたその荷物を前に、二人で胸を詰まらせているのであった。

棺の中の奥さまは、大好きだった薄紫のドレスをまとって眠っていた。ひっそりとして、どこか安らいだようなお顔であった。

島夫妻は、奥さまが息を引き取る前日に、昭子さんと養子縁組をしていた。夫を娘に託したような思いに、安堵したのであろうか。薫をよろしく、と微笑んでいるようであった。

お葬式は新聞社やテレビ・カメラも入っての盛大なものだった。しかし奥さまがいちばん会いたかったであろう身内の方がひとりも来ない、寂しい式でもあった。

島比呂志に付いて療養所に入った時点で、彼女も捨てられるものをすべて、いや捨て得ぬものさえも、「社会」に置いてきたのだったろう。そして断種にしろ、親類との断絶にしろ、病気にかかった者と同じ運命を、奥さまは生きたのだ。

それが島比呂志という男への愛でなくて何であろう。

病気にあらずして療養所に生きた奥さまの半世紀を思うとき、その覚悟と愛の強さに圧倒される。「薫に子どもを……」奥さまが最期に言った言葉は、療養所に生きた女性たちの思いを代弁するものである。

棺のそばの島比呂志は、愛する男に子どもを抱かせてやれなかったことを悔い入りながら亡くなった妻の小さななきがらに、「私のソーニャ」と語りかけているように見えた。

第二の顔

では、まったく療養所の外に出ることはできなかったのですか、と私は島に訊いた。

「らい予防法」の第十五条に「親族の危篤、死亡、り災その他特別な事情がある場合」などに「所長が（略）許可したとき」でなければ「外出してはならない」とあり、同二十八条にはそれに違反した者は「拘留又は科料に処する」と書いてあるのを、読んでいたからである。

いや。昔は「患者懲戒検束規定」という厳しい法律があってねぇ、違反者は監房にぶち込まれたりしたものだが、しだいにゆるやかになって、外出許可さえ取れば出ることはできましたよ。入所者のほとんどが治癒していたわけだから、当然のこと。

しかし遠くへ行くことはなかったな。もし病気や怪我をしたら、大変なことになる。病院にかかると、「癩」だということがわかってしまうからね。露骨に嫌がる医者もいた。それに療養所の住人は、国民健康保険証を持っていないのだから。

友人がね。急病で医者にかかったとき「保険証を持っていません」と言ったら、「君は日本人かね」と言われたそうです。たしかに私たちは、日本国憲法で基本的人権を保障された日本人ではなかったんだね。

それよりもなによりも、出歩くと、人の眼が怖かったね。いつもびくびくしていた。皆が自分を指して「癩病だ。癩病患者が来た」と口々に噂しているように思われた。緊張と恐怖の連続だったな。

やはり、隠そうとしたですよ。「癩」は症状が派手で、後遺症が残るでしょう。夏よりも冬のほうがよかった。帽子を目深にかぶって顔を隠してね。オーバーコートのポケットに手を入れて歩いていても、不自然じゃないでしょう。

まるで犯罪者のように人目を恐れ、おびえながら街を行く、若き島比呂志が浮かぶ。痛ましい思いで聞いている私に、島はふっと頬を緩ませて言った。

向こうからオーバーのポケットに手を突っ込んだ人が来るとするでしょう。すると、ああ、あの人も同じ病気なのかな、なんて思って……。

この手をね、と島は自分の手を示しながら、続けた。身体から手だけ切り離してどこかに持っていったとしても、これは誰の手だって、みんなわかるんです。癩の場合はね、ひとりひとり微妙に形が違うわけ。ぼくの場合は変形しているけど五本全部ある。だけど、化膿してちぎれてこっちの二本がないとか、親指がないとか、ね。それぞれ皆違う。

普通の人の顔と同じなんだね。だからぼくは長篇小説「不生《ふしょう》地獄」に、手のことを「第二の顔」と書きましたよ。

第二の顔である異形の手を恥じて隠していた島が、どのようにしてその感情を克服し、自ら人前に手を差し出すようになったのだろうか。あまつさえ、そのように恐怖する「社会」に、彼は「復帰」し、そこの住人として暮らし始めたのだ。

自分たちが置かれている状況を訴えたくて、ものを書いていく中でね。いつまでも逃亡者のように生きていてはダメだと思うようになった。何のために書いているのか。やっぱり自分たちは人間なのだという、その一点へのこだわりでしょう。

ぼくは人間回復を叫びながら、自分の中の劣等意識を持て余し、知らず知らずのうちに自分自身を世間から遠ざけていたのだねぇ。

この手を恥じることは自分という人間を恥じること、という気持ちが、島に決意させる、曲がった手をポケットから出すことを。

島がポケットから手を出した日、明るい光が彼の手をも心をも照らしたであろう。そしてその先にある「社会復帰」という四文字をも。

苦しい文字

二〇〇一年十二月十日、島比呂志は福岡県遠賀《おんが》郡にある多賀谷《たがや》美術館を訪ねたが、この小さな旅には私も同行していた。

この美術館は、今は亡きアブストラクトの画家多賀谷伊徳《いとく》氏が「地方文化を発展させたい」という願いのもとに、自宅裏の蔵をつぶして建設したもので、現在は次男で陶芸家の哉明《かなあき》氏が管理しておられる。

島は伊徳氏と長年文通しており、社会復帰をしたら多賀谷美術館を訪ね、伊徳氏の絵と対面するのが念願であったのだ。

美術館の中に置かれた伊徳氏の遺影と位牌に対面し、哉明氏に車椅子を押してもらってひととおり館内の作品を見終った島に、伊徳氏の奥さまは年季の入った記帳簿を手渡された。

後遺症で曲がった指にボールペンをはさみ、島は書き始めたが、記入の場所さえおぼつかないようだった。文字を読んだり書くときには、いつも拡大鏡を使うのだったが、その日は持ってきていなかった。

長い時間をかけて記帳簿に島が書いた文字は、「島」「比」「呂」「志」の文字がひとところに重なって、悪戯書きのようにも見えた。

ノートを覗き込んで息を呑んでいる私の後ろから、「桐竹紋十郎《きりたけもんじゅうろう》の文字を見たことがあります」という声がした。

美術館の片隅で、私は哉明氏から人形浄瑠璃の桐竹紋十郎（二代目）の文字の話を聞いた。

十五年前のパリ留学中に訪ねたドイツのデュッセルドルフで、氏は紋十郎の文字に接し衝撃を受けたが、いま島の書いた文字を見て、その折のことをまざまざと思い出したというのである。

哉明氏は一語一語かみしめるように話し始めた。

デュッセルドルフの知人が「これは私の宝物」と言って小さな粗末な紙切れを見せてくれたのです。ただ小さく「紋十郎」と書かれていたのですが、しかしそこには、なんとも苦しい世界がありました。一棒一棒必死で書いている紋十郎その人がいたのです。一目で彼が文字を書いたことのない人だとわかりました。不思議なことに、几帳面に書かれたその棒文字からは、紋十郎の芸を思わせる流麗な雰囲気が伝わってきました。しかし苦しいのです。何か、身の縮む思いでした。

この字は紋十郎が人間国宝になった翌年の一九六六年、ニューヨーク公演を行ったときのものであったようです。知人はそのとき紋十郎に同行し、洋食の苦手な彼のために赤飯を作ってあげたりしたそうです。

アメリカはサイン社会ですから、文字を書けない紋十郎は困ったことでしょう。ニューヨークのホテルの一室で、椅子の上に正座をして自分の名を練習している姿が目に見えるようです。

私は彼の芸に触れる機会はありませんでしたが、あの字の中に、彼の芸と魂を見たような気がしました。

このように語り、哉明氏はふっと息を吐き、「いま島さんの文字を見て、あのとき感じた苦しさを思い出しています」と付け加えた。

氏が二人の文字に苦しさを感じたのは、それぞれの背中に続く遠い日々を思い、彼らにとっての文字の意味に思いを致したからだろう。

貧しい家庭に育ち読み書きのできない紋十郎は、自分の目で耳で記憶し、芸を鍛えた。島にとっては文字こそが「社会」と自分をつなぐ命綱だった。

文字とのかかわりは対照的であるが、書かれた文字のかもし出す情調は相似て苦しく美しく、それぞれの生きた姿の結晶そのものであったのだろう。

私は、なにか、打たれていた。

「一棒一棒必死で書いた」紋十郎の文字の立派さ。見えない目と変形した手が書いた、島比呂志の重なった文字の美しさ。そして二人の文字を「苦しい」と表現し、その苦しさと対峙する若い芸術家多賀谷哉明氏の純粋さ。

苦しい文字を書いた二人は、今はもういない。しかしそれを語り伝える人がいる。

三年余り過ぎた今も私は、「桐竹紋十郎の文字を見たことがあります」という声を耳元に思い出すことがある。

名もなき返信

半世紀にわたる療養所生活で、めったなことでは挫けなかった島を、激しく動揺させるできごとがあった。

「海の沙」(一九八六年)を出版してほどなくのことである。島のもとに一通の手紙が届く。差出人の名はなかった。

手紙は「海の沙」を読んでの感想がしたためられたものであったが、匿名の理由を、「自分は癩が治るということを理解したし、らい予防法廃止も賛成だ」けれども「島さんから手紙をもらいたくない」「島さんが触った封筒や便箋に自分は触りたくない」と書いてあった。

島は全身から血の気が引いていくのを覚えた。

「文章だけが療養所の垣根を越える唯一の手段」と思い、社会に向かって書き続けてきたのだ。祈るような気持ちで発信した「宛名のない手紙」に、全国の読者から「返信」が届き始めていた。垣根の向こうからやってくる見知らぬ人からの手紙は、どんなに島を力づけたことだろう。一通一通に返事を書きながら、新しい人間関係を築いていくことの喜びに浸り、療養所で戦う自分を鼓舞していた、そのころの島であった。

いま、返事をもらいたくない、という手紙に接して、彼は深く傷つき、そして戸惑っていた。

「あれは本当にショック受けたねぇ。でもこれがやっぱり外の人の正直な感想っていうかねぇ」

こう回想する島は、苦しそうであった。

「理屈じゃないんだねぇ。そういう感覚的なものっていうのは、一朝一夕にできたものではないでしょう。いくらうつらないと言っても、癩の姿が悪いし、とにかくいやという感じね。これは簡単にはいかないと思ったなぁ」

理屈では理解できても、皮膚感覚として受け入れられないということを、正面切って宣言されたのである。島は文章で訴えることの限界を感じ、「一時ものを書けなくなった」と語る。

「海の沙」は島比呂志渾身の小説である。

療養所内での不条理に満ちた現実をリアルに描き出し、「らい予防法」の問題点を鋭く突いたもので、全篇からハンセン病にとらわれた人々の呻きが、低く深く狂おしく響いてくるような作品なのである。

ここにある怒りや悲しみを、人の心を持つ者が感じないはずがない。登場人物たちの「患者は人間ではないんだよな」「（家族のために）なぜ早く死んでやらなかったのだろうと、生きているわが身を呪った」「ここは、二度とこの世に帰ることの叶わぬ『あの世』なのだ」などという一言一言が、礫となって読者を打つのである。

だからこそ、匿名氏も手紙を書きたいという心境にもなったのだろう。しかし彼の感覚はその感動をも凌ぐものであった。

文字のない封筒の裏を眺めながら、島は思う。

この人物は、癩は怖い、という思いでいっぱいなのだ。怖いと言われ醜いと言われる者の心情を推し量ることさえできないほどに。

いったい、彼の恐れや嫌悪感はどこからくるのだろう。考えを突き詰めていったとき、そこに現れたのは宿敵「らい予防法」であった。

もし「予防法」が存在せず、自分たちが隔離されずに社会の中で暮らしていたら、これほどまでの拒絶を示したであろうか。しょっちゅう触れ合うような環境にあったならば。

九十年に及ぶ隔離政策がハンセン病を恐ろしい病気だと教えた。「らい予防法」は療養所の中の自分たちだけではなく、外にいる人たちをも蝕んでいるのだ。

感覚も作られたもの――そう気づいたとき、島はようやく匿名の手紙の衝撃から立ち上がり、再び書き始める、戦うために。

「人間の醜さとは心の醜さをおいてほかにはない」――シェイクスピア『十二夜』（小田島雄志訳）

「夢蝶」の励まし

島比呂志が社会復帰して三年九ヶ月を暮らした北九州の市営住宅――主のいなくなった書斎の壁に、今も「夢蝶」と書かれた掛け軸が掛かっている。

生前島は、幾度この文字を見上げ、ものを思ったことだろう。「夢蝶」の文字は、孤独な島を慰め励まし時には叱咤もしながら、予防法廃止の申し立て、さらに国賠訴訟へと彼を導いた。

島はこの文字を見ながら、これを書いた人物の言葉をいつも心に繰り返していたに違いない。

「なぜ怒らないのか」――島にそのように問うた赤瀬範保（本名文男）氏は、一九八九年五月八日、大阪HIV訴訟において、実名で提訴、原告第一号となった人物である。

八八年に成立したエイズ予防法を、島は「らい予防法の再来」であり「法があることによって偏見を助長していく」ものであると批判していた。その島のもとに、赤瀬氏からの手紙が届いたのは、九〇年六月のことである。

それは四百字詰めにすれば十数枚に及ぶ、奔流のような文章であった。

病みながら、病気以外のものにも立ち向かわなければならない者の怒りや孤独を、この人ならば共有し合えるだろうとの思いからであろう、遠慮のない激しい筆致で、堰を切ったように書きつらねていた。

手紙の最後のほうにさしかかったとき、島は衝撃的な文章を目にする。

「改めて思います。なんでもっと怒りをあらわにしないのか。(略)社会の方の責任もあるが、どうやら患者側にも半分ほどの無責任という罪があるのではないでしょうか」

赤瀬氏はこれを書いた翌年脳卒中で亡くなっているが、「なぜ怒らないのか」という問いかけは、島の中で以後何年にもわたって「耳鳴りのように響いて」いくこととなる。

「なぜ怒らないのか」——これは島にとっては意外な問いかけであったかもしれない。不条理への怒りこそが、療養所という名の「奇妙な国」でものを書き続ける原動力にもなってきたのだから。しかし赤瀬氏は詰問するのである。「なんでもっと怒りをあらわにしないのか」と。

島はたじろぎつつも、この問いかけに真正面から向き合った。

たしかに自分たちハンセン病患者はおとなし過ぎたのかもしれない。長い歴史の中で声高に訴えることもままならず、つまりは飼い慣らされてきたのだ。

それに、と島は思う。自分のように考え悩み、それを文章で訴えてみても、国も社会も変わりはしなかったではないか。

それにしても、「怒りをあらわに」するとはどういうことか。

島は書家の赤瀬氏が揮毫してくれた「夢蝶」の文字を折に触れて眺めているうちに、その文字が「語り出した」のを聞く、「島さん、五十年も苦しんだら、もうたくさんでしょう。すべてを法の裁きにまかせて、楽になりなさいよ」と。

怒りを法の前にあらわにさらすこと――それが島が赤瀬氏から受け取ったメッセージであった。そして島は動き出した。

一九九五年七月、市民団体「患者の権利法を作る会」の会報に、強制隔離や断種手術の強要等患者の人権を無視した悪法を「黙認している法曹界は、存続を支持していると受け取られても仕方がない」と強く批判、九州弁護士会連合会にも申立書を送り、これが法曹界が動き出すきっかけとなった。翌九六年四月、「らい予防法の廃止に関する法律」は施行された。一九〇七年以来、実に九十年に及ぶ隔離政策に幕が引かれたのである。

二年後、予防法廃止によって何も変わらなかった、という実感が、さらに大きな動きを生み出す。十三名から始まった国賠訴訟。

「私はこの裁判によって、ハンセン病の歴史と国の責任が明らかにされることを望んでいます」――熊本地裁第一回口頭弁論（一九九八年十一月六日）で、島比呂志の意見陳述を代読する堅山勲氏のかたわらには、島から託された「夢蝶」の掛け軸があった。

パピヨン

「パピヨン」という映画がある。島比呂志が社会復帰したことを知ったとき、この映画のことが思い出されてならなかった。

一九三〇年代に無実の殺人容疑で捕えられたパピヨンという男が、度重なる脱獄と失敗を繰り返し、そのたびに想像を絶する刑罰を与えられながらも、諦めず、ついに絶海の孤島といわれる牢獄島からの脱出に成功し真の自由を勝ち取った、という話である。

映画の最後のほうで、年老いて真っ白な髪、まがった腰のパピヨンが、断崖絶壁から波高い海に飛び込むところが感動的であった。飛び込んだ海の向うに「自由」という文字が大きく見える気がするのである。

逃げようなどとせずそのまま島にいても、それなりの自由はある。彼の友人のドガという男は、畑を作ったり動物を飼ったりして、そこを終の栖と決めて、日を送っている。パピヨンにも、行かないで、ここで一緒に暮らそう、という。ここにも自由はあるじゃないか。けれどパピヨンは、これは本当の自由ではない、と思う。囚われの身であるかぎり、そこに真の自由はない。

そこで海に身を投げる、踊り出すように、不様ともいえるような格好で。波に呑まれるかもしれない。鮫に食われるかもしれない。岩にぶつかって身体が砕け散ってしまうかもしれない。それでも「自由」の前には、何も恐れるものはないのだ。自由とは何か、生きるとは何か、ということを考えさせられる。

度重なる投獄にも、諦めず、自由を求め続けたパピヨンの姿と、らい予防法と戦い続けついに社会復帰した島比呂志の姿が重なった。

一九九九年六月二十日、島比呂志は五十一年間過ごした国立療養所星塚敬愛園を出て、北九州に向かった。「らい予防法」が廃止されて三年目の社会復帰であった。このとき島比呂志八十歳、妻喜代子八十四歳。

予防法廃止に向けて九州弁護士会が動くきっかけとなった「法曹の責任」という文章の中に、自分たちは「無実の死刑囚」である、と書いた島である。予防法が廃止になり晴れて「無罪」となった身に、そこにとどまる理由はなかった。

だが、半世紀を囲みの中で暮らした老夫婦である。北九州には後に養女となった中谷昭子がいて、受け入れ態勢を整えていたが、茫洋とした海に飛び込むような心境だったのではあるまいか。

しかも、「らい予防法」の廃止が社会復帰につながらない、という現実があった。

「ぼくは朝日新聞に『らい予防法廃止の落とし穴』という文章を書きました。この中でね、『らい予防法の廃止に関する法律』の中に、社会復帰に対する支援策っていうのがほとんど何も書かれていない。それがもう大変なミスだ、落とし穴だ、と。らい予防法を廃止するというのは、強制的に連れてきた人を社会に帰すのが目的で、それがなければ予防法を廃止する意味がなくなる、と」

しかし実際は、社会復帰を希望する入所者に対する何の具体的保障もない法律であったのだ。

国の支援が期待できない中での社会復帰。

療養所を去る直前の心境を、南日本放送制作「五十二年目の社会復帰――あるハンセン病作家の旅立ち」（二〇〇〇年五月三十一日）の中で、島は次のように語っている。

「皆はもう、死ににいくようなもんじゃないか、と。やめよと言って止めてくれる友人もいるけれどもね、でもそれでもいいんだと。死にに行くということだけでもいいんだと。ぼくはやっぱり、療養所の中で死んだと言われたくない、と。予防法何十年も訴えてきてね、予防法なくなって自由になったのに、島比呂志は療養所で死んだかと、こうは言われたくない。やっぱり外に出て死にたい。これが今までものを書いてきた本心ですよね」

そして島はそこを出た。崖の上のパピヨンのように、その向こうにある自由を信じて。

島比呂志が療養所を出るとき、見送ったのは同人誌仲間と、わずかな支持者だけだった。

彼らを前に、島は次のように挨拶をした。

「皆さん、今日はお見送りありがとうございます。（略）聴く耳ある者は聴くべし。（略）私が何を言おうとしているのか。聴く耳ある人は聴くべし。（略）これを五十一年いた星塚敬愛園を去る私の、最後の言葉としたいと思います」

堂々とした物言いではあったが、療養所の職員や病友が見送らない別れというのは、さびしすぎた。「聴く耳ある者は聴くべし」――この言葉が、同じ境遇を生きた仲間たちに向けられたものであるということを思うとき、半世紀にわたる島の孤独な姿が見えてくるような気がするのである。

「療養所をね、こんないいところなのにどうして出たがるのか、バカじゃないか、と言う者もいた」

数々の非人間的な扱いを受けた療養所を「いいところ」ととらえるのはなぜだろう。

戦後高度成長の波は療養所にも押し寄せ、物資や娯楽や文化が流れ込み、所内の生活を一変させた。彼らは、小さな家にテレビや洗濯機・冷蔵庫を並べた。「社会」の人たちと同じものを食べ、同じものを着、情報も共有し……そこが「らい予防法」下の療養所であることを忘れた。

その背後にあるものを島は、「昭和三十年代から厚生省が開放的運営を指示したため、らい予防法は空文化し」むしろ「予防法があるから、自分たちの医療や生活が保障されているのだと」考えるようになったのであろう、と分析する。

「気がつくといつの間にか、敵であった『らい予防法』に守られて、現在の生活があったんだね。それを下手につついて、今の安定した生活を奪われてはかなわない、と。だけど、現在よくしてくれるからといって、強制隔離された過去の歴史は忘れて、それで満足して死んでいけるものなのかなぁ」

だが、「こんないいところなのに」という先の病友の言葉は、本心からのものだったろうか。「社会」に出られる状況があるならばどうして、ここがいい、などというだろうか。

だれもがパピヨンになれるわけではない。

後遺症を抱えた老齢の彼らが、いまさら環境を変えて一から苦労するよりは、住み慣れたところで老後を静かに過ごしたい、と思うのは、無理もないことではなかろうか。

「たしかに、社会復帰するといってもね、何十年も生活の場がないわけだから、浦島太郎ですよ。浦島太郎が社会へ出るのは、これは簡単なことではない」

しかし、と島は語気を強める。

「ぼくたちは、無実の罪で刑務所に服役してきた人たちと同じなのだ。間違った『らい予防法』によって四十年も五十年も自由を奪われ続けてきたわけだから、『予防法』の廃止は、これはもう無罪放免と同じ意味を持つわけ。だから自由に出る権利があるし、同時に国に補償を求める権利もあるわけですよ」

自分たちを縛ってきた鎖は解き放たれたのだ、なのになぜここにとどまろうとするのか、と。

もどかしいのである。飼い馴らされてしまったかのように、変化を望まない人々への、いらだち・やりきれなさ……「人間」とはもっと誇り高いものだ、という気持ちが、塀の中に「自由」はないと教える。

あるとき茶を啜りながら、ふっと呟いた言葉が忘れられない。

「ぼくは自分ひとりのために戦ってきたのじゃあ、ない」

彼は何のために予防法廃止の運動をしてきたのであろうか。何ゆえに書くことを続けてきたのであったろうか。そして「夢蝶」（二三六頁参照）の文字と対峙し続けた日々。

病友への複雑な思いを胸に、島は北九州に向かう車に乗り込んだ。

蝶を夢む――蝶のように塀の外を自由に飛び回る日を夢見てきた島が、まさしくパピヨン（フランス語で「蝶」）となって飛び立った日であった。

家族

「おじいちゃん、ただいま。おばあちゃん、ただいま」

「お帰り、麻子《まこ》」

玄関で靴を脱ぎランドセルを下ろすと、麻子ちゃんがすることは決まっている。

一直線に島のもとへ向かい、彼のかたわらにちょこんとすわる。そして変形した指を撫でながら訊ねるのだ。「おじいちゃん、手、痛い？」

島は「一、二、三、四、五」と指の一本一本をゆっくり折り曲げ、「だいじょうぶ。ほら。見てごらん」そう言って、最後に全部の指をぱっと開いてみせる。

そこではじめて、麻子ちゃんはほっとしたような表情になるが、また数分もしないうちに訊ねる。

「おじいちゃん、手、痛い？」

そんなふたりのもとに妻の喜代子さんがおやつを運んでくる。

それから数時間して、こんどは姉の理子《りこ》ちゃんが帰って来る。

「おじいちゃん、ただいま。おばあちゃん、ただいま」

「お帰り、理子」

理子ちゃんも麻子ちゃんも、「娘」となった中谷（現在岸上）昭子さんの孫なのである。ふたりとも学校帰りに必ず「おじいちゃんとおばあちゃん」の家に寄り、その日あったことをお喋りして帰っていく。

「ただいま」と言って帰ってくる「ひ孫」たちに「おかえり」と答える自分がいる。そう思うとき島は、深い感慨にとらわれる。

療養所で子供の声を聴くことはなかった。いま、「おじいちゃん」と自分を呼ぶ理子と麻子の声は、何度聞いても新鮮で、胸が熱くなって、鼻の奥がつんとしてくるのだった。

あの日、島を乗せて療養所を出た車は、島の故郷香川県観音寺市ではなく北九州市に向かった。療養所のある鹿屋市から北九州まで七時間。島はこの日三十九度近い熱を出していたが、福祉タクシーのベッドに横になって、車窓に流れる山や川、田や畑、町や村を眺め続けていた。

それは「社会」に向かう道であった。この道の向こうに開けている未来を、島は露ほども疑わなかった。

北九州では、昭子さん一家が待っていた。

「らい予防法」が廃止された直後から、昭子さんは島夫妻を迎え入れる準備を進めていた。市役所に通って、障害者用の市営住宅への入所手続きをし、車椅子・ベッド・寝室用トイレなどを用意してもらった。自身夫妻の世話ができるように、ヘルパー二級の資格も取った。地元の人たちにもことあるごとに理解を求めた。

三人の娘たちには、私はこれから島比呂志を受け入れる。もし反対するようだったら、母子の縁を切る、と宣言した。家族全員を巻き込んで、島夫妻を支えようとしていたのだ。

昭子さんは、島自身の紹介によれば「『片居からの解放』から生まれた」。

二十年前、島の評論集「片居からの解放」を読んだ彼女は、「断種」というものの存在を知り、居ても立ってもいられない気持ちで、島に長い手紙をしたためた。便箋十数枚に及ぶ感想の最後に「娘の真似事ならできますから」と書いた。

「宛名のない手紙」への力づよい「返信」であった。

彼女は島と自分との関係を「私は黒子。島比呂志の靴の底のゴム。車椅子の車のタイヤ」と言い切る。「島比呂志はたった一人で、がんばってきて、命燃え尽きて死んでゆく人。彼が叫ぶために私は生活を支える。彼にかけたい。没頭したい」(二〇〇〇年九月二日付共同通信記事)

その覚悟を、昭子さんは見事に実行してみせたのである。

北九州市小倉南区潤崎《うるさき》団地。窓から流れ込む町の音・生活の匂い。子どもたちのいる風景……。最後の著書『ハンセン病療養所から50年目の社会へ』に、島は書いた。「平凡でありふれた日常、私はこのような老後を迎ええたことを、ほんとうに幸せだと思っている」と。

社会復帰して三年九ヵ月後、島は北九州市民として亡くなった。

お通夜のとき、棺の蓋を何度も開けて「おじいちゃん」に話しかけていた麻子ちゃんの姿が忘れられない。

この病気になってつらかったことは山ほどあるけれども、一番つらかったのは、やはり家族と別れて暮らさなくてはならなくなったことかなぁ。

東京から帰ってきて、一年あまりして大島青松園に入園したの。

六月の梅雨も盛りの頃でねぇ。その夜も雨が降っていた。午前二時頃、トラックが家の前に止まってね。

運転手は遠い親類の人で、秘密がもれる心配はないから、と父は言った。ぼくの病気は誰にも知られてはいけなかったからね。

傘を持った母に抱きかかえられるようにして、ぼくは車に向かった。一年以上も家の中に閉じこもっていたから、足腰がすっかり弱っていてね、何度もよろめいて倒れそうになるたびに、母の片手がぼくをしっかりと支えてくれた。

車の前まで来たとき、母は泣きはらした目でぼくをじっと見て、「誰も悪いことはしとらんのに、神も仏もないもんじゃろうか。お前がかわいそうで、私は生きた心地がしとらせん。島へ行ったら先生の言うことよう聞いてな、早よう良うなるんぜ。待っとるけんなあ」と、言った。ぼくは唇を嚙みしめているだけだった。

父はぼくを荷台に乗せ、ぼくの全身を合羽《かっぱ》で覆った。父が助手席に乗り込むと同時に、トラックは走り出した。

ぼくは被せられた合羽の隙間から、暗い闇を覗いた。ぼくは唇を噛みしめたままだった。少しでも口を開けば、嗚咽が漏れ、それが慟哭に変わるだろう。ぼくは泣くまいと思った。しかし飲み込んだはずの涙が、頬を伝っていくのは、どうしようもなかった。

ときどき闇物資の移動をチェックするための警察の検問にあった。ぼくは他の荷物と一緒に、自分自身が荷物の一つになったかのように、小さく固くちぢこまっていた。

そのとき行った青松園に一年いたあと、鹿児島の星塚敬愛園に移ったんです。どうしてかって？向こうの方が自由な雰囲気だという噂だったから。それに、故郷から離れれば離れるほど、家族のためにはいいんです。

敬愛園に行く前、一ヵ月ほど家に帰っていたことがある。故郷の滴る緑の中で、一日一日をぼくは愛惜した。

「銀の鈴」（島の初めての本。童話集）のあとがきを、九州に旅立つ日に、ぼくは自分の部屋で書きました。窓の外の青葉若葉が、初夏の日を受けてきらきらと輝いていた。昭和二三年六月二十六日……。

ぼくには妹と弟がいてね。かしこい妹とおとなしい弟。

妻が亡くなったとき、彼らが葬式に来てくれた。松山から船に乗ってね。妹は何年に一回か、隠れて会いに来てくれたけれどもね、弟とは昭和三十年代に会って以来だった。

年をとっていたなぁ。気弱で口数の少ない子だったが、相変わらず寡黙でね。

弟も妹もね、自分の家族に、ぼくという人間がいることを話していないの。それがぼくはいちばん悔しい。

別れ際にふたりにね、「お前たちは、わしが写真集を出したり、講談社文庫に載るようになったといっても、子供たちに、これが自分の兄だとは、言えないのじゃろうなぁ」と言ったら、ふたりとも、何も言わずに下を向いていた。

ぼくは、きょうだいに兄といってもらえないような、どんな悪いことをしたんだろうか。

脳梗塞で倒れたあと、ぼくは無性に故郷に帰りたくなったの。人間到る所青山あり、と思っていたけれど。連絡を取ってくれた昭ちゃん（養女昭子）に、弟も妹も「頼むから来ないでくれ」と、切々と泣いたそうだ。

まぁ、無理もないけれどもね。世間の理不尽な偏見から家族を守らなければならないのだから。でもねぇ……。

この頃ね、昼も夜も同じ夢ばかり見るの。幼いぼくが父にお弁当を届ける夢。母が作ってくれたお弁当を持って、父の仕事場まで走って行き、父と並んで一緒にお弁当を食べる夢。遠い故郷の、遠い一日……。

あの日に帰りたいなぁ。

月下美人

二〇〇一年五月二十四日午後、島夫妻は町の集会所で花束を受け取っていた。

「おめでとうございます」「よかったですね」――口々に声をかけてくれる町内会の人々に、島は「ありがとう」を繰り返していた。

身体が火照るのは、さっき乾杯したビールの酔いのせいばかりではなかった。

前日午後六時過ぎ、小泉首相が控訴断念を発表していた。国賠訴訟の勝訴判決から十数日――最初島を含め十三人だった原告が、この時点で千七百人を超え、在園者の四割に達していた。果てしないと思われた戦いが、勝利という形で幕を閉じようとしていた。その結果を自分は療養所の外で聞いている。しかも町内の人たちが一緒に祝ってくれている。感無量であった。

この日花束を用意した、富村昌弘氏（当時の町内会長）は、西日本新聞の取材に答えて「歴史的決断を一緒に祝おうと呼びかけた。これからも町内みんなで気持ちよく暮らしていきたい」と語った。

元ハンセン病患者の作家島比呂志が、岸上薫となって、自分の町内に住むことになったと知ったとき、富村氏は島を特別な人のようにではなく、普通の老人のようにもてなそうと決めた。

島もこの地によく馴染み、町内の「敬老会」等にも、積極的に参加した。ただひとりの老人として、無心に自分の老いを楽しんでいたのであろう。

社会復帰後島が、テレビや新聞で「ずっと恐れてきた社会の偏見・差別に、自分はいちども遭遇しなかった」と言い続けたのは、富村氏をはじめとする、町内の人々のあたたかい視線に守られてあったことを示すだろう。

幼稚園を経営し「ミャンマーに学校を建てる会」会長としても精力的に活動する富村氏は、「出会いは人生の薫り」という言葉が好きだという。

ある夜、氏と奥さまの律子さんは、大きな鉢植えを持って島家のチャイムを押した。二人で育てていた月下美人の蕾が膨らみ、間もなく咲きそうであった。一年にただ一度、夜の数時間だけ開く花である。

テーブルの上に鉢を置き、みんなでそのときを待った。

中南米の森林から来た花である。寒さに弱く、台風の時期や冬は特に気を遣い丹精こめて育てたものである。手のかかる花だったが、葉を切って土に差しておくといつのまにかまた花を持っているというような、生命力を感じさせる花でもあった。

みんなの視線の集まるところで、しずかに花が咲き始めた。花びらがおもむろに開くのにつれて、その振動で葉がわずかにふるえた。やがてあたりに強い芳香が立ち込める。なんと形容したらいいのだろう。……そう、あたかも汗ばんだ女性の肌の匂いとでもいおうか。

「月下美人」とはよくいったものだ。まるで夜に佇《た》ち、愛しいものを呼び寄せる女性さながらの、えもいわれぬ匂い、そしてたたずまい。

しばしその香に酔うようであった島が、ふと奥さまを見遣って言った。「見てごらん。茎から花が出ているよ」

富村氏はさすが作家であり科学者だ、よくものを観察するものだ、と島の目の確かさに感心した。

月下美人は、葉から花芽が出、それがひらがなの「し」のように伸びて、最後のはらい上げたところに花が付くのである。

若い日に、自分の体から採取したレプラ菌を顕微鏡で覗き、「こんな小さな生物に負けてなるものか」と病気と闘う決意をした、そのときの科学者のまなざしは、八十を過ぎても健在であった。

カトレア・カサブランカ・ポインセチア……富村氏は奥さまとともに丹精なさった季節の花々を、折々に島のもとへ届けた。

ただ普通に接してきただけ、と言うが、氏の心の奥深くに、島夫妻の失われた半世紀を深く悼み、せめて社会復帰してこの町に住んだことをよかったと思ってもらいたい、という思いがあったのではないだろうか。

島もまた花々の甘い芳香のむこうに、「出会い」という「人生の薫り」を感じていたことであろう。

若者たち

二〇〇一年十月二十九日午後、私は新潟大学法学部の教室にいた。吉田ゼミナール（映像メディア論）のメディア・ゼミナール実習に呼んでいただいたのである。

吉田和比古先生と二十六人のゼミ生、それに私という顔ぶれであった。

ゼミのこの日のテーマは「島比呂志先生のインタビューを振り返って」。

この年の夏、島が拙宅に滞在した折、吉田先生とゼミ生七人が映像機器一式を持参して、島を取材に来たのだった。

そのときの模様を編集したビデオを全員で鑑賞し、インタビュー参加者が感想を述べた。その後島の小説「奇妙な国」の読後感の発表、五月十二日（国賠訴訟判決の翌日）付各新聞の「社説」の論調の比較研究など、ゼミは二時間近くに及んだ。

全員が講談社文芸文庫に収録された「奇妙な国」を読んでの参加であり、学生たちの真摯な姿勢が感じられる、いい会であった。

ゼミが終わり、たそがれてゆく大学の構内を潮風を受けて歩きながら、私はこの日心に残った一つの言葉を胸に響かせていた。

それは、島に取材した学生の、長いレポートの中の一節であった。

「私たちは島氏のメッセージを受け取った」

私はこの言葉に打たれた。社会に向かってメッセージを発信し続けてきた島の思いが、若い彼らに確かに届いたのだ。吉田先生の言い回しを借りるならば「バトン・タッチ」されたのだ。受け取ったバトンは、次の人につなげられ、さらにその次の人につなげられるだろう。語り継がれていく島文学――そんな言葉が浮かんだ。

あの夏の夕方、小さな座敷に吉田先生とやや緊張の面持ちの若い七人がいた。

島が学生たちの前に現れたときのことを、彼らのひとりは次のように書く。「島氏は、中谷さん(のちに養女となった中谷昭子)に支えられながらゆっくりとした歩調で現れた。第一印象は『ふつうのおじいちゃん』だな、と。しかし『普通』ではないことに気づくのに、そう時間はかからなかった」

このとき吉田先生は、島の姿を見るや、弾かれたように立ち上がり、島に駆け寄って、その小さな体を抱きかかえるようにして座に導いた。

思いもよらない先生の行動に、かたい空気は一瞬にして掻き消え、部屋にはあたかも何十年来の知己に会ったかのような、あたたかい快活な空気がみなぎった。

島はまず学生たちに「この中に結核菌に感染している人はいますか」と問いかけた。誰も手を上げなかった。そこで島は、「感染」と「発病」とは違うのだ、という話をした。BCGを接種した段階で、その人は結核菌の保菌者になっているのだが、そこにいただれもが自分が結核菌に感染しているとは思っていなかったのである。

島はハンセン病差別の背景にある、言葉に対する無頓着を指摘した。「うつる」という曖昧な言葉を見過ごしたことが、感染＝発病という誤った認識を引き起こし、差別につながっていったのだと。

次に島は国賠訴訟の原告団のひとりとして、いかに孤独であったかを語った。

国と戦う気のない入園者から「守銭奴」とまで呼ばれた事実は、学生たちを驚かせたようである。戦う自分たちを非難してやまなかった人々のことを語るとき、島は悔しそうでもあり、さびしそうでもあった。

医学界・法曹界・メディアの対応も批判した。何も行なわなかったことにより、隔離政策を続行した国に加担してきたのではないか、と。

島は語り続けた。嘆き・悲しみ・屈辱・絶望……五十年間の思いのたけを。

語りの背後に、人間による人間の抑圧、人間による人間の差別への怒りが、二重奏のように鳴り響いているのを、私は聞いた。

八十三歳の島と若者たちとの熱い夜が更けていった。

あの日、座敷いっぱいにカサブランカの甘い匂いが漂っていた。開け放たれた窓からは、ようやく暑さのやわらいだ夕風が流れ込み、汗ばんだ身体をそっと撫でて通り過ぎた。

島は熱く語っていた。そのまわりを吉田先生と七人の学生たちが取り囲んでいた。

ふと「啐啄《そったく》」という言葉が思い出された。「啐」は鶏の卵が孵《かえ》るとき、殻の中から雛がつつく音を表し、「啄」は母鳥が殻を嚙み破ることを指す。「啐」と「啄」が一致したとき、雛ははじめて殻を破り外へ出ることができるのである。

おもに教育を語るときに用いられるこの言葉を思い浮べたのは、そのときの島の姿に教育者の面影を見たような気がしたからだったろうか。

二十九歳で療養所に入るまで、島は大学の教員をしていた。

そのとき島は、目の前の若者たちにかつての教え子たちを重ね、自身も五十四年前の若き助教授に戻って、「講義」をしていたのかもしれない。

島が学生たちと話していたときの、生き生きとした表情を思い出す。学生たちもひたむきであった。この夜島は、未来に語り継ぐことのできる若者たちに、メッセージを伝えられたことを確信したのではないか。

語り続けて夜が更けて、やがて学生たちはひとりひとり島と固い握手を交わして、立ち上がった。「お別れに島さんと握手を交わした。今までで一番重みのある握手だった」と学生のひとりは書いている。

足の不自由な島を座敷に残して、私は玄関に見送りに出た。

ふと座敷のほうを見ると、島が網戸にすがりつくようにして坐っていた。ひとりで這うようにしてそこまで行ったのであろう。

学生たちを乗せた二台の車がゆっくりと走り出し、やがて向こうの角を曲がって消えた。島は縁側から身を乗り出したまま、いつまでも手を振り続けた。──惜別──

学生たちの感想から。

〈今回のインタビューに参加して、当事者と接することの大切さがわかった。メディアからは情報を得ることができても、当事者の生の声を聞くことに勝ることはなく、自分の中でとてもリアルに捉えることができた〉

〈島さんの熱意が胸に響いた。高齢でありながら、常に国と戦い続けるその壮絶な姿に心が熱くなる。机上のことでしかなかった問題が、深刻にダイレクトに身に降りかかってきた。なぜこの時代まで隔離が続いたのか考えてみたい〉

〈激動の人生を送った島さんの言葉は非常に重かった。「もしつらいことがあったら、私のことを思い出してください」という言葉が胸に染みた〉

〈今まで、ハンセン病について何も知らずに生きてきた自分がいる。私のような人が大多数であったろう。それが、国の不作為を受け入れつづけてきたことになると思うと悔しくてたまらない。国家が人を守るための法律で、人の人生をずたずたに切り裂いてきた事実は忘れてはいけない〉

島の思いを、学生たちは真正面から受け止めていた。殻は破られたのだ。

吉田和比古先生は「法政理論」第33号（二〇〇一年三月）に、島の社会復帰を描いたドキュメンタリーを紹介した後、次のように書いた。「島比呂志氏が全魂を込めて告発するのは、国家が法律の名において行った非人道的行為ばかりではない。彼の執念は、社会の中の差別に無関心であったり、あるいは見て見ぬふりをしている我々の生きる態度まで穿《うが》つのである」

先生の最近のおたよりから。

〈人が平然と他者を犠牲にすることができる社会（略）弱者をいじめ続ける社会（略）であるがゆえに、私たちは、日本の人口の何パーセントにも満たない一握りの人々の生き様に立ち返り、その人たちの思いを知り、そしてそれを次世代に伝える、いわば現代社会の語り部としての作業（略）を永遠に続けていかなければならないのだと、これからも学生に言い続けるつもりです〉

空はアイヌの

白樺の幹に
木の葉の緑が揺れ
ほの暗い渓流のほとり
わずかに見える空を仰げば
アイヌのいれずみの色が漂い
檻の熊のひとみがまたたく

現代へのあこがれは枯れ

毒矢を射る古代の血潮が
ああ　どうしたことなのか
私の胸の中で　たぎる
たぎる　熔岩のように

だが――
天空への水晶の橋は落ち
太陽は激流の中にくだけた
熊のための檻は　いま
わたしのために開かれ
わたしはらい院にうごめいている
遠い昔の定山渓をしのびながら

一九三七年、東京の大学に進学した島比呂志は、研修旅行で北海道へ行き、定山渓《じょうざんけい》温泉に泊っている。そのときのことを、八十歳になった島は「私は生まれて初めて見るシラカバ樹林の美しさに魅了され、また檻の熊とアイヌ女性の口ヒゲ様の入墨に、原始の世界を幻想したのだった。その折の強烈な印象は、今も胸に烙きついている」（「火山地帯」第一一八号）と、みずみずしく回想している。

軒端に笹の葉が揺れる七夕の温泉街を島は友人と行き、とある店で「北海道の展望」という写真集を買った。本の扉に、その店のアイヌの主人が「同胞相愛」という文字を揮毫してくれた。

「定山渓回顧」と題された冒頭の詩は、一九五〇（昭和二十五）年、三十二歳のときに作られた。療養所に来て三年が経っていた。所内の様々な矛盾を体験するたびに、遣り場のない怒りを持て余し、ひとり疲れていた。

時折なぜかあのときの熊が思われた。悲しみを湛えたその澄み切った瞳。狭い檻の中を行き来しながら、二度と戻らない森の中での日々を思っていたのか。自分もあんな眼をしているのだろうか、と島は思った。

疲れていた。詩にいう「たぎる」ばかりの「古代」への憧れも、自分たちを滅ぼそうとしているものへの絶望とそれからの逃走でしかなかった。

療養所の広さに切り取られた空を見上げながら、一九三七年七月七日の北海道の空を、美しい原初の色を、いくたびもいくたびも瞼に呼び起こした。

瞼の裏には、自然に抱かれ自然と戯れ自然と共生するアイヌの美しい世界が展開した。しかしアイヌの人々もまた「北海道旧土人保護法」（一八九九～一九九七）のもと、いわれない差別に捕われ続けていた。

「銀の滴《しずく》降る降るまはりに、金の滴降る降るまはりに」の詩句で有名な「アイヌ神謡集」を著した知里幸恵《ちりゆきえ》は、この本の序に「自然の寵児（略）幸福な人だち」であったアイヌ民族が、いまや「亡びゆくもの」となりつつあることを悼み嘆き、せめて「愛する（略）先祖が（略）伝へた多くの美しい言葉」を紙の上に残すのだ、としたためた。

アイヌ民族が、広い自由な大地を追われ囲われていったのは、療養所に捕われているハンセン病の自分たちにとても似ている。

だが、いつまでも森を想う檻の中の熊ではいないぞ、と島は思った。誰が自分たちの自由を奪うのか。誰が自分たちを亡びさせようとしているのか。アイヌの人たちと自分たちと、怒りの向かう先も夢見る空の色も一緒であった。

この詩はのちに「幻想」と改題され、「空はアイヌのいれずみ色」という美しいフレーズが生み出された。

重い雲の垂れ込めた療養所の空の下で、島はいれずみ色の空に焦れ続けた。それは自由を願う心、未来を信じる心だった。そして詩の最後を島は次のように書き改めた。

「天空へ水晶の橋をかけよう／太陽より未発見のものをかちとろう／私たちの癩園は、熊の檻ではない／未来への想像があり希望があると、もうひとつの心がいう」

塀の中の友情

二〇〇三年七月九日、「いのちと人権」と題する林力《ちから》氏（元九州産業大学教授）の講演を、長岡工業高校の生徒約千人に混じって、私も聞いていた。

「部落」と「ハンセン病」に関わってきた自身の半生を振り返りながら、世にはびこる偏見差別を鋭く指弾した、迫力に満ちた九〇分であった。「その人の責任でないことに責任を取らせること、それを差別という」という言葉は、「差別」の本質を見事に捉えていた。この問題をひとりひとりがわが身に引きつけて考えよ、と訴える氏の力ある語りを、高校生たちはどのように聞いただろうか。

林力という名前は島比呂志から幾度となく聞いていた。

林氏の父上は島と同じ療養所（星塚敬愛園）に生きた人だった。島が「社会」に出ることに生涯執念を燃やし続けたのに対し、父上はそこを自分の居場所と定め、そこで生きる人たちやそこで亡くなった人たちの魂の救済を願って、療養所内に浄土真宗の寺院を建立した。島とは考えは違ったが不思議と気が合い、しばしば行き来していた。

島はいくつかのエッセイに、自分とは異質なこの人物を魅力的に描き出し、その息子である林力氏を稀有の存在として紹介している。

林氏が、講演や著作の中で自分の父がハンセン病であったことを公言していることを知ったとき、島は「あまりの感動に胸が詰まり、溢れそうになる涙をこらえるのが、やっとだった」という。

予防法廃止後、自分の父がもし元気で生きていたら、自分は博多の町を父の手を引いて歩きたかった、と述べた「力君」の言葉を、島は幾度も自分の息子を自慢するかのように話すのだった。

だが、林氏がこのような心境に至るには、苦悩と葛藤の長い年月を経なければならなかったことを、私は講演のあとに氏から送られてきた四〇〇枚を超す原稿を読んで知った。

この文章を、ハンセン病の父を持ち数々の「痛恨の思い」を体験してきた氏が、父を受け入れるまでの、心の歴史と私は読んだ。

父と別れる日のエピソードは、ことのほか胸を打つ。

一九三七年八月の昼下がり、療養所へ行く父を、六年生の力少年は見送ることができなかった。父の出発の時間が近づいたとき、彼は「衝動的に便所に隠れ」た。

玄関で父が「行くぞ力、見送らんのか」と声をかけた。返事ができないでいると、再び「力!」と声がした。三度目にはその声は震えていた。力は便器の上にしゃがみ込んだままだった。やがて父が出て行く音がして、家の中が急にしんとした。

いたたまれず便所を出、玄関に向かって走った。裸足のまま外に出て、田んぼの向こうを行く父に「父ちゃん!」と呼びかけたが、父は二度と振り返らなかった。

数日後「ここは星塚という名のとおり星のきれいなところです」という、消毒薬のにおいのする手紙が届いた。

数年たって「特別に」外泊の許可をもらって父が訪ねてきたとき、母にも自分にも困惑だけがあった。父は二日間家から一歩も出なかった。隣近所を気にする妻子の思いを反映したものであったろう。

父が療養所に戻ると母は、父が使った食器類をすべて捨て、風呂桶を入念に洗った。

二度目に外泊して帰園したあと、父は「もう二度と帰らないから、安心してほしい」と書いてよこした。

苦学して少年救護院の教員となり、事情のある少年たちを情熱的に指導していた頃のこと。ある少年と面接中に、彼の父のことを尋ねた。受刑者であると、書類からわかっていた。少年は答えず、逆に林氏に訊いてきた。「あんたの父ちゃんは?」

一瞬言葉に詰まった後「死んだ」と答えた。じっと自分を見る少年の目に、真実を見抜かれているような気がした。

林氏が父を尋ねて療養所に行こうと決めたのは、眠れない夜が明けたその朝のことだった。

林力氏は父を訪ねて療養所へ向かう道々の自分の姿を、「逃亡者」のようであったと回想している。汽車の中で、乗り換えのプラットホームで、たえずうつむき加減に先を急いでいた。療養所へ行く人間であると思われるのがいやで、駅から何里もある道を、バスには乗らずに歩いた。自分を責めながら歩いた。

それでも、療養所へ行ったことは、大きな一歩であった。

そこで、父がその豪胆な性格で多くの病友に愛され頼られているのを見た。園当局からも一目置かれる存在になっていた。父がこの療養所に寺院を建てようとしていることも知った。

父はここに生き、ここに死のうとしていた。息子には、父のことはおまえの終生の秘密として守り通すように、といつも言い聞かせた。

島比呂志がその風貌をよく描き出している。「房々と伸ばした黒ヒゲ、老眼鏡の上から見つめる鋭い眼光、ブリキ製の義足をポンと両手で投げ出すようにして座るおかしな動作」。普段は「口を開けば念仏のもれる」ような人だったが、納得のいかぬことに対しては「ヒゲを振り乱して顔を真っ赤にして喚き立てる」激しさもあった。

島夫妻のもとを頻繁に訪ねた。窓の外に義足の音がすると、夫妻は思わず微笑み合った。

妻の喜代子さんは彼がやって来ると大喜びであった。手料理を美味しい美味しいと食べてくれるからである。何を作っても素っ気無い夫とは違い、感動を全身で表す人であった。

よく息子の話をした。苦学して教員になった息子が誇らしく、また自分の存在が息子の将来を閉ざすのではないかと恐れていた。

彼の自慢や心配を聞きながら、島夫妻はいつしか「力君」が自分の子どもででもあるかのような錯覚を覚えているのだった。

三人で真剣に嫁の心配をしたこともあった。父の病気を理解してくれる人がいいだろうと、療養所の若い看護婦の名を、思いつくままに挙げていったこともあった。

ある夜、島が園外に忍び出て、畑から芋を盗んで持ち帰った。喜代子さんにたしなめられながらも、島は林氏の父のいる庫裏を訪ね、ふたりで大笑いをしながら、その芋を焼いて食べたという。やんちゃな少年に戻ったようなひとときであったろう。そのような楽しさを共有できる相手であった。

療養所という塀の中にいて、林氏の父は、そこで生きる最善の道を模索し、島はひたすら社会への脱出をこころみた。自らの地平をどこに置くか、という点で、ふたりは対照的な生き方をしたように見える。しかし信念に生きた、という意味では共通するものがあった。それぞれの生き方に対する共感が、彼らを結びつけていたのかもしれない。

林氏の葛藤は、教師となって「部落」の子どもたちと接しながら、反差別運動に関わっていく中で、しだいに解消されていく。父の存在が部落問題への接近を促し、部落問題が父を深く理解することにつながった。父を恥じた自分を恥じるようになったとき、林氏の地平は開けていったのである。

氏をいまだに苛み続けていることがある。かつて他人から父のことを聞かれるのが、いちばん苦痛だった。聞く人には「父は死んだ」と答えた。それがやがて「死んでくれ」とさえ思うようになった。

一度は父を殺してしまった、という事実をどうして忘れることができようか、と。

しかし、手紙のやりとりや何度かの訪問は、どんなに父を慰め、励ましたことだろうか。ときに感情の行き違いがあったり、まれにはかえって孤独を深めるようなことがあったとしても、息子である林氏の存在は、何にも代えがたいものであったと思う。誇りであったろう。島夫妻の思い出の中の父の姿が、それを示している。

私が読ませていただいた原稿は、「山中捨五郎記――宿業をこえて」と題されて近く皓星社から出版される（二〇〇四年に刊行された）。


「火山地帯」


一九五八年九月、ハンセン病療養所で唯一の同人雑誌「火山地帯」が誕生した。

それまで園の機関誌に作品を発表していた文学仲間十人ほどが、外に向けて自由に発信できる雑誌を作ろうではないか、と集まったのである。

編集・発行人の島比呂志は、発刊の辞に「火山を爆発させて、地球を変形させ、そこに巨大な文学碑を建てよう（略）やがて、ジャーナリズムや文壇の隅々まで、わが『火山地帯』の鳴動がとどろいてゆくことだろう」と、高らかに宣言している。

一九六九年、第二九号を出していったん休刊。

休刊に際しては「ゴールインとともに倒れたマラソン・ランナーと同様、もう一歩を歩くエネルギーさえ残っていなかった」と述懐している。千枚に及ぶ長篇小説「不生地獄」の連載執筆や雑誌経営の疲れが、いちどきに島を襲ったようであった。

休火山が再び火を噴いたのは八年後のことであった。

「原稿用紙に書くことばを失って七年」、島は「温室の中のラピス（観音竹属）と話す時間が生甲斐」のような日を送っていた。「衰退した『火山地帯』への哀惜」と「筆を折った自己への憐憫」に包まれた日々だった。

しかし、ある出来事をとおして、自分自身も気づいていなかった文学への熱い思いを知ることになる。

当時島は白内障が進行し、五、六年先には失明するかもしれないと医者から告げられる。彼は「大変なことになった」と思うが、それは盲目になることへの不安や恐れとは違っていた。

そのとき島は、失明することよりも、その結果ものを書けなくなったらどうしよう、ということを考えたのだった。

それは彼自身思いもかけない心理であった。虚無に身を任せ、無為の日々を送ってきた自分の中に、書きたいという思いが埋み火のように残っていたのだ。

そのことに島は狼狽するが、やがて「せめて目が見えるうちに遺書だけでも書きたい」という思いが、胸苦しいまでに彼をとらえるようになる。

彼のいう「遺書」とはどのようなものであったろうか。

「私が書き遺したいのは、終戦直後の東京から姿を消した一人の教師が、三十数年後も九州南端大隈半島の一角にある星塚敬愛園の患者島比呂志として生存していること、その彼が癩という過酷な半生を如何に生きたか、その行動と文学の関係などである。その中には癩園の歴史があり、人間回復の歴史がある。（略）癩園は、やがてこの地上から姿を消すことだろう。（略）だとすれば、私やもの書きの仲間たちには（略）癩の歴史とその真実を書き残す義務がありはしないか」（「人間への道」）

療養所で過ごした三十年間を「書く」ことによって検証し、その年月の意味を探ること、それは自分の生を証しすることにもなり、同時に「癩の歴史とその真実を書き残す」ことにもなるであろう。島比呂志となってからの三十年間を空虚なものにしたくないのだ。

島は「火山地帯」の復刊を決意する。

一九七七年四月、復刊第一号＝三〇号を発刊。以後十一回にわたって連載された自伝「人間への道」は、島比呂志の遺書であり、また旅立ちの書でもあった。今手にすることのできる作品のほとんどが、これ以降のものであることを思うとき、「火山地帯」復刊と「人間への道」完成の意味は大きい。

現在「火山地帯」の同人は二十数名。全員が「社会」の人間である。

「火山地帯も社会復帰させ」たい、と願っていた島であった。自分が「この地上から姿を消しても」「ハンセン病療養所で生まれた」この雑誌が「地域社会の中で生き続けることができる」ように、と。

その思いを、二十二年間療養所内の島のもとに出入りし、「島さんの姿を見ていることで学んだ」という立石富男氏が継いだ。島同様妥協せず、黙々と小説を書き、雑誌を発行し続けている。

人間はすばらしい

二〇〇一年五月、ハンセン病国賠訴訟で、国が控訴断念を表明したとき、島の脳裏をかけめぐった言葉がある。「人間はすばらしい」

島は西日本新聞に、この題名で文章を寄せ、最初十三人だった原告が、熊本地裁で勝訴判決が出た時点で七七九人に達していたことを喜び、彼らの「一人一人が、人権意識に目覚め、提訴へと心を励ましていった心理を思うとき、私は『人間はすばらしい』とつい呟いてしまう」と書き、原告だけではなく、「被告国の代表である小泉首相」にも、(「『控訴断念』に至る心の葛藤」に思いを致し)「人間はすばらしい」という言葉を呈している。

島の口から何よりも先に「人間」という言葉が発せられたのは、ゆえなきことではない。「人間」という言葉こそが、島のみならず、「らい予防法」下の療養所に捕われてきたハンセン病患者・もと患者の人たちを語るキー・ワードであるからだ。

実際、国賠訴訟判決直後の各新聞には、「人間」の文字が躍った。「やっと人間に戻れた」「『人間回復』の叫び届く」「人間の尊厳やっと」等の各紙見出しからは、この裁判が、自分が「人間」であるということを、国に問いかけてまで確認しなければならなかった人々の、命がけの戦いであったことが窺われる。

それにしても、「人間に戻れた」という言葉の、何と重いことだろう。言葉の裏にある、「人間」と認められなかった彼らの日々の何と無残であったことか。

この病に捕われた日から、彼らは自問し続けてきたのだ。自分は人間なのだろうか、それともそうではないのだろうか、と。

そんな切ない問いかけを自らにしながら、「人間」であることを実感できないままに、幾星霜を塀の中に生きてきたのである。

そしてその自問を他への問いかけとしたとき、ようやく彼らは、自分たちと社会を遮断している重い扉を押し開けることができたのだ。島は、扉を押す人数が日に日に増えていったことを、どんなに嬉しく思ったことだろうか。

一九五七年に講談社から刊行された、最初の作品集「生きてあれば」に、島は次のように書いた。

「わたしたちには（略）自分より不幸なものを見るということが、ほとんどない（略）わたしたち癩患者にとって、はたして生きていてよかったといえる日は、いつ訪れるのであろうか」

広島・長崎の被爆者に取材したドキュメンタリー映画「生きていてよかった」にヒントを得て付けた題名であったが、「生きてあれば」つまり生きてさえいれば「生きていてよかった」という日が来るのだろうか、来るかもしれない、来てほしい……という願いと祈りの込められたものであったろう。

爾来島は、その日のために戦い、生きてきたのだ。

だから「人間は……」に「すばらしい」という言葉を続けることができたのは喜ばしいことと言わねばならぬ。そのとき、多くのハンセン病患者・もと患者の人たちもまた同じような感慨を抱き、「生きていてよかった」という実感に包まれたのではないだろうか。

だが、あれから三年。開きかけた扉の向こうに、彼らは何を見ただろうか。

あの日「人間」と同様テレビや新聞に躍った言葉があった。――「古里」

「これで古里に帰れる」――当時平均年齢七十四歳の彼らにとって、療養所を出、社会復帰することは至難の業にしても、せめて一度、生まれ育った故郷に帰るということは、最大かつ最低限の願いであったろう。いったんはそこにいることを拒絶され、人間性を否定された場所に、晴れて「人間」として戻りたかったのである。

このあまりにも当たり前な希望をかなえた人は、どれほどいただろうか。島の現実を見れば想像がつくだろう。「人間への道」をひた走ってきた島にして、最後までたどり着けなかったのが、故郷であった。

そしてまた、熊本黒川温泉ホテルの宿泊拒否を巡る一連の出来事……。

予防法廃止、国賠訴訟勝訴は何だったのか。

「控訴せず」のニュースに「人間はすばらしい」と叫んだ島の、人間への信頼を裏切ってはならない。

帰郷

「夢は今もめぐりて　忘れがたき故郷」（文部省唱歌、高野辰之作詞、岡野貞一作曲）

大きなリュックを背負って、観音寺の町のあちこちを行く昭子さんの後ろ姿が、目の裏に焼きついて離れない。

二〇〇三年三月二十四日、生きて帰ることのできなかった故郷に、島は骨の姿になって帰ってきた。養女の昭子さんが背負ってきたのだ。

人目もはばからずに、昭子さんはリュックの中の「おじいちゃん！」に大きな声で話しかけた、耳の遠い彼にいつもそうしていたように。

骨になって、まだ数時間しかたっていなかった。

葬儀のあとの御斎の席で、昭子さんが、唐突に「おじいちゃんを連れて観音寺に行こう。九時の船に乗るよ」と言ったとき、昭子さん、マイっているな、と私は思った。家族全員を巻き込んで、全身全霊で関わってきた島比呂志と別れたのだ。昭子さんの感情が異様に高ぶっていたとしても無理はない。だが、その高ぶりが、目的を早急に達することによって急激に冷めたとき、昭子さんのはりつめた神経は、どうなってしまうのだろう、それが心配された。

それに、島比呂志は骨壷の中の小さな存在になったのだ。それを携えていくことに、どれほどの意味があるというのか。

生きて帰れなかった島を、骨になってでも連れて帰って故郷を見せてあげたいという昭子さんの気持ちは痛いほどわかる。だが、故郷を見せて、先生よかったですね、と手放しで喜ぶわけにはいかなかった。

骨を抱いての帰郷は、戦い抜き、見事に生き切った島比呂志にして、こんな小さな姿にならなければ帰れない場所であるということを、再確認させられる旅になるだろう。旅人のように、そこを通り過ぎるだけの「帰郷」を、島は望むだろうか。死してなお、決して容れられない場所に連れて行き、あらためて、怒りと悲しみを噛みしめて帰ってくるのか。それは残された者には満足かもしれないが、島にとっては、むしろ無残なことのようにも思われた。

私は、もう少し時間が経ってからにしましょう、となだめた。

しかし昭子さんは、いま行くということにこだわっているようであった。結局、昭子さんの熱意に押し切られるようなかたちで、私も観音寺行を決めた。

小倉から船で四国に渡り、松山から島の故郷香川県観音寺に入った。車窓から菜の花畑が見えた。観音寺駅に降り立った昭子さんは、まず市役所に向かった。着くと、まっすぐ市民課の窓口へ行き、戸籍謄本を申請した。こちらへ来る道々、「戸籍謄本を取る。昨日は日曜日だったから、まだ向こうから死亡の通知が届いていないかもしれない」と言い言いしていた昭子さんの真意を、私は測りかねていた。

交付された戸籍謄本にじっと見入っていた昭子さんは、やがてその上にぽたぽたと涙を落とした。葬儀の間中ずっと気丈に振舞ってきた昭子さんが、初めて見せた涙だった。

「うれしい。戸籍が生きているうちにおじいちゃんに、故郷を見せたかったの。生きて帰れなかった。でも、書類上ではまだ生きている。戸籍謄本をもって、観音寺中を連れて回りたい」

それが昭子さんの思いだった。ただ肉体が滅びただけだよね、と昭子さんはリュックの中の島に聞かせるように言った。生きて帰郷させたかったという悲痛な思いが、戸籍謄本を取る、という突飛ともいえる発想を昭子さんにもたらしたのだ。

死者にも意識があるように──と私は願った。島のたましいが今ここにいるならば、彼は、故郷に帰れたことと同じくらい、昭子さんの向こう見ずでお転婆な行動を喜び、快哉を叫んでいるだろう。そして彼女が自分の娘であることを、心底誇りに思っただろう。

リュックに謄本を押し込んで、市役所を出た昭子さんが次に向ったのは、島の母校──観音寺一高だった。校長室で昭子さんは訴えた。

「二十二日午前四時十三分に亡くなりました。葬儀場からそのまま連れてきました。あれだけ戦ってきた人が、家族を庇い、元気な間帰郷を拒んできたのです。身体をわるくして、最後の最後に帰郷をと願ったのに、だめでした。好きで病気になったわけじゃない。名簿を訂正（島は、母校の同窓会名簿に長い間「物故者」として記載されてきた）してもらったとき、校長先生からいただいた手紙を読んで、泣いていました。この学校の卒業生だということを、誇りにしていました。チャンスがあったら、島比呂志のことを在校生の皆さんに伝えてほしい」

前庭に大きな真新しい石碑があった。

「我らに燃ゆる希望あり／我らに高き矜持あり／我らに重き使命あり」

一九四八年六月二十六日、その日が島が故郷を見た最後だった。爾来五十五年間――そのほとんどを、島はハンセン病療養所星塚敬愛園に、囚われの人として過ごした。五十五回巡った四季の最後の数年を、彼は北九州で、昭子さん一家を家族として暮らした。そして八十歳の社会復帰から四巡目の春に、ついに帰らぬ人となった。

その間の彼の人生の軌跡は、まさに「希望」と「矜持」と「使命」を失わなかった人の輝きに満ちている。人間への限りない信頼を生涯にわたって示し続け、さいごには「人間はすばらしい」と叫んだ島比呂志――肉体病んでも、精神のこの健康さはどうだろう。母校の石に刻まれた「希望」「矜持」「使命」の文字は、くしくも島が生きた姿そのものを凝縮したような言葉だった。

それから娘に背負われた父は、生家跡に佇ち、若い彼が馬に乗って颯爽と散歩していたという土手を行った。銭形の大きな砂絵の見える丘に登り、小さい頃溺れかけたという海で波音を聴いた。

道沿いの花屋で両手に余るほどの花束を買った昭子さんが、最後に向かったところは真言宗延命寺だった。長男である自分が病気のために先祖に不義理をしていることを、ずっと気にしていた島であった。昭子さんがこの寺を訪れたのは、そんな島の気持ちを慰めてあげたい、というような思いからであったろうか。しかしこの訪問は意外な展開を見せた。

「骨になってからまで遠慮するのはやめようと、連れてきました」との昭子さんの言葉に、住職は「分骨してあげますよ」と事も無げに言ったのだ。「宗派に関係なく、誰でも入れる墓があります。先住も入っていますし、いずれは私も入ります」

昭子さんの全身がふるえていた。「夢のようです。どうぞよろしくお願いします」と、両手をつき深々と頭を垂れた。滂沱の涙が畳を濡らした。その場で分骨し、お経を上げてもらった。明日はおばあちゃんも連れてきます、と昭子さんが言った。

境内に出、「十三重舎利塔」の前に立った。ここに、島は妻とともに眠るのだ。何らかの事情で先祖の墓に入れない、大勢の人々とともに。

島比呂志は、理不尽に奪い取られたものを、人間の尊厳をかけて、一つ一つ取り戻してきた。その彼にして最後まで、奪い返すことができなかったもの、それが故郷であった。生きて帰郷できなかった意味を、私はこれからも、問い続けなければならない。

だが、島比呂志がその一部でも故郷の土に眠ることになったという事実は、私の胸をふるわせる。死して、ようやく、ともいえる。しかし、死してなお療養所の小さな骨壷の中に縮こまる多くのたましいの存在を思うとき、島のこの奇跡のような幸いを、今は静かに喜びたいと思う。娘昭子さんの一念の旅が、思いがけない結果をもたらしたのだ。

私たちが佇む舎利塔のかたわらに、枝垂れ梅がかわいい花を咲かせていた。ぽつり、雨が落ちた。「おじいちゃんの涙雨だね」と昭子さんが言った。嬉し涙の雨ですね、先生、と私は胸の中で呟いた。

観音寺の町が、島比呂志の歓びの涙につつまれ濡れていた。

山は青き故郷　水は清き故郷

島比呂志への手紙

永遠の中の
一年がなかったら
永遠は成立しないということを
樹よ
よく考えてみるがいい

どこからか吹いてきた悪病に
おまえの枝や葉が

変形し
醜悪になったからといって
絶望してはならない
なるほど
風が吹けば
おまえは
仲間以上の危険にさらされるであろう
雪が降れば
ひとしお寒さが浸みるであろう
けれども
全力を挙げて耐えるがいい
ありだけの生命の火を燃やすがいい
やがて
おまえの生涯が終り
板となり
柱となる日
苦しみに耐えて来た
一年一年が

いかに美しい年輪となり
木目となることであろうか

樹よ
悪病を歎くことなく
ありだけの力で生きるがいい
やがて摂理の鋸にかかる日まで
血みどろに生きるがいい
樹よ樹よ樹よ樹よ
病める樹よ！

「病める樹よ」と題されたこの詩を私は幾たび読み返し、そして涙を流したことでしょうか。――島比呂志先生――あなたの変形した手、ただれて充血した目、二つに折れ曲がった小さな体……その姿のままに「ありだけの力で」「血みどろに」生き抜いた半世紀は、「醜悪」どころか、美しく気高く誇りに満ちたものでした。

拙宅で新潟大学の学生たちと交流をもった（二五一頁以下）とき、「辛いことがあったら、私のことを思い出してください」と、語りかけていましたね。真に「苦しみに耐えて来た」あなただから言うことのできた言葉であったと思います。

孤独と絶望の壁をペン一つでカリカリと削り取り、ついに突き崩してしまったあなたの強さに圧倒されます。けれども決して妥協しない姿勢に、同病の仲間たちからさえ異端視された日々の遣り切れなさはいかばかりだったか……その寂寥の深さを測ることができません。

数年前まで「らい予防法」も「国賠訴訟」も知らなかった私が、「予防法」そのものを生きてきたともいえるあなたのことを書き継いできたのは、不遜というべきでしょうか。

しかし、ついにあなたに手渡すことのできなかった拙著『海の蠍』（二〇〇三年、未知谷）を書きながら、極限を生きたあなたの、怒りや悲しみや絶望の感情が、そしてその向こうにある一すじの希望さえもが、私の中に流れ込んできた時間が、一瞬間でも、たしかにあったような気がするのです。

その一瞬に免じて、私の拙いペン先であなたを伝えたことをお許しください。

島比呂志先生。二〇〇四年三月、あなたが晩年の三年九ヶ月を暮らした北九州市潤崎団地の前庭で、植樹祭が行なわれました。町内の八十歳以上の人たちの長寿を願い、また物故者の冥福を祈って、記念の桜を植えたのです。

その中に、他の木に先駆けて、幾つもの花を咲かせた、ひときわ大きな木がありました。たくましく地面に根ざし、すこやかに青空に枝を広げて。

木に括《くく》りつけられた名札には「島桜」とありました。

その木の下に車椅子のあなたが、かたわらに佇む奥さまがいたのです。零《こぼ》れ落ち降りかかる花びらの中に。

やがて二人のそばに昭子さん一家が集まり、町内の人たちもやって来ました。

大勢に囲まれて、満ち足りた表情のあなたと奥さまが、乱舞する花びらとともに、風に乗ってどこかへ消え去ったとき、ひとときの幻から覚めました。

島桜と名づけられたこの木は、語り続けるでしょう。島比呂志という作家がここを終の栖として生きたことを。島夫妻を支え続けた昭子さん一家の心意気を。そして彼らを受け入れた町の人たちのあたたかさを。

人々は忘れないでしょう。あなたの生きた姿と作品が語る言葉を。——生きること。何があっても生き抜くこと。あきらめないこと。たとえ絶望してもそこからまた立ち上がること。閉じないこと。心を未来に開き続けること。……そうすれば未来は必ず現実になるのだから、と。

島比呂志先生。未熟な郵便配達人が配ったあなたからの手紙は、幾人の心に届いたでしょうか。

あとがき――旅の終りに

明石海人と島比呂志――二人の作家の作品と人生を辿ってきた。癩療養所という不条理に満ちた場所、想像を絶する苦難の中で、彼らは幾たび絶望し、幾たび立ち上がったことであろう。絶望の深い淵から彼らを引き戻したもの、それが彼らの言葉であった。どのような状況に置かれても、思いを伝えることができる限り人間は絶望しないものだ、ということを、彼らの生きた姿は教えてくれる。

彼らの意識が、病気や権力に押しつぶされて閉じてしまわずに、たえず外に向かって開かれていたことは、幸いであった。言葉を信頼し、人を信頼したところに、生きる道は開けていったのだ。

残された作品は、伝えることに一途であった彼らの思いの結晶である。その思いに応えるのが、読者である私たちのこころざしだろう。だが、ひとりがひとりを知ることの何と難しいことだろう。

旅の終りに――と、こう書いて、しかし旅は終っていないのだ、という思いが強い。本書において、私は彼らの人生と文学を、どれほど理解し、そしてそれを表現しえたのだろうか。いぶかしい。私の旅はたどたどしく、日暮れる森に佇んでいるかのような心許なさのうちに、この稿を終えねばならない。

悔やまれるのは、本書を島比呂志氏に手渡すことができなくなったことだ。今年の桜も見ぬうちに、氏は逝ってしまった。私の文章が陽の目を見ることをわがことのように喜び、その日を待っておられたというのに。

氏に初めてお会いしたのは、二〇〇〇年十二月初旬のことだった。明石海人が氏と出会わせてくれた。地元の同人誌「北方文学」に明石海人のことを書くまで「らい予防法」の存在も知らなかった私が、「らい予防法」そのものを生きてきたともいえる島比呂志を書くことになったというのは、どのようなめぐりあわせによるものであったのか。

わずか二年数ヶ月の付き合いであった。お会いしたのも数えるほど。しかし人と人との関係は会った回数や付き合った年月ではない。喪失感の大きさに、私はまだ氏を冷静に語ることができない。

旅はこれから、という思いのかげには、見事に宿命を生き切った彼にして、ついに故郷に帰ることができなかった、という事実がある。国賠訴訟に勝利し、「人間回復」がなされてなおのこの現実を、どうとらえたらいいのか。島比呂志が最後まで書くことを願い、意識の薄れた死の床で文字を書くように腕を振り回していたという話は、私になお、書けよと命じる。たどたどしい歩みを、私はまた歩き始めなければならない。

ひとたび、稿を閉じるにあたって、この旅の途上で出会い一方ならぬお世話になった、明石海人氏のお孫さん関信之氏、島比呂志氏ご養女の中谷（岸上）昭子さんに、お礼申し上げます。

また、この本は、みやこうせい氏との出会いがなければ生まれることはありませんでした。地方の同人誌に細々と書いてきた私の拙い文章を最大限に好意的に読み、出版社に橋渡しをしてくださり、美しい写真でカバーを飾ってくださった氏に、心からの感謝を捧げます。

きびしさと、しかしそれに倍するあたたかさで接してくださった未知谷編集部髙松政弘氏にも。髙松氏の助言のもと、みや氏の言葉によれば「志ある出版社」未知谷から出版できることを、何よりの贅沢と感謝しています。

さいごに、明石海人・島比呂志両氏を含めた、この病気を生きた多くの方々のたましいが安らかならんことを、心から祈ります。


（二〇〇三年九月）

増補新版へのあとがき

『海の蠍』は、二〇〇三年十月に刊行されました。私の初めての本でした。十三年かかって、「増補新版」というかたちで再び世に出せることになり、感慨深いものがあります。

増補部分「島比呂志からの手紙」は、二〇〇四年三月から半年間、二十五回にわたって『新潟日報』に連載されたものです。島比呂志氏の晩年のお姿の、一端をお伝えできたのではないか、と思っています。島氏の来歴やエピソード等、一部『海の蠍』本文と内容がダブっているところもありますが、話の流れをそがないように、本書ではそのまま掲載しました。

久しぶりに自分の書いたものを読み返し、明石海人・島比呂志という、ふたつの実存と再会したような気がしました。軽い、あまりにも軽い言葉たちが闊歩するこの時代に、ふたりの命がけの言葉が投げかけるものは大きいのではないでしょうか。

『海の蠍』出版に際して、的確なご助言をいただいた未知谷編集部（当時）高松政弘氏と、新聞連載中にお世話になった、新潟日報社編集局（当時）の石倉達三・末武晃の両氏に、あらためてお礼申し上げます。また増補新版の刊行を決めていただいた、未知谷の飯島徹氏には、感謝の言葉もございません。ひたむきに書き続けることがご恩返し、と信じつつ……。

二〇一六年十二月

山下多恵子

参考文献

I　明石海人関係

――著作

『白描』（改造社）一九三九年二月二十三日
『海人遺稿』（改造社）一九三九年八月十六日
『明石海人全集　上』（改造社）一九四一年一月十六日
『明石海人全集　下』（改造社）一九四一年三月十六日
『明石海人全歌集』（短歌新聞社）一九七八年八月一日
『海人全集』上・下・別巻（皓星社）一九九三年三月二十日
『白描　明石海人歌集』（石川書房）一九九九年二月二十八日
『白描　明石海人歌集』（明石海人顕彰会）二〇〇一年六月二十日

――新聞記事

「歌に刻む　明石海人生誕100年」上・中・下（松本直之記者）二〇〇一年六月二十七、二十八、二十九日「静岡新聞」
「〝命の証〟歌の感動　生誕100年展　明石海人の文学紹介」二〇〇一年七月二日「静岡新聞」
「ハンセン病と闘った歌人　明石海人の歌碑建立」二〇〇一年七月五日「読売新聞」
「『白描』の作者　故郷で蘇る」二〇〇一年七月六日「産経新聞」

「故郷沼津に初の歌碑」二〇〇一年七月六日「静岡新聞」
「明石海人文学碑除幕式　母校の沼商と千本浜公園で」二〇〇一年七月六日「沼津朝日」
「歌人・明石海人　故郷沼津で輝く　生誕100年記念文学展」二〇〇一年十月五日「朝日新聞」

──ビデオ

伊東啓二編集『明石海人　深海に生きる魚族のやうに』（ビデオアースケーツー）一九九二年
明石海人顕彰会『明石海人生誕百年式典他』（私家版）二〇〇一年七月五日

──伝記等

内田守人『日の本の癩者に生れて　白描の歌人　明石海人』（第二書房）一九五六年七月十日
松村好之『慟哭の歌人　明石海人とその周辺』（小峰書店）一九八〇年六月十日
栗原輝雄『生くる日の限り　明石海人の人と生涯』（皓星社）一九八七年八月二十日
伊藤信吉他編『日本の詩歌29　短歌集』中「明石海人」（久保田正文解説）（中央公論社）一九七〇年二月十五日
荒波力『よみがえる〝万葉歌人〟明石海人』（新潮社）二〇〇〇年四月二十五日

──その他

ノート（表紙に三行に分けて「感想　忘れ得ぬ俤を偲びて　日記」と題す。内容は大きく次の四つの部分に分けられる）
（1）一九二七年六月六日～二十六日の感想。（2）二八年四月十一日、次女と最後に別れたときの思い出を綴ったもの（ここまでは「明石病院時代の手記」として『海人全集』に載る）同日および十三日「和子の訃」と題する、次女の死を歎き悼み、自分に連絡してもらえなかったことを恨む文章。約二百十首の歌がこれに続く（未発表）。（3）一九三一年七月十五日～九月二十一日までの感想（未発表）。（4）同七月二十二日から九月二十五日までの日記（「明石病院時代の日記」として全集に載る）

（明石海人に関する文章のうち、『日の本の癩者に生れて』『慟哭の歌人』以外の文章は、すべて『海人全集』別巻に載るものであるが、本文注の中では初出を示した。）

Ⅱ　島比呂志関係

――著作

『銀の鈴』（四国出版社）一九四八年九月一日
『生きてあれば』（講談社）一九五七年十月三十日
『奇妙な国』（新教出版社）一九八〇年七月十五日
『片居からの解放』（社会評論社）一九八四年九月三十日
『来者のこえ』（社会評論社）一九八八年九月三十日
『らい予防法の改正を』（岩波ブックレット）一九九一年六月十二日
『「らい予防法」と患者の人権』（社会評論社）一九九三年八月三十日
『片居からの解放［増補版］』（社会評論社）一九九六年三月三十日
『生存宣言』（社会評論社）一九九六年三月三十日
『国の責任　今なお、生き続けるらい予防法』［篠原睦治との共著］（社会評論社）一九九八年七月十五日
『複刻版　銀の鈴』（火山地帯社）一九九八年一一月二十日
『裁判に花を　らい予防法違憲国賠訴訟第一回公判口頭弁論に至るまで』（八十路書房）一九九九年四月一日
『ハンセン病療養所から50年目の社会へ』［矢辺拓郎（写真）との共著］（解放出版社）二〇〇一年九月二十日

『戦後短篇小説再発見5　生と死の光景』（講談社文芸文庫）二〇〇一年十月
『凝視　島比呂志詩集』［立石富男編］（火山地帯社）二〇〇三年七月一日

雑誌等掲載作品

『人間への道　わが文学半世紀』『火山地帯』三〇号～四〇号　一九七七年四月～一九七九年十月
「人間はすばらしい」二〇〇一年五月二十六日「西日本新聞」
「人間はすばらしい」『部落解放』四八八号　二〇〇一年七月十日
「最後の仕事～みんなで記念碑を建てよう～」「けんりほうNEWS」一二〇号　二〇〇一年七月二十日

新聞記事

「半世紀ぶりの社会復帰　ハンセン病元患者の新生活」上・中・下（写真と文　矢辺拓郎共同通信写真記者）二〇〇〇年九月一日～三日「佐賀新聞」「南日本新聞」「沖縄タイムス」
「元ハンセン病患者の作家　自身の名刻む墓前　国の責任追及誓う」二〇〇〇年十月十八日「朝日新聞」
「人間への道　なぜ社会へ出たのか」上・下　二〇〇〇年十二月二十一日・二十二日「読売新聞」
「顔　文学は人間回復への模索　ハンセン病訴訟のきっかけを作った名誉原告団長の作家　島比呂志さん」（田口淳一記者）二〇〇一年五月十二日「読売新聞」
「この人の場所　写真集『ハンセン病療養所から50年目の社会へ』を出版した作家島比呂志さん」（雨宮浩二記者）二〇〇二年二月二十三日「西日本新聞」
「時代の肖像　ハンセン病　作家島比呂志さん」上・中・下（田口淳一記者）二〇〇二年五月十一・十八・二十五日「読売新聞夕刊」
「ハンセン病訴訟名誉団長　島比呂志さん死去」二〇〇三年三月二十三日　各紙
「惜別　ハンセン病訴訟名誉原告団長・作家　島比呂志さん」（本山秀樹記者）二〇〇三年四月二十二日「朝日新聞」

――ビデオ
『五十二年目の社会復帰　あるハンセン病作家の旅立ち』　二〇〇〇年五月三十一日　民間放送連盟賞参加作品　MBC（南日本放送）
『九州沖縄一発勝負　あたりまえの日々へ　元ハンセン病療養者の社会復帰』　二〇〇〇年十月二十七日（NHK福岡）
『どーんと鹿児島　生きてあれば　ハンセン病作家社会復帰の3年』二〇〇二年七月十八日　二〇〇二年連盟賞参加作品　MBC（南日本放送）

――伝記等
大丸法海『島比呂志論　その精神の軌跡』（『火山地帯』第一〇八号所収）一九九六年七月一日
田中伸尚「続・憲法を獲得する人々　連載第1回　島比呂志さん」（『世界』七〇九号）二〇〇三年一月一日

――その他
島比呂志宛赤瀬範保氏書簡　一九九〇年六月八日付
筆者宛島比呂志書簡　二〇〇一年十二月二十三日付

Ⅲ　ハンセン病および「らい予防法」関係

――単行本・雑誌等
島村晴雨『冬の旅』（橘香社）一九五五年三月一日
堀田善衛・永丘智郎編『ハンセン氏病患者生活記録　深い淵から』（新評論社）一九五六年五月二十日

内田守『光田健輔』（吉川弘文館）一九七一年六月十三日
徳永進『隔離　らいを病んだ故郷の人たち』（ゆみる出版）一九八二年十二月二十日
大谷藤郎『現代のスティグマ　ハンセン病・精神病・エイズ・難病の艱難』（勁草書房）一九九三年四月十日
岡部伊都子『朱い文箱から』（岩波書店）一九九五年四月二十四日
『フォーラム　ハンセン病の歴史を考える　らい予防法はまだ生きている』（皓星社ブックレット）一九九五年六月二十五日
犀川一夫『ハンセン病医療ひとすじ』（岩波書店）一九九六年三月二十二日
論楽社編集部『病みすてられた人々――長島愛生園・棄民収容所』（論楽社ブックレット）一九九六年六月一日
九弁連人権擁護委員会編『緊急出版！　らい予防法の廃止を考える　九弁連調査とシンポジウムの記録』（九州弁護士会連合会）一九九六年七月十五日
ハンセン病と人権を考える会編『知っていますか？　ハンセン病と人権　一問一答』（解放出版社）一九九七年二月二十日
山本俊一『増補　日本らい史』（東京大学出版会）一九九七年十二月十五日
『神谷美恵子著作集1　生きがいについて』（みすず書房）一九八〇年六月二十五日
『神谷美恵子著作集2　人間を見つめて』（みすず書房）一九八〇年十二月二十二日
『神谷美恵子著作集5　旅の手帖より』（みすず書房）一九八一年六月三十日
『神谷美恵子著作集7　精神医学研究1』（みすず書房）一九八一年九月三十日
アドルフ・フォン・イェーリング（村上淳一訳）『権利のための闘争』（岩波文庫）一九八二年
吉田和比古『メディア、あるいはファシズム［4］　現代の医療技術、内なる優性思想、そして生命の世紀へ』『法政理論』第33巻第4号　二〇〇一年三月
加賀乙彦他編『ハンセン病文学全集』全一〇巻既刊四巻（皓星社）二〇〇二年九月十七日〜

――新聞記事

「心をつづる　らい予防法廃止」大谷藤郎　一九九七年十一月十六日「読売新聞」

「隔離の『過去』を問う　国に賠償請求するハンセン病元患者十三人」（北野隆一・東孝司記者）一九九八年七月三十日「朝日新聞」
「国を問う『人間裁判』　ハンセン病訴訟」一九九八年八月一日「朝日新聞」
「『らい予防法』の誤りをどう償う」一九九八年八月二十一日「読売新聞」
「ハンセン病隔離は違憲」二〇〇一年五月十二日　各紙
「ハンセン病訴訟　控訴断念」二〇〇一年五月二十四日　各紙
「ハンセン病問題を追う 過去隠さずに生きていきたい」（小川紀之・井上憲司記者）二〇〇二年五月十四日「読売新聞」
「『ハンセン病文学全集』刊行始まる　戦後の暗部照らし衝撃」（加賀乙彦）二〇〇二年八月二十八日「朝日新聞」
「孤絶の中　魂の叫び　患者らの作品集め『ハンセン病文学全集』」（加賀乙彦）二〇〇二年九月十八日「毎日新聞」

Ⅳ　その他

――事典記事等

『小皮膚科学　改訂第九版』中「らい」北村包彦・川村太郎（金原出版）一九七三年二月二十五日
『医学大事典　第一七版』中「らい」「髄膜炎」相川直樹他（南山堂）一九九〇年二月一日
『漢方の臨床』（第四四巻第一号）中『中国病史新義』（范行准、一九八九）（東亜医学協会事務・編集局）一九九七年一月二十五日
『DSM-Ⅳ-TR 精神疾患の診断・統計マニュアル』中「精神疾患の定義」高橋三郎他訳（医学書院）二〇〇二年二月一日
『今日の治療指針二〇〇三年版』中「ハンセン病」山口徹・北原光夫（医学書院）二〇〇三年一月
『日本文学全集40　川端康成集二』中「末期の眼」（集英社）一九七二年六月八日刊行
『日本近代文学大事典』中「明石海人」「日本歌人」第一、五巻　日本近代文学館編（講談社）一九七七年一月十八日

『季刊文科』（二〇号）中「砦」欄　二〇〇一年十二月八日

『部落問題・人権事典』中「ハンセン病と人権」部落解放・人権研究会編（解放出版社）二〇〇一年

フランクリン・J・シャフナー監督『パピヨン』（フランス＝アメリカ映画）一九七三年

――その他

『火山地帯』

島比呂志が主宰した同人誌。一九五八年創刊。一九六九年にいったん休刊、七七年に復刊された。一一六号（一九九八年十月一日発行）創刊40周年記念特集号を最後に、島は引退し、以後立石富男が引き継いで現在に至る。最新号（一三五号）は島比呂志追悼号となった。

『愛生』

ハンセン病療養所長島愛生園（岡山県邑久町）の「長島愛生園慰安会」が発行する月刊誌。この園にいた明石海人はこれに作品を多数発表。他園にいた島比呂志も、昭和二〇年代の終わり頃、小説やエッセイを寄稿した。

『全患協ニュース』

一九五一年一月にハンセン病の患者組織が結成された。初め「全国国立癩療養所患者協議会」（全癩患協）、次に「全国ハンセン病患者協議会」（全患協）、現在は「全国ハンセン病療養所入所者協議会」（全療協）。この患者組織の機関紙である。全癩患協発足とほぼ同時に『全癩協ニュース』第一号を創刊、啓発宣伝活動に大きな役割を果している。島は『部落問題・人権事典』中「ハンセン病と人権」の中で、「この機関誌は、機関紙名も『全患協ニュース』から『全療協ニュース』と変更、隔離の中の患者運動にとっては命綱であり、二〇〇〇年一〇月現在八四七号を数え、現在も続刊されている」としたためている。

※たくさんの資料をご提供くださいました新潟大学法学部教授吉田和比古氏、明石海人顕彰委員会事務局長石井喜彦氏、『火山地帯』編集長立石富男氏に、感謝申し上げます。

やました たえこ

1953年、岩手県雫石町生まれ。高校教諭を経て、現在長岡工業高等専門学校非常勤講師。国際啄木学会理事。日本近代文学会会員。『北方文学』同人。著書に本書『海の蠍』のほか、『忘れな草』、『裸足の女』、『啄木と郁雨』、編書に『土に書いた言葉＊吉野せいアンソロジー』『おん身は花の姿にて＊網野菊アンソロジー』（未知谷）がある。

増補新版
海《うみ》の蠍《さそり》
明石海人と島比呂志
ハンセン病文学の系譜

2016年 12月15日印刷
2017年 1月10日発行

著者　山下多恵子
発行者　飯島徹
発行所　未知谷
東京都千代田区猿楽町2丁目5-9　〒101-0064
Tel. 03-5281-3751 / Fax. 03-5281-3752
［振替］ 00130-4-653627
組版　柏木薫
印刷所　ディグ
製本所　難波製本

Publisher Michitani Co. Ltd., Tokyo
Printed in Japan
ISBN978-4-89642-517-8　C0095

山下多恵子の著書

啄木と郁雨

友の恋歌　矢ぐるまの花

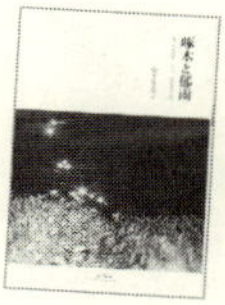

〈函館の青柳町こそかなしけれ友の恋歌矢ぐるまの花〉自分はいつか函館で死にたい、啄木は手紙にそう書いた。文学を求めた漂流、支える函館の友・宮崎郁雨。21歳～26歳までの歌人の真実を追う評論。第2部は野口雨情との友情を中心に。

288頁2500円

未知谷

山下多恵子の著書

裸足の女
吉野せい

七十歳を過ぎてから草野心平の薦めで筆を執り「刃毀れのない斧で一度ですぱっと切ったような狂いのない」作品を猛烈に書き始めた吉野せい。その作品と生涯を愛情たっぷりに辿る評論。第2部にはせいの心情に寄り添うシナリオを収録。

208頁2000円

―――― 山下多恵子の仕事 ――――

土に書いた言葉

吉野せいアンソロジー

山下多恵子編・解説

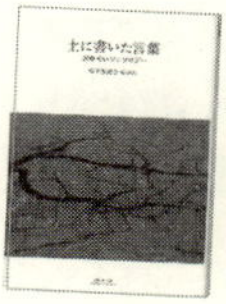

評伝『裸足の女』の読者から寄せられた「もう一度、吉野せいと出会いたい！」との声に応え、その著者が厳選する14篇＋短歌3首。夫婦とは、家族とは、生きるとは、さらに女であること、老い…「底辺に生き抜いた人間のしんじつの味」。

雑誌『LE・PRISME』より／さいご／水石山／信といえるなら／暮鳥と混沌（抄）／白頭物語／梨花／梨花鎮魂（日記）／春／洟をたらした神／いもどろぼう／飛ばされた紙幣／老いて／私は百姓女／青い微風の中に

256頁2400円

未知谷

―――― 山下多恵子の仕事 ――――

おん身は花の姿にて

網野菊アンソロジー

山下多恵子 編・解説

日々の出来事から生まれる哀歓、泡の如くわき上がる感情。その記述の丁寧さ、率直さは読者の想像を一歩ずつ超えていく。志賀直哉を師と仰ぎ、「私」を書き続けた作家が見せる、深い教養に支えられた凛とした嗜みと豊かな感性。

幼き日（抄）／母／光子／さくらの花／若い日（抄）／夕映え／妻たち（抄）／実績／霧の夜／震災の年／冬の花／感謝／夫婦愛の強さ／イワーノワさん／一期一会／つわぶき

288頁2400円